中国語圏文学史

A History of Modern Chinese Literature

Shozo Fujii

藤井省三

University of Tokyo Press

東京大学出版会

A History of Modern Chinese Literature
Shozo FUJII
University of Tokyo Press, 2011
ISBN978-4-13-082045-5

まえがき

二〇世紀以後の中国語圏文学史とは、越境の歴史でした。

一八四〇年のアヘン戦争以後、租界都市となった上海に欧米や日本が工場・学校そして印刷技術や新聞・雑誌など産業化社会の諸制度を携えて越境してきたのです。また清朝そして中華民国も積極的に異文化を取り入れ、近代化＝欧化を遂げていきます。現代中国語の「文学（wenxue）」という言葉が、明治日本で作られたliteratureの訳語の借用である点は意味深長です。「文学」とは清朝政府が東京帝国大学など日本の大学制度に学んで京師大学堂を設立する際に受容した言葉だったのです。

二〇世紀に入ると多くの中国人青年が医学や工学、農学を学ぼうとして日本や欧米に留学しましたが、そのなかで近代世界の国民国家制度における国語と文学の重要性を知って文学者に転じた人たちがいました。仙台医学専門学校（現・東北大学医学部）を中退して東京に戻り、夏目漱石に深い共感を覚えつつロマン派詩人論を書き始める魯迅（ルーシュン、ろじん、一八八一～一九三六）。コーネル大学で農学を学んだのちコロンビア大学哲学部に転じてニューヨーク・ダダ派の女性画家に恋する一方、イマジズムの影響を受けながら文学革命と大学における人文学を構想した胡適（フー・シー、こてき、一八九一～一九六二）。この魯迅と胡適とは日本・欧米に越境することにより現代中国文学の基礎を築いた二人の巨人といえるでしょう。

このような越境する文学者の系譜は、一九二〇年代から三〇年代にかけても詩人徐志摩（シュイ・チーモー、じょしま、一八九七～一九三一）のケンブリッジ大学留学、アナーキスト巴金（パーチン、はきん又はぱきん、一九〇四

〜二〇〇五）のフランス留学と日本遊学、エッセイスト林語堂（リン・ユイタン、りんごどう、一八九五〜一九七六）のアメリカでの英語作家としての活躍などますます多彩なものとなっていくのです。そして一九八〇年代、特に八九年六月四日のあの悲惨な天安門事件以後は、欧米と日本にエミグラント（亡命・移民）文学が形成され、二〇〇〇年にはパリ亡命中の高行健（カオ・シンチエン、こうこうけん、一九四〇〜）がノーベル文学賞を受賞してもいるのです。

越境という言葉は中国語圏の場合、必ずしも国境を越えて外国に出ることばかりを意味するものではないでしょう。全ヨーロッパよりも大きな人口と面積とを有する中国大陸では、現代文化は主に上海と北京という新旧対照的な南北二都を中心として発展してきました。越境はこの二都物語としても展開しているのです。

二〇世紀初頭の上海は租界都市として吸収した欧化文明を基礎に独自のマスメディアを育て上げ、「新小説」と呼ばれる最初期の近代文学を誕生させました。辛亥革命（一九一一）後の一九一〇年代の北京は、清朝の遺産である京師大学堂を北京大学に改組し、このキャンパスに上海一帯から集まった教授陣や学生たちが文学革命を推進し、国語制度を整備しました。やがて上海では出版資本が北京の新興アマチュア作家を抱え込み、さらに国民革命を経て中華民国がほぼ統一される三〇年代になりますと、魯迅ら北京の既成作家ばかりでなく全国の作家志望の青年たちが集まり、上海は文化都市としても繁栄を謳歌するのです。また一九三七年から四五年まで続いた日本による侵略戦争は中国に大きな被害を与えますが、多くの作家たちが日本占領区を逃れて重慶や桂林、昆明へと逃れて、ミニ上海やミニ北京ともいうべき小〝文化城〟を築き上げました。

本書では中国大陸と共に中国語圏を構成する香港と台湾の文学についても各一章を割いております。アヘン戦争後にイギリス植民地となった香港では、三〇年代までは主に広東人の商人や労働者が移民していました。日中戦争期や人民共和国成立前後には北京・上海からも「南下文化人」と称される人々が越境してきましたが、あいかわらず「文化砂漠」と称されていました。ところが、戦後の香港生まれ、あるいは香港育ちの世代が成人を迎える一九七〇年代以後、香港人意識が芽生え、「香港文化」という言葉が生まれたのです。そして一九九七年の中国への返還問題が現実化する八〇年代には香港アイデンティティが香港文学の大きなテーマとなっていくのです。

台湾は一七世紀以来、短期間にオランダと鄭氏一族とによる局地的な支配を経たのち、長期にわたり清朝、日本、旧・国民党の統治を経験するなど、長いあいだ外来政権による支配を受けました。台湾の人々は越境してくる外来政権の文化を積極的に受容し、これを抵抗の糧として自立を求め続け、その結果、民主化は一九八〇年代末以後に本格化し、一九九六年の台湾人自身による総統直接選挙を経てほぼ完成するのです。

このような抵抗と受容の歴史、とりわけ日本統治期と旧・国民党統治期において、文学は〝台湾意識〟形成に大きな役割を果たしており、台湾アイデンティティを考える際には、日本統治期の日本語文学と旧・国民党統治期以後の北京語文学が最も重視されています。

中国語圏の現代文学とは、相互に越境しあう中国・香港・台湾そして日本との現代文化交流の物語なのです。そこでは北京・上海、香港、台北そして東京など東アジアの都市が主要な舞台であり、作家と作品、そして読者が主人公なのです。本書で用いる「中国語圏文学」という言葉は、このような二〇世紀以後の東アジア文化・社会を展望するための概念といえるのです。

魯迅はかつてデンマークの文芸批評家ブランデス（一八四二〜一九二七）のヨーロッパ文学史『一九世紀文学主潮』を中国の文学青年に推奨しました。これは魯迅が日本留学時代に愛読したヨーロッパ文学史であり、フランス革命以後、国民国家を成熟させていった一九世紀のフランス・イギリス・ドイツの文学を比較研究することにより、ブランデスが祖国デンマークの近代化を模索するものでした。現在の東アジアにおいても西ヨーロッパと比べて一世紀遅れではありながら、国民国家群が成熟しつつあり、自由化・民主化が進んでおります。EUに倣い東アジア共同体構想も熱心に議論されています。その一方、歴史認識問題などの摩擦も生じています。

本書ではこの一世紀あまりの間に中国語圏の人々の情念と論理とがどのようにして形成されてきたか、文学が中国人や香港人、台湾人の情念と論理をどのように集約し表現しそして再生産してきたか、そのおおよその流れを描いてみたいと思います。またそのような中国語圏の地を訪れた高杉晋作や夏目漱石、大宅壮一や大江健三郎らの日本人が、何を目撃しどのように考えていたのか、についても語ってみたいと思います。

中国語圏文学をさらに立体的に捉えるため、各章に一つずつ映画コラムを〝配給〟しました。中国語圏においては日本や韓国・欧米などと同様に、映画は国民意識の形成に重要な役割を演じており、文学とも深い関わりを持っているのです。なお本書は前身の拙著『20世紀の中国文学』（放送大学教育振興会、二〇〇五年）を全面的に改訂したもので、この製作過程で映画コラムを加筆した次第です。

付属資料として「中国語圏文学史年表」をウェブ（http://www.utp.or.jp/bd/978-4-13-082045-5.html）に掲載しましたので、ご参照ください。

二〇一一年八月一七日　魯迅「故郷」発表九〇周年と推定される日に

東京大学赤門楼にて

藤井省三

中国語圏文学史——目次

第8章　台湾文学史概説……193

序章

中国語圏の現代文学を学ぼう

1 文学・市場経済・国家の関係

「中国文学＝温泉まんじゅう」の説

「中国文学＝温泉まんじゅう」――こんな文学まんじゅう論を唱えると、「三千年の中華文明を侮辱するのか」と怒り出す人もいるだろう。ところが、たかがまんじゅうと言ってはならない。まんじゅうもまた世界に冠たる中華文明の成果なのだから。

まんじゅうの起源は三世紀の晋代にまで遡り、『三国志』でお馴染みの諸葛孔明が蛮族の首狩りの風習を絶つために肉を小麦粉の皮で包んで人頭に模したという、もっともらしい伝説さえ残されている。日本に留学帰りの禅僧が初めてまんじゅうを伝えたのは遥かのち一四世紀のこと、塩瀬や虎屋といった老舗の菓子舗は中国からの帰化人を祖とするのである。

さて、中国文学で温泉まんじゅうのあんこに当たるのは、詩文であろう。つまり唐詩や『史記』など文語文の古典である。その外側の小麦粉の厚皮が白話小説。主に宋代一二世紀以後の講談や演劇の台本として発展したもう一つの古典ジャンルで、『史記』と同種の正史『三国志』を下敷きにして作られたものが『三国志演義』、宋代に実在した盗賊の物語が『水滸伝』、明代に『水滸伝』の一エピソードを膨らませて創作されたポルノが『金瓶梅』ということになる。白話とは口語を意味する。

そしていちばん外側のつるっとした薄皮が現代文学。その歴史といえば、清朝倒壊の辛亥革命(一九一一)から数えても一世紀。先秦以来二五〇〇年の歴史を持つあんこの詩文、宋代以来一千年を経てきた厚皮の白話小説と比べれば、文字どおり薄皮に過ぎない。しかし小豆餡《あずきあん》とメリケン粉の皮だけでは温泉まんじゅうたり得ない。「熱海温泉」「草津温泉」などご当地の文字印よろしく「中国文学」「香港文学」「台湾文学」という概念を焼き付けた薄皮がまんじゅう本体を覆ってこそはじめて、『詩経』だ『西遊記』だというテクストは一個の国民的共同体あるいは一個の市民社会の文学として成立するのである。

ところで日本文学にも漢詩文というあんこがあるはずなのだが、近代以降、特に大正時代を過ぎた後にはその存在感は希薄である。英仏の国民文学からはギリシア・ラテンの古典文学は除外されており、そもそも温泉まんじゅうのアナロジーは成り立たないであろう。

実験室としての近代中国

作者が作品を創作(生産)し、出版社がその複製を大量生産する。批評家が批評を執筆(生産)し新聞・雑誌がその複製を大量生産する。作品は書店に配本され(流通)、読者がこれを購入して読書(消費)し、その過程で批評が生まれ新しい作者と作品が誕生する(再生産)――創作から読書、再創作にいたる文学をめぐる制度とは、ほかならぬ生産・流通・消費・再生産の制度でもある。しかもあらゆる生産段階において消費をともなう。たとえば批評が読書という消費を前提にしているように。そしてあらゆる消費段階において生産がともなう。たとえば消費者である読者の中から作家や批評家が生産されていくように。

このウロボロスのような生産→流通→消費→再生産→……の輪を支えているものが国語教育をはじめとする教育制度であり、製紙業から文具、印刷業に到るまでの諸産業であり、出版・新聞・雑誌の諸メディアであり、取り次ぎ・書店とこれを結ぶ運輸という流通制度である。そしてこれらすべてを統括しているのが国語という言語であり、市場経済なのである。

イギリス・フランスなど西欧諸国では、一七世紀に産業社会化と市場の成熟が国語《ナショナルラングウィッジ》と出版業を出現させ、口語文学が産業社会化を加速させて国民市場を成立させ、一九世紀に〝想像の共同体〟（ベネディクト・アンダーソン）としての国民国家が誕生した。これに対し、後発の日本の状況をひと言でまとめるならば、明治国家の建設が先行し産業化社会というインフラが成熟するのを追いかけるようにして文学が生まれたと整理できるだろう。文学とは産業化社会と国民国家の言説であり、文学制度とはこの言説を生産・流通・消費しつつそれを再生産する装置なのである。

このような国家と文学との関係において、西欧とも日本とも些か異なる様相を示しているのが中国語圏である。旧中華帝国体制が二〇世紀初頭まで持続していた中国語圏では、国民国家の建設は大きく遅れ、産業社会化と国語の誕生も足踏みしていた。これに対し、欧米、そして特に日本に学んだ文学が一歩先んじて出現し〝想像の共同体〟を構想、国語と国民とを創り出し国民国家を創出しようとしたのである。そもそも儒教文化圏では〝文学〟という言葉は伝統的に「文章博学」という意味で用いられていた。明治の日本国家が西欧の新制度を導入する際、口語詩や小説や戯曲を中心とするliteratureの訳語としてこの古典語の「文学」に新しい概念を盛り込んだものであり、中国もliteratureという新概念を受容する際に、新日本語の「文学」を逆輸入したのである。

言語と市場経済という制度が諸産業と国民国家を支え、そのような国家体制が文学制度を支えている。文学はその起源において政治経済と不可分の制度であったが、日本・欧米では産業化社会が成熟するにともない、文学は政治経済とは関わることのない聖なる領域であるかのごとく振る舞い始める。「政治と文学との対立」「純文学」などはそのような「文学＝聖域」の言説といえよう。しかし中国語圏の現代文学をよく味わってみると、国家と文学との発生関係における転倒が容易に見て取れ、日本・欧米では近代史の闇に隠蔽されてしまった文学制度のありようが、赤裸々に現れてくるのである。

2　東アジアの人々との共感

六つの時期

中国大陸の現代文学は六つの時期に分けられるだろう。第一期は一九世紀末から一九一〇年代半ばまでの清末民初期。一七世紀中葉に漢族王朝で世界で最も豊かだった明を倒した満州族王朝の清も、一九世紀末には人口増などの内政問題と西欧の侵略とにより末期的症状を呈し、改革・革命の動きが活発化し、国語と言文一致の文学が模索され始めた。この時期には魯迅をはじめとして数万の中国人が日本に留学している。清朝は一九一一年の辛亥革命で倒壊し、翌年アジアで最初の共和国中華民国が誕生した。民初とは民国初期の意味である。

第二期は一九一七年に勃発する文学革命から二〇年代後半の国民革命までの五・四時期。文学革命とは清末民初期の西欧式教育制度により養成された二〇代から三〇代の若い知識人が展開した口語文学運動のことである。一九一八年のわずか一年間を例にとっても魯迅が「狂人日記」を書き、胡適がイプセンの戯曲「人形の家」を翻訳し、周作人（チョウ・ツオレン、しゅうさくじん、一八八五～一九六七）がエッセー「人間の文学」を著しており、人間・内面・恋愛・家・貨幣経済制度など近代西欧に起源する重要な概念がすべてこの時期に出そろっている。

第三期は狂熱の三〇年代。辛亥革命後も袁世凱（ユアン・シーカイ、えんせいがい、一八五九～一九一六）の帝政復活や軍閥割拠が続いていたが、二〇年代後半には国民革命の上げ潮に乗って国民党が北伐戦争により中国統一に成功する。その指導者の蔣介石（チアン・チエシー、しょうかいせき、一八八七～一九七五）は一党独裁体制下で経済建設を押し進め、上海が新中国の中心となって繁栄の絶頂に至る。新聞雑誌の発行量も激増し、文芸を愛好する知識層・市民層が増大、職業作家、職業批評家が続々と登場して、上海は北京をも遥かに凌ぐ出版文化の中心となった。その一方で古都北京を舞台とするロマンス『啼笑因縁』など大衆文学が大流行して映画化もされ、ローカル・カラー文学が出現している。

しかし繁栄の夢は打ち砕かれ、第四期成熟と革新の四〇年代を迎えることとなる。日本が中国ナショナリズム勃興により従来の権益を失うことをおそれ、満州事変（一九三一）を経て三七年にはついに中国への全面侵略を開始したのである。これにより中国は国民党支配の〝大後方《だいこうほう》〟、共産党支配の〝解放区〟そして日本占領下の〝淪陥区《りんかんく》〟の三つに分かれ、戦時下ながらも大後方と淪陥区では三〇年代の繁栄を受けて文学が成熟へと向かう。その淪陥区上海に彗星のように現れた女性作家が張愛玲であった。

日本の敗戦（一九四五）、国共内戦を経て一九四九年に共産党が大陸を統一し中華人民共和国を建国、第五期暗黒の三〇年が始まる。独裁党である共産党のそのまた独裁者であった毛沢東は、反右派闘争（一九五七）から文化大革命（一九六六～七六）まで次々と政治キャンペーンを発動し、文学・芸術には毛沢東賛美のみを任務として与えたのである。

文革が終息し七〇年代末に鄧小平体制下で改革・開放政策が本格化するにつれ、第六期の再生と飛躍の時代が始まる。最初に登場したのが『今天《チンティエン》』派の若き詩人たちで、八〇年代半ばには莫言（モーイエン、ばくげん、一九五五～）ら文革世代の若い作家たちが一斉に「ルーツ探求の文学」を唱え始めてもいる。そしてあの衝撃の天安門事件（一九八九）後には鄭義（チョン・イー、ていぎ、一九四七～）ら大量の作家が海外に亡命し、世界各地で中国エミグラント文学が出現した。さらに一九九二年に改革・開放政策が再加速されて上海が高度経済成長のトップランナーに躍り出ると、この街に『上海ベイビー』の衛慧（ウェイ・ホイ、えいけい、一九七三〜）など村上春樹の影響を受けた「村上チルドレン」作家が出現するのである。

一方、日本語と北京語という近代東アジアにおける二大「国語」圏の周縁に位置してきた香港と台湾の文学は、この周縁性によって独自の豊穣なる世界を切り開いている。現在フェミニズム作家として活躍中の李昂（リー・アン、りこう、一九五二〜）は、台湾文学一〇〇年の頂点に立っているといえよう。さらに一九八〇年代以後、急速に形成された香港アイデンティティの核を成す香港文学からも目を離してはなるまい。

なぜ文学史を学ぶのか

それにしても、中国語圏の現代文学の全体像を見渡そうとする時、なぜ私たちは文学史という視点から現代文学を学ぶのだろうか。魯迅が一九二一年に発表した珠玉の短編「故郷」を例に挙げて考えてみよう。「故郷」とは次のような物語である――語り手「僕」が二〇年ぶりに帰郷したのは、故郷に永遠の別れを告げるためであった。没落した実家の屋敷を処分し、母や甥を彼が暮らしを立てている異郷の街へ引き取るためだったのだ。「僕」の前には幼友達で今や貧困のため、でくの坊のようになった農民閏土《ルントウ》と、若い頃の淑やかさから一変して厚かましくなった中年婦人の「豆腐西施」こと楊二嫂《ヤンアルサオ》とが前後して現れる。「僕」は老母と不用な品は閏土にあげようと相談し、閏土も畑の肥料にかまどのわら灰を望む。ところが離郷後の船中で老母から、灰の中に茶碗や皿が隠されているのが見つかり、楊二嫂の推理で閏土が犯人とされた、と聞かされて、「僕」は「希望とは本来あるとも言えないし、ないとも言えない。これはちょうど地上の道のようなもの、実は地上に本来道はないが、歩く人が多くなると、道ができるのだ。」という感慨に耽るのだった。

ところで「故郷」執筆と同時期に魯迅は日本で翻訳刊行されていた『チリコフ選集』（関口弥作訳、新潮社）というロシア文学の文庫本から短編小説「田舎町」を重訳している。チリコフ（一八六四〜一九三二）とはロシア第一革命（一九〇五）期に活躍した左派作家で、大正期の日本でも流行していた。この「田舎町」の筋立ては、革命派の知識人の二〇年ぶりのボルガ川を下る船による帰郷、変わり果てた故郷の街を前にして彼が回想する懐かしき少年時代や青春期の思い出、やり手の警察署新任副署長として民衆を弾圧している学生時代の友人との再会、そして失望というものである。

「田舎町」と「故郷」の主要な筋立てがきわめて類似している点に加え、翻訳と創作が同じ年に行われていることを考え合わせると、魯迅はチリコフ「田舎町」の影響下で「故郷」を創作したといえるだろう。ただし「故郷」は単なる翻案ではなく、チリコフの青春への甘いノスタルジーに流れがちな作風を、一九二〇年代中国知識人の心境を探る哲学的作品へと昇華した創造的模倣なのである。

その後、「故郷」は文芸批評でも高く評価され、同作を収録して一九二三年に刊行された魯迅の第一創作集『吶喊《とっかん》』は民国期最大のベストセラーとなり、「故郷」は各種の中学国語教科書にも収録された。これらを種本にして編集された二〇年代日本の中国語教科書にも教材として採用され、また一九二七年の初訳を経て、岩波文庫『魯迅選集』（一九三五）に収録されるなどして、日本でも愛読されていく。二〇年代初頭の中国では言文一致をめざす「国語」が創り出され、現代文学を教材とする国語科が普及しており、日本でも芥川龍之介や佐藤春夫、武者小路実篤など著名な作家たちが近代化の進む中国に深い興味を抱き、同時代中国文学の旗手として魯迅を紹介し始めていたのだ。

魯迅の「故郷」という作品が、私たち現代日本人の前に立ち現れるまでには、日本での『チリコフ選集』翻訳出版、これを魯迅が東京の書店に注文し北京まで取り寄せる流通、そして「田舎町」重訳後の魯迅による「故郷」創作、その「故郷」が雑誌に発表され、単行本や国語教科書に収録されて中国で流通し、その評判を聞いた日本の文学者や中国語教師が翻訳したり語学教科書に採録して日本でも流通させる等々、連綿と続く生産・流通・消費・再生産のプロセスがあったのだ。

日本で最初に「故郷」が中学国語教科書に収録されたのは、敗戦後の日本が独立を回復して間もない一九五三年（教育出版、三年生用教科書）のこと、その後「故郷」収録の教科書は増え続け、日中国交回復の一九七二年以後は、国語教科書のすべてに収録されて現在に至っている。外国文学でありながら国民文学的扱いを受けているのである。

ところが日本の国語教室では灰の中に茶碗や皿を隠した犯人は閏土と解釈することが多かったが、人民共和国では革命支持勢力である農民が盗みを働くはずがないという社会主義イデオロギーにより、犯人は閏土ではない、と教えている。それでも鄧小平時代以後の国語教室では、中学生たちから、やはり犯人は閏土では、という意見が多く出され、現場の教師は対応に苦慮している。密接な日中関係の中で生み出され、両国国民により広く愛読されてきた「故郷」も、時代や社会により互いに微妙に異なる解釈が生み出されるという現象には、興味深いものがある。ちなみに民国期の中国では、文芸評論でも国語教科書でももっぱら「僕」の心情に関心を示しており、犯人探しの言論はほとんど見あたらないのだ。

作品を読んで感動を受けたとき、その感動を手掛かりにして作品や作者との距離を埋め、過去から現在までの日本や中国・香港・台湾の読者たちの感想や批評との異同を検証する――こうして自らの感動を東アジアの時間と空間の中に解き放っていく時、現代中国語圏文学史が生み出されていくのである。

「故郷」の例に戻るならば、東京における『チリコフ選集』日本語訳刊行からポスト鄧小平時代の国語教育法までを俯瞰すること、魯迅がロシア小説「田舎町」に感動して「故郷」執筆へと向かった一九二一年から、私たちがたとえば中学国語教科書で「故郷」を読み、その後に再読するまでの日本・中国語圏における「故郷」の読書史に思いをめぐらすとき、読書という行為は孤独な体験から東アジアのモダン・クラシックを東アジアの人々と共有する行為へと展開していくのである。現代中国語圏文学史を学ぶということは、東アジアと共感するための第一歩といえよう。

コラム0

映画は現代中国文学の父か母か？

——魯迅と張愛玲のシネマ体験

近代中国において、文学と映画とは同伴者の関係にある。たとえば現代中国文学の父ともいうべき魯迅の一九〇二年日本留学の目的は、医者となることだった。その彼が医学から文学へと転じる際に、映画が原因であった可能性が高い。

一九〇四年四月、東京の中国人留学生用の予備校、弘文学院を卒業した魯迅は、つづいて仙台医学専門学校（現・東北大学医学部）に入学した。二〇年近くのちの一九二二年暮、魯迅は第一創作集「自序」で当時の心境を回想して次のように述べている。

私の夢は美しかった——卒業して帰ったら、父のように誤診されている病人の苦しみを救い、戦争のときには軍医になろう、そして国民の維新に対する信仰を広めよう。……当時は幻灯を使って、微生物の形状を拡大して見せており、そのため講義が一段落して、なおも終業時間にならないときには、教師は風景や時事の幻灯を学生に見せて、余った時間を過ごしていた。当時はまさに日露戦争の時期で、当然戦争関係の幻灯がわりと多く、私はその講義室で、しばしば同級生たちの拍手喝采に調子を合わせねばならなかった。あるとき、私はついに画面で久しぶりに多くの中国人と面会することになった——一人が中央で縛られ、大勢が周りに立ち、どれも屈強な体格であるが、鈍い表情をしている。解説によれば、縛られているのはロシアのために軍事スパイを働き、日本軍によって見せしめのため首を切られようとしており、周りのはこの盛大なる見せしめを見物しようとやって来た人々だという。

この学年の終わりを待たずに、私が早くも東京に出てしまったのは、あのとき以来、私には医学は大切なことではない、およそ愚弱な国民は、たとえ体格がいかに健全だろうが、なんの意味もない見せしめの材料かその観客にしかなれないのであり、どれほど病死しようが必ずしも不幸と考えなくともよい、と思ったからである。それならば私たちの最初の課題は、彼らの精神を変革することであり、精神の変革を得意とするものといえば、当時の私はもちろん文芸を推すべきだと考え、こうして文芸運動を提唱したくなったのだ。

この幻灯事件について魯迅は自伝的小説「藤野先生」（一九二六）でも書いているが、いずれも〝電影〟（映画）という中国語を用いており、〝幻灯片〟（スライド）という言葉は使ってはいない。戦後の仙台では魯迅が観たと思われるスライド一五枚が発見されているが、その中には斬首シーンを描くものはなく、魯迅は幻灯ではなく日露戦争時にはすでに実用化されていた報道映画を仙台や東京の劇場で観ていた可能性もありうるのだ。

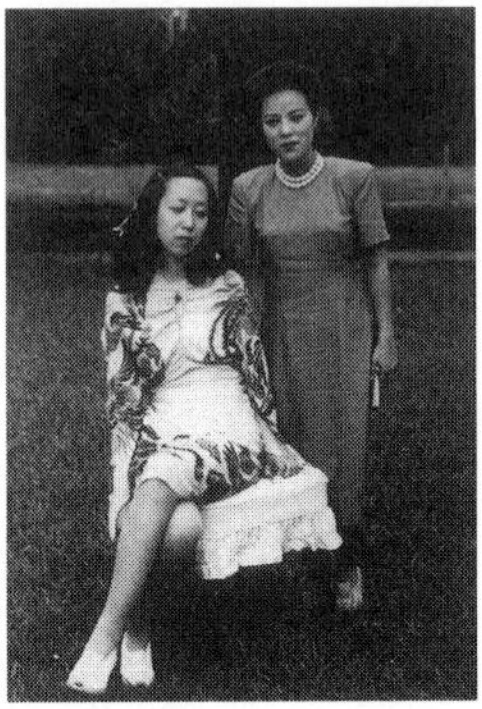
張愛玲と李香蘭

ところでリュミエール兄弟が世界最初の映画興行を行ったのは一八九五年パリ、翌年には上海の遊技場で「西洋影戯」と称する映画興行が行われ、一九〇五年には北京で中国人による最初の映画として京劇の『定軍山』が撮影された。そして一三年、いよいよ上海で『新婚初夜』（原題：『難夫難妻』）という劇映画が撮られている。この上海で中国映画は三〇年代に黄金時代を迎えている。当時の上海には四〇余りの中国資本の映画会社が群立、二八年から三一年までの間に四〇〇本の映画がつくられ、映画専門館だけで約四〇軒、一日の観客数は一〇〇万、魯迅が郊外の高級マンションからハイヤーを飛ばして通った大光明大戯院（一九三三年竣工）は座席数二〇〇〇、冷暖房つきの超豪華館――上海は実に映画の都であった。

さて「現代文学の母」とは張愛玲（チャン・アイリン、ちょうあいれい、一九二〇〜九五）であろうか。彼女は日本占領下の上海文壇に彗星のごとく登場するのだが、そのきっかけは香港大学卒業直前の一九四一年一二月に太平洋戦争が勃発し、イギリス植民地だった香港が日本軍に占領されたことである。翌年、大卒資格もないまま上海に戻ってきた張愛玲は、生活費稼ぎにドイツ人が編集する日本側の英文雑誌『二〇世紀』に英文エッセーを書き始めるのだが、その一つが映画批評『アヘン戦争』(原題:『萬世流芳』)であった。彼女は可憐なアヘン窟の飴売り娘を演じる李香蘭に対し、次のように批評している。

この映画はすでにドラマチックな題材に満ちている。その上にサブ・プロットとして〝こうであったかもしれない〟ロマンスを付け加えたわけは恐らく満洲国のスター李香蘭に役を与えるためであろう。李嬢は自らが歌う歌によって、この映画の最も雄弁なスポークスマンとなっている。というのも、対話の方は洗練されかつ簡潔ではあるものの、時代劇に付き物の問題——口語と文語の怪しげな混合——を免れてはいないからである。

淪陥期という過酷な現実に於てリアリズムは挫折を余儀なくされ、李香蘭にはメルヘンの小鳥を演じるしか道はなく、上海の観客も自らのアイデンティティ危機をほんの一時でも忘却させてくれる仙女のような歌唱と演技こそを彼女に期待していたことを、張愛玲は察していたのだ。ちなみに日本敗戦直前の四五年八月に張李両人は上海の雑誌で対談をしており、この対談記に付された二葉の写真はいずれも、自らデザインしたワンピースを着こなし椅子にゆったりと腰掛けた張愛玲の脇に、黄色い旗袍を着て象牙の首飾りを付けた大スター李香蘭が寄り添うように立っている構図であるのが印象的だ。

第1章　清末民初（一九世紀末〜一九二〇年代半ば）
――租界都市上海の誕生と〝帝都〟東京体験

1　上海県から租界都市へ、高杉晋作が見た上海

上海県の歴史

上海の近代は、一九世紀半ばにイギリス・アメリカ・フランスが建設した租界都市として始まった。それ以来上海は市場、商工業、出版、教育から恋愛、核家族など中国が欧米資本主義の諸制度を取り入れる欧化の窓口となり、中国の国民国家建設の中心都市となったのである。

紀元前三世紀末、秦の始皇帝が中国を統一したとき、天下は郡と県との上下二クラスの行政区に区分されて、皇帝の直轄支配下に置かれ、郡県制が敷かれた。漢の武帝は、複数の郡を監察する州を置いたが、六世紀末の隋の時代に至り、州と郡とを整理して、州県二クラスの行政区に改められ、ここに州県制が確立する。州県の中心にして行政府である州庁県庁の所在する城郭都市が、州城・県城である。州・県の数は明代でそれぞれ約二〇〇と一四〇〇、中華民国期に至り州は廃止されるものの、県は残り、現在では県および県級行政区は約二〇〇〇を数える。州城・県城は「政治都市としての性格を第一義的にもって」おり（愛宕元 一九九一）、そし

てこの政治都市群の州県の頂点に位置していたのが、皇帝のいる国都であった。

中国東南海岸部との交易基地として上海が生まれたのは唐代のこと、元初の一二九二年（至元二九）には上海県として独立、明代には倭寇の侵入を防ぐため城壁と周濠が設けられ、県城としての体裁も整えられた。現在の南市区にある中華路と人民路という環状路は、一九一二年に城壁を撤去して造られたものである。清代に入ると、一六八五年（康熙二四）には寧波の浙海関など三カ所とともに江海関が置かれ、上海の国内通運における地位は上昇、江南の中心的商業都市の一つとなった。

アヘン戦争と上海開港

アヘン戦争（一八四〇）後に結ばれた南京条約（一八四二）の結果、清朝はイギリスに香港島を割譲し、広州・厦門・福州・寧波とともに上海を開港することが取り決められた。これら沿岸五港の中でも、上海は中国主要部への交通路である長江河口に位置し、広大にして豊富な生産力を誇る沖積デルタ地帯の江南を後背地とし、相互に水陸交通で結ばれた中小都市群と巨大な人口を従えていたため、わずか数十年で中国の中心的都市にして世界的大都市へと急成長する。一八四六年以降、英・米・仏三カ国は相次いで上海に租界建設を開始し、一八六三年の英米両国租界地の合併による共同租界（The International Settlement of Shanghai、公共租界とも訳される）成立を経て、租界地は一九一四年までに三三平方キロに拡張されたのである。

日清戦争（一八九四）後の日本の進出、第一次大戦中の中国民族資本家の勃興を経て、上海は東洋一の国際都市へと成長、人口も一九三〇年には三一四万（そのうち欧米人約三万、日本人約二万）、一九四九年の中華人民共和国成立時には五五〇万（そのうち租界区の人口二五〇万、ほぼ同じ面積の東京都杉並区の二〇一一年現在の人口は約五三万）に増大した。ちなみに租界建設開始直後（一八五二）の上海県全体の人口が五四万、二〇世紀はじめの旧城内の人口が二〇万であった。

中国では、海港に置かれた税関を海関と称する。清朝は一六八五年（康熙二四）に海禁を解除して、広州などに海関を置き、中国人の沿海貿易と外国人の朝貢貿易とを管理することになり、関税徴収は公行と呼ばれる特許を受けた貿易商に請け負わせた。アヘン戦争後、五港が開かれそれぞれに洋関が置かれたが、太平天国が起こると上海海関にイギリス・アメリカ・フランス三カ国人からなる関税管理委員会が設置され、一八五八年の英清天津条約により洋関の外国人管理が始まる。このような北京駐在の外国人総税務司と各海関の外国人税務司が海関税収入を管理する制度は中華人民共和国成立まで続いた。

共同租界の行政機関である上海市参事会（Shanghai Municipal Council）およびその執行部署として工部局が設けられたのは一八五四年のこと。共同租界の重要決定事項は高額納税者で組織される納税者大会で決定され、参事会の参事は高額納税者による選挙で選ばれた。上海は大商人が支配する都市国家であったともいえよう。工部局は隋代以来続いていた工部（営繕・土木工事等を司る官庁）の名を継承したように、当初は道路など土木建築事業を主な仕事としたが、やがて市政総務局、財務局、警察部などを備えた一大市庁組織へと発展していくのである。フランス租界にも一八六二年に公董局が設立されて、共同租界における工部局の機能を果たしていった。

新興上海を闊歩した若侍

一八六二年の六月から七月にかけて、黄浦江沿いに南北に広がった英仏両租界の境界線を流れる運河洋涇浜《ヤンチンパン》（現・延安東路）を毎日のように闊歩する丁髷《ちょんまげ》帯刀の若く凛々しい日本の侍がいた。洋涇浜にあるホテル、宏記洋行に宿泊中の高杉晋作（一八三九～六七）である。晋作は長州藩でも大組に属する禄高二〇〇石の高杉家の一人息子で、五年前に藩校の明倫館で学ぶかたわら吉田松陰の松下村塾に入門して頭角を現し、松蔭から「識見気魄《きはく》他人に及ぶなく、人の駕馭《がぎょ》を受けざる高等の人物」と期待をかけられた。二〇歳で江戸に出て昌平黌《しょうへいこう》に学び、長州に戻ってからは軍艦教授所に入所、さらに昨年には藩主の跡継ぎである毛利元徳《もとのり》の小姓に抜擢されていた。

この長州藩の若きエリートが最初期に上海を訪れた日本人の一人となったのは、幕府が情報収集と貿易を目的として派遣した千歳丸に同乗するよう、藩からの命を受けたためである。千歳丸が長崎で干しアワビ、フカヒレなどの商品を揃えたのち、いよいよ上海に向かったのは五月二七日のこと、東シナ海の荒波を越え長江河口に着いたのは五日後のことだった。翌六月二日、川蒸気船に引かれて黄浦江西岸の上海港に到着したときの印象を、晋作の日記は興奮気味に次のように記している。

此レ支那第一ノ津港《しんこう》ニシテ、欧羅波《ヨーロッパ》諸邦ノ商船軍艦数千艘停泊シ、檣花《しょうか》ハ林森《りんしん》トシテ津口《しんこう》ヲ埋メントス。陸上ハ則チ諸邦商館ノ粉壁《ふんぺき》千尺、殆《ほと》ド城閣ノ如ク、其ノ広大厳烈、筆紙ヲ以テ尽クス可カラザル也。

「檣花ハ林森」とはマストと帆が森のように無数に立っている様であり、「諸邦商館ノ粉壁千尺」とは欧米諸国が建てたオフィスビルの白い壁が延々と続いているようすである。初めて見る外国、初めて踏む西洋風の街を前にして、晋作は興奮を禁じ得なかった。

欧米勢力が最初に上海に建設したのは、欧米本国やその植民地から運んできたアヘン、工業商品を中国各地に送り届けるための海運業であった。晋作が目撃したヨーロッパ諸国の商船、商館とは長江上流の中国大陸奥深くまでアヘンを売り、江南地方一帯から茶と絹を買い付けるために上海に集まっていたものである。当時、ヨーロッパに茶を運ぶ快速船はティー・クリッパーと呼ばれ、上海―ロンドン間を九〇日余りで快走していた。

一八五八年、清朝政府に中国中心部を流れる大動脈長江での海運を認めさせたアメリカは、三年後には上海・漢口間一〇〇〇キロの航路を開き、以後上海では海運業は大いに発展する。これにともない、造船業が起こり、続けて銀行が進出するなど、一八六〇年代は、外国資本による上海近代産業の誕生期であった。工業はその後も伸び続け、清仏戦争（一八八四～八五）から日清戦争（一八九四）までの一〇年間には、上海では紡績業、製糸業など農業副産品の加工業を中心に六〇余りの各種近代企業が新設されている。また一八八八年、三井物産の経営になる機械式綿繰り工場の建設が開始されるなど、日本企業の上海進出も始まっている。商業の発達も目ざましく、一九〇八年には上海全市に各種商店七三八一戸が営業していた。

民族資本の追い上げ

上海における近代商工業の誕生と急速な発展は中国の民族工業を刺激した。清朝政府の大官、李鴻章は近代的武器工場の設立を図り、一八六二年上海洋炮局を創設したのを皮切りに江南製造局（一八六五年設立）およびその附属の火薬、製鉄、機雷工場などを次々と開き、一八九〇年には同局は清朝政府最大の軍需生産基地となった。

一八八五年以後には、民族資本は造船業にも進出し、一九〇四年に大規模な海運会社大達水運公司を設立、一九一一年には民族資本が上海に設立した海運会社は十数社に達し、船舶保有数は五一七隻であった。また中国人自営の最初の銀行、中国通商銀行が一八九七年に開業している。

2　ジャーナリズムの出現と近代的学校制度

宣教師ミュアヘッドを訪ねて

高杉晋作は二カ月間の上海滞在中、欧米人や中国人と交流する一方、書籍や新聞に地図、ピストルを購入し、さらにはイギリス軍の砲台を訪れ新式大砲のアームストロング砲を観察するなど、忙しく過ごしている。七月一六日には晋作は租界の宿を抜け出し、旧市街である上海県城の西門外へと向かった。

この日の晋作の訪問相手は、上海の旧県城内で活動しているキリスト教宣教師ウィリアム・ミュアヘッド（William Muirhead、中国名は慕維廉、一八二二〜一九〇〇）である。ミュアヘッドはロンドン伝道教会から一八四七年に上海に送り込まれてきた英国国教会《アングリカンチャーチ》の宣教師で、半世紀以上も上海で布教活動を続けた。晋作は長崎での渡航待機中に英語の猛勉強を始めており、「是ヨリ西方ノ字ヲ学ブノ初メ、心ニ誓ッテ漢和ノ書ヲ読ムヲ禁ズ」という詩まで作っていた。それでもミュアヘッドの教会では上海の英字紙*North China Herald*ではなく、同社が出している中国語紙『上海新報』を買い求めている。同紙は一年前に創刊され、六〇年代を通じて最もよく読まれた中国語新聞である。長州で晋作の帰りを待つ勤王の志士たちも、漢文なら辞書を引くこともなくスラスラと読めるので、何よりの土産になるのである。

ジャーナリズムの誕生

外国資本・民族資本による近代産業の急成長と共に、ジャーナリズム・出版業が起こる。そのきっかけは外国資本と共に上海に流入してきたキリスト教宣教師の編集によるもので、たとえばミュアヘッドと一緒に上海に送り込まれた宣教師アレクサンダー・ワイリーは、一八五七年に上海最初の中国語月刊新聞『六合叢談』を創刊している。『六合叢談』や『中外襍雑誌』（一八六二創刊）などは中国内外の国際情勢から化学・工学など自然科学、ギリシア・ローマの古典文学などの紹介を行った。これらの雑誌には王韜（ワン・タオ、おうとう、一八二八～九七）ら中国の知識人が執筆に協力した。また日本の江戸幕府はこれらの雑誌を輸入しては、原文の古典中国語に訓点を施し翻刻出版している。

一八七二年、イギリス商人メイジャーらが最初の中国語新聞社申報館を設立、続けて申報館の論評が不公平であると不満を抱いた容閎（ロン・ホン、ようこう、一八二八～一九一二）が一八七四年に民族資本による『匯報』を創刊している。『申報』の発行部数は創刊当初六〇〇部、一九一九年には三万部に達した。なお『申報』は一九〇九年に席裕福が買収し、中国人の経営に帰している。

一八七〇年代にはリトグラフ（一八世紀末のドイツで発明され一九世紀に絵画の複製や石版画として広まった板状の石灰石を利用した印刷術）は「石印」の名で上海にも登場し、申報館からニュース画報『点石斎画報』が一八八四年に創刊されている。

中国・江南地方の書籍業はもともと蘇州が中心であったが、太平天国期に、大量の書籍商が上海に移動したので、出版事業の中心も上海に移り、一八八〇年代には上海の書店数は五〇〜六〇軒に達した。また石板印刷所の増加は上海を一躍中国印刷業の主要な基地たらしめ、紙に対する需要は日増しに逼迫、こうして製紙工場の勃興をもたらした。倫章製紙などは一八九一年に生産を開始している。

近代都市としての上海の成熟は出版業、ジャーナリズムの誕生を促し、そして租界都市のジャーナリズムは中国改革の言説を担っていくのである。

洋学堂の出現

外国資本が上海に進出する際、通訳や事務の面でこれに協力した中国人は買弁(マイパン、ばいべん)と呼ばれる。初期の買弁の多くは広東人で、アヘン戦争後に上海租界が開かれると、彼らは外国商人に従い広州から上海にやって来た。清朝政府が一六八五年に海外貿易を許可した際、広州に粤海関が置かれ、貿易商の組織する公行という組合が外国貿易を独占していたために、広州には買弁の伝統が培われていたのだ。開港初期の買弁のもう一つの来源は旧式商人で、主に絹と茶を扱う商人であった。

一八六〇年代以後、産業化とともに買弁の数も増大し、その出身地は地元の江西・浙江両省の人が主となった。これと同時に買弁の地位も上がり、教会学校卒業生や欧米留学生も買弁の列に加わっていくのである。やがて買弁の中からは、巨額の資本を蓄積し、清朝政府の官営企業に投資して初期の官僚資本の一部となる者や、さらに民族資本企業に投資し、民族資本家に転じる者も出てくる。こうした新興買弁を養成したのが洋学堂と呼ばれる外国人運営の西洋式学校である。

洋学堂の歴史は、教会経営の小学校を中心とする第一期(一八三九〜一八七三)と、大量の教会中学が創設された第二期(一八七四〜一九〇〇)とに分けられる。第一期の生徒は貧しい中国人信者の子弟や孤児が中心で布教を目的とし、学費免除の上、食費や生活費が支給されていたのに対し、第二期の中学校では募集学生の対象は新興買弁と資産家の子弟に変わり、高額の学費を徴収するようになった。植民者による在華企業が日ごとに増加し、大量の事務職員が求められ、これに加えて洋務派系企業の創業にも人材が必要とされたためである。この時期には高級テクノクラートを養成する格致書院や聖ジョーンズ書院（一九〇五年に正式に聖ジョーンズ大学と改名）のような教会大学も出現した。

この第二期には中国人の開明紳士や上層資産階級の人々も、新式学校の創設に乗り出してきた。一八七八年、張煥綸が正蒙書院を創設。科目には国文、地理、経史、時務、物理、数学、詩歌などがあり、一八八二年梅渓学堂と改名して英・仏語科を増設、合わせて学生に軍事教練を行っている。一八九六年李鴻章の部下で官僚資本家盛宣懐が南洋公学という大学を創設し、三年後にはマッチ工場の資本家葉澄衷が澄衷学堂を創立している。そして一九〇五年に、科挙制度が廃止されると、上海の資産階級の間では新式学堂開設にいっそうの拍車がかかった。

上海の欧化と近代文学

租界都市上海の歴史を、現代中国の歴史家は次のように総括している。

帝国主義は暴力と強権とにより上海に租界を設立し、さらに租界内に近代企業を創立し、遠洋と内河運輸を開き、文化教育機構を築き、市政の建設を行ったが、これらすべては侵略に必要であったからである。……しかしこの過程では着実にもう一つの変化が生じていた。つまりこの同じ大地に西洋の先進技術を応用して生産を行う中国民族工業が生まれ、中国人自身が経営する新しい学校と新聞出版事業が現れ、中国の民族ブルジョワジーとプロレタリア、そして新しいタイプの知識人が創り出されたのである。（劉恵吾）

欧米植民地主義勢力が上海に近代的商工業および文化のシステムを建設するのを、中国人は指をくわえて見ていたのではなかった。中国側も機敏に反応し、欧米勢力が持ち込んだ近代的生産様式をたちまち我がものとして欧化の道を邁進し、欧米勢力に挑戦していくのである。そしてこのような上海において近代文学が芽生えたのであった。

3 洋務運動から変法運動へ、夏目漱石が見た上海

洋務運動から変法運動へ

アヘン戦争と太平天国の蜂起（一八五一〜六四）により清朝は危機を迎えた。そこに登場したのが馮桂芬（フォン・クイフェン、ふうけいふん、一八〇九〜七四）らの中体西用論である。これは中国の伝統的学術を体（根本）とし、西洋の近代的学術を用（応用）とせよ、という思想で、大官僚の李鴻章らはこれに基づき、洋式海軍を設立し、軍需を始めとする各種近代産業の育成、近代的学校制度の整備に努めたのであった。しかし、清仏戦争と日清戦争の敗北で相次いで南洋・北洋両海軍が壊滅し、洋務運動では清朝を立て直すことができなかった。

深まる危機を前に登場したのが変法運動である。馮桂芬の孫の世代に当たる若き康有為（カン・ヨウウェイ、こうゆうい、一八五八〜一九二七）、梁啓超（リアン・チーチャオ、りょうけいちょう、一八七三〜一九二九）らは、ピョートル大帝（一六七二〜一七二五）によるロシアの近代化、および日本の明治維新をモデルとし、清朝も西欧の社会体制そのものを導入して、立憲君主制に移行することを唱えた。彼らは漢代に栄えた儒学の一派公羊学・今文学をもとに西欧近代思想、特に進化論と仏教を加味して大同論という政治理論を構築したのである。

康有為は一八九五年、科挙の最終試験（会試）受験のため北京入りした折り、全国から集まった受験生（挙人）一二〇〇名の連署を添え、日本との和議の拒否、変法実施を訴える二回目の上書を行った（公車上書、公車とは会試受験生を指す言葉）。九七年、五回目の上書が光緒帝に認められ、翌年戊戌《ぼじゅつ》の年に国会開設・憲法制定をはじめ、新しい人材養成のための京師大学堂の設立と留学生派遣など大々的な制度改革が企図された。しかし西太后（光緒帝はその甥）を中心とする保守派がクーデターを起こし（戊戌政変）、新政は一〇〇日余りで失敗、光緒帝は一

九一一年のその死まで幽閉され、康有為、梁啓超らは日本に亡命した。

革命派の登場

続いて保守派は義和団事件を迎えると、義和団と組んで列強に宣戦するものの惨敗を喫し（一九〇〇）、ようやく変法派の立案を踏襲した西太后新政を開始する。この時期には、変法派に続き、清朝を打倒し国民国家、共和国建設をめざすより急進的な革命派が登場しており、やがて清朝は崩壊へと追いつめられていくのである。

激動する清末上海にイギリス留学生の夏目漱石（一八六七〜一九一六）を乗せたドイツ船プロイセン号が寄港したのは一九〇〇年九月一三日のこと。漱石は外港の呉淞から小船に乗り換えて上陸した上海の印象を日記に「小蒸気ニテ濁流ヲ遡リ二時間ノ後上海ニ着ス、満目皆支那人ノ車夫ナリ。家屋宏壮、横浜抔《など》ノ比ニアラズ……南京町〔南京路の誤りか〕ノ繁華ナル所ヲ見ル、頗ル希有ナリ」と記している。

漱石はロンドン到着後も中国の行方を懸念し、一九〇一年四月親友の正岡子規に書き送った「倫敦《ロンドン》消息」という留学レポートの中で「吾輩は例の通り「スタンダード」新聞を読む……吾輩は先第一に支那事件の処を読むだ」「支那は天子蒙塵の辱を受けつゝある」と繰り返し中国について語っている。その後も激動の近代史を歩むことになる中国は、漱石文学の一大テーマとなっていくのだ。

変法運動の特徴は、政党組織をめざしその公報活動に上海の近代的メディアを駆使した点であろう。たとえば梁啓超が一八九六年に上海共同租界で創刊した旬刊誌『時務報』は毎号二〇頁あまり、論説や内外のニュース、外国新聞の翻訳を掲載し、戊戌政変による停刊までに六九期を刊行、発行部数は創刊時四〇〇〇部、一年後には一万七〇〇〇部に達し、国内新聞の最大発行部数を記録して「雑誌王」と称された。

4 「新小説」の出現と日本留学ブーム

保皇派の若きリーダー梁啓超は一八九八年、戊戌政変により日本に亡命して間もなく、横浜で旬刊誌『清議報』を創刊、一九〇二年には誌名を『新民叢報』に改め、君主立憲を宣伝し、帝国主義時代における中国の危機に警告を発した。わずか一七歳で科挙試験の数次の難関を突破して挙人となり、最終試験の会試に臨んだ梁啓超は、古典の教養に溢れる典型的な士大夫であった。しかし、変法運動に身を投じてからは、彼の文体には顕著な変化が生じている。

「覚世の文」啓蒙の言語

現代中国の研究者夏暁虹によれば、梁啓超は古典的な「伝世の文」に対し、「覚世の文」を選択したのだという。「覚世の文」とは「流暢にして切れ味がよく、論理明晰で、まさに標準的な」文章であり、「近代ジャーナリズム勃興」を背景として「新聞・雑誌に載せるともっとも効果が大きい」もの、言い換えれば市場原理に立脚する近代市民社会の言語である。近代化＝欧化の道を歩もうとする梁啓超の場合、それは「如何にして国家観念を中国人の頭に注ぎ込むか」に集約される啓蒙の言語として現れたのである（夏暁虹 一九九一）。

明治日本の政治小説

啓蒙の効果を重視する梁啓超の前には、急速な欧化を進めつつある明治日本とその出版界・ジャーナリズムがあった。日本では一八八〇年代に自由民権運動が活発となり、これとともに政治小説が栄えており、両者の関係がよきモデルとして梁の目に映じたのである。彼は自ら『佳人之奇遇』（東海散士作、一八八五～九七刊）『経国美談』（矢野龍渓作、一八八三～八四刊）を一八九八年から九九年にかけて翻訳したのち政治小説を提唱して自らその創作に手を染め、一九〇二年には横浜で中国最初の文芸誌『新小説』を創刊している。創刊号には「小説と政治の関係について」という論文を発表、小説は人間界を支配する不思議な力を持つので、一国の民を新たにするには一国の小説を新たにせねばならぬと論じた。これと同時に自作の小説

図1-1　梁啓超（1899年）

『新中国未来記』の連載も開始している。ちなみに雑誌の命名は日本で一八八九年と一八九六年の二度にわたって創刊された同名の雑誌の名称を直接借用したものであり、小説の題名も『新日本』、『二十三年未来記』などの明治政治小説の書名を合成したものであった。

中国において小説という言葉は二〇〇〇年以上の歴史を持ち、その初出は紀元前二世紀頃に編まれた『荘子』「外物篇」にまで遡る。しかし長い間小説は暇つぶしのための読み物と見なされ、正統的な文章とは詩であり文（文言、文語文）であった。それが清末に至り、改革や革命のための社会的・政治的効用という点から口語による小説が評価され、梁啓超のような一流の知識人が翻訳や創作の筆を執るに至ったのである。『新民叢報』は『時務報』の部数に迫る一万四〇〇〇部の発行部数を誇ったが、『新小説』の発行部数もそれに近い数であったろう。購読者はともに日本・南洋の華僑と上海はじめ天津・漢口・香港など中国各地の租界都市、植民地都市の有産階級であったと想像される。

小説雑誌の創刊ブーム

横浜における『新小説』の出現は、中国本土でも空前の小説ブームを引き起こした。一九〇二年から一九一七年までの一五年間に、『繍像小説』『新新小説』『月月小説』など小説をタイトルに掲げた雑誌だけでも二七誌が創刊されたのである。そのうち六誌の発行地が横浜・香港・広州・漢口であるのを除けば、なんと二一誌が上海での発行であった。この小説ブーム期の新聞・雑誌には『新中国未来記』のような政治小説、ジャーナリスト李伯元の『官場現形記』『文明小史』、同じく呉沃堯『二十年目睹之怪現状』、実業家劉鶚の『老残遊記』、翻訳家曽樸の『孽海花』など「譴責小説」と呼ばれる社会小説、暴露小説が特に有名で、『文明小史』を除く四作は清末四大小説と称される。これらの小説は単行本として出版されたのちも、よく読まれ『孽海花』は六～七版を重ねて二万部に達した。ちなみに日本で漱石の『吾輩は猫である』が一九〇五年から〇七年にかけ上中下三部作として単行本化されたとき、その初版部数は一〇〇〇～一五〇〇部であった。

欧米・日本の小説の翻訳も盛んに行われ、シェークスピア、ディケンズから徳冨蘆花までが紹介されている。著名な翻訳家には林紓がおり、彼は外国語を解さず助手に口述させて古文で翻案を行った。代表作にはデュマ・フィスの『椿姫』などがある。また探偵小説も盛んに翻訳さ

上海のシャーロックホームズ

れ、一八九四年にロンドンで刊行されたドイル『シャーロック・ホームズの思い出』は二年後には『時務報』に訳載されており、中国のホームズ受容は日本より七年も早かった。当時の上海は東京・大阪よりも近代都市として早熟していたのである。南京遊学、東京留学時代の魯迅もホームズを愛読していた。

樽本照雄の研究によれば、清末の一八四〇年から一九一一年までに雑誌掲載および単行本として発表された小説は、創作が一二三七点に対し、翻訳は一一三五点にのぼった。しかも一九〇一年から一九一一年までに発行された単行本に限った場合、翻訳は六四パーセントを占めている。この翻訳優勢の傾向は民国初期（一九一二～二〇）にはさらに拍車がかかり、七七パーセントを占めるに至ったという（樽本 一九九二）。

近代ジャーナリズムの勃興を背景とする清末小説は、出版の形式、部数、著者および作品の社会的地位において伝統的な白話小説と大きく異なっているばかりでなく、表現においても大きな断層が指摘されている。現代中国の研究者陳平原は『中国小説叙事模式的転変』（一九八八）において、戊戌政変から一九二〇年代にかけて、小説の叙事模式＝語りのスタイルが叙事時間・叙事角度・叙事構造の三つのレベルで大きな変貌を遂げたことを指摘している。それによれば、伝統的小説は基本的に叙事時間においては自然の時間的流れに従った連貫叙述を、叙事角度においては全知全能の視角を、叙事構造においてはプロット中心の構造を採っていた。これに対し、二〇世紀初めの二〇年間に西洋小説の挑戦を受け、連貫叙述に加えて倒置叙述（時間の順序の転倒）・交錯叙述（異

なった時空の交錯）など多様な叙事時間が、全知の視角に加えて第一人称や第三人称による制限叙事や純客観叙事など多種の叙事角度が、プロット中心の傾向に加えて人物の性格中心のものや背景・雰囲気中心のものなど多元的叙事構造が獲得された。清末小説こそこのような表出史における地殻変動の発端であったという。

日本留学ブーム

近代中国における海外留学は、容閎らが一八四七年に渡米したのが最初である。エール大学を卒業後帰国した容閎の建議により、清朝政府は一八七二年から七六年までの間に一二〇人の少年をアメリカに派遣し、同時期に陸海軍学生をヨーロッパにも派遣し、いずれも八〇年代には停止され、以後二〇年近く留学派遣事業を見合わせていた。

再び近代化を担う人材育成のため海外留学が提唱されるようになるのは日清戦争以後のことで、派遣先も欧米から日本へと変化した。その主唱者は変法派や張之洞など洋務派官僚であり、一八九六年には一三名の官費留学生が送り出されている。戊戌政変後の反動政治を経て一九〇一年以降の清朝政府は以前にもまして日本留学政策を推進した。一九〇二年四〇〇〜五〇〇人、一九〇四年一三〇〇余人といわれた日本留学生は、日露戦争と中国における科挙制度廃止（一九〇五）の後には急増し八〇〇〇人に達した。辛亥革命に際しては留学生数が一四〇〇名まで激減することもあったが、その後は二〇〇〇〜三〇〇〇名台で推移し、満州事変（一九三一）、上海事変（一九三二）直後には再び一四〇〇名にまで減少するものの、一九三五年（昭和一〇）には八〇〇〇名という第二のピークを迎えている。

嘉納治五郎の弘文学院

清朝政府は留学生派遣に際し、日本政府に対しその教育を依頼した。日本側は、高等師範学校校長の嘉納治五郎（一八六〇〜一九三八）にこれを一任、嘉納は民家を借りて塾を開き、日本語や数学・理科・体操などの教科を教えた。やがて留学生の激増にともない、この塾は一九〇二年には中国人留学生専門の予備校弘文学院へと発展していく。同年に留学した魯迅も弘文学院で二年間学んでいる。法政大学速成科、早稲田大学清国留学生部なども多くの人材を養成しており、下田歌子（一八五四〜一九三六）が実践女学校で行った女子留学生の教育も有名である。

上海はこのような清末日本留学運動の「最大の集散地」であった。厳安生は留学のため「奥地から出てきた田舎秀才たち」が「楼閣が雲に届かんばかりに立ち並ぶ」上海で外国人たちの精力的活動に圧倒される一方、「各種の政論と政治的動きの集散地」上海で、変法派へ革命派へと変身した現象を指摘している。中国に迫り来る近代国家の欧米・日本、その近代的産業制度から精神に至るまで貪欲に吸収しようとする中国の欧化——日本留学運動とは上海の開港以来、買弁ら中国人勢力が切り開いてきた近代化の道を、中国全土の士大夫階級が歩もうとした現象であった。上海は単なる日本への出発港ではなく、留学という制度の起源であったのだ。

また厳はこの士大夫階級の留学熱の根底には、「終末期に入った封建社会の地盤沈下、あるいは地滑り」により引き起こされた「亡国滅種という天下国家次元の危機感とともに、封建旧家出身者の多い留学生たちの存在根源にかかわる大問題」という意識があったとも指摘している。それは清末における社会・経済構造の大変化による士大夫階級のアイデンティティ危機と言えようか。

若き〝帝都〟が生み出す文学という新制度

横浜—新橋間が鉄道で結ばれたのは明治維新後間もない一八七二年のこと、八九年には新橋—神戸間六〇〇余キロが開通している。かつて徒歩では東京—大阪間に二週間を要していたが、鉄道は到達時間二二時間という画期的な時間短縮をもたらした。魯迅来日の翌年一九〇三年には鉄道営業キロ数は約八〇〇〇キロに達している。ちなみに同年中国の鉄道営業キロ数は四五三〇キロに過ぎず、八〇〇〇キロ台に達するのは一九一〇年のことである。鉄道により日本全国と結ばれた東京市に路面電車が開業するのも同じく一九〇三年のことだった。

一八七二年には全国県庁所在地などを繋ぐ郵便線路が開かれ、鉄道網の発達にともない郵便輸送は高速化を実現していく。また電信も七三年には東京—長崎間の電信路が開通して上海—長崎間の海底電線に接続し、東京はロンドンと直結された。九〇年には東京・横浜の両市内および両市間において電話交換事業も始まった。欧米では産業革命の最後に出現した通信改革が、日本では産業革命の開始に先立って始まったのだ。

一九〇九年には東京では『報知』『万朝報』の両紙の一日の発行部数がそれぞれ三〇万部と二〇万部に達し、全国の小学校就学率が九八％に達した。メディアと教育制度の発展にともなって新しく形成された読者層は書籍取次店網の整備を促し、全国規模の読書市場を成立させていたのだ。明治の日本では交通・通信・教育制度・活字メディアの革命的発展により、時間と空間とは著しく均一化され情報が全国読書市場を短時間で駆け回り始めていた。一方、中国では一九一四年の調査で北京紙は数千、上海紙でも『新聞報』が二万を記録しているに過ぎず、就学率に至っては一九一九年でも一一％に低迷していた。

二〇世紀初頭の日本では、交通・通信の革命的発展により、時間と空間とは著しく均一化され、情報が全国を短時間で駆け回り始めていた。そして情報の発信受信も教育制度と活字メディアとの急展開により、大活況を呈していたのである。そしてこの新興「帝国」の中心に位置していたのが若き「帝都」東京であった。

職業的文学者の誕生

永嶺重敏の研究によれば「新しい書物観」と「新しい読書習慣」を身につけた新しい読者層の全国的形成と、明治二〇年（一八八七）前後から整備され始めた全国的書籍取次店網のおよび郵便制度の発達とは、全国規模の読書市場を成立させている。市場の需要に応じ新作を出版する著者と版元、そして「書物への無条件の崇敬」からではなく「自己の興味関心に応じて出版物を選択し、消費」する読者から成る「作家—出版社—読者」関係が読書市場として成立したのである。

このような活字メディアの活況は、日清戦争（一八九四）後の東京に職業的文学者を誕生させ「戸口調査に際しその職業を「著述業」「小説家」と称する者も現れ、ここに文学者は「社会における新分子」としての認知を受けるようになった」というのである。東京帝国大学で英文学を講じていた夏目漱石が、一九〇七年に教授就任を断って朝日新聞社に入社し職業作家の道を選んだのは象徴的な事件といえよう。魯迅が教育部（文部省に相当）高官も大学教授も辞めて職業作家となったのが一九二七年であったように、中国で新文学の作家が独立した職業となるのは一九二〇年代末以後のことである。

魯迅のエッセー風の作品「范愛農」（一九二六）は語り手の「私」が先輩留学生として後輩たちを横浜まで出迎えて汽車に乗車したところ、席の譲り合いを続けていた新来留学生たちが発車と同時に将棋倒しとなったので、自分は軽蔑したようすで頭《かぶり》を振りながら新橋まで引率した、というエピソードを深い自責の念を込めて語っている。これは当時急速に近代化を進めていた明治日本にやって来た中国人留学生の先発組と後発組との間に生じていた微妙な、しかし容易には越えがたい心性の溝を示すものであろう。

5 革命派の台頭と留学生魯迅の内面凝視

図1-2　魯迅（1930年）

革命派の雑誌

大量の留学生を迎えた東京では、当初は保皇派が大きな影響力を持ったが、やがて革命派が台頭し、一九〇五年に機関誌『民報』を創刊、翌年革命派の国粋主義理論家章炳麟が亡命してきて同誌主筆となるや、革命派の力は保皇派を圧倒するに至る。こうした機関誌とは別に、出身省ごとに『江蘇』『浙江潮』などの総合雑誌が刊行され、翻訳、小説などが掲載された。たとえば魯迅も、国民国家形成と祖国の富強を熱望して、盛んに筆を振るっている。

明治期の古代ギリシアものを翻案したと推定される小説「スパルタの魂」、ベルヌのＳＦ小説の翻案『月界旅行』（ともに一九〇三）などである。

ところで新小説においては演説が大きな役割を演じている。夏曉虹はこの演説による小説の組立が日本の政治小説の影響によるものであり、さらにその明治政治小説では「演説が小説に入ると、政治小説特有の悲憤慷慨の風格が形成され」ること、明治期「民権派の中の多くの人は、志士意識を抱き、先知先覚者をもって任じ、蒙昧なる大衆を啓蒙する。内心深くでは優越感と同時に、理解されえぬ苦しみが生まれるのである。そして現実生活では、苦しみを発散する対象は芸者の中からたやすく選ばれる」こと、そして『新中国未来記』にも「志士美人」奇遇の影が差していることなどを指摘している（夏 一九九八）。

魯迅のロマン派文学論

たしかに、士大夫留学生におけるアイデンティティ危機と大衆からの孤立感は、やがて内面の凝視へと転じ、魯迅の「摩羅《まら》詩《し》力《りょく》説《のせつ》」（一九〇七）へと展開している。同作は日本や欧米の文芸評論を種本に、バイロンからロシア・東欧の詩人たちに至るヨーロッパ・ロマン派の系譜を論じたエッセーで、冒頭では孔子以来儒教イデオロギーにより中国では詩はもっぱら専制君主を喜ばせる道具になってしまったが、近代ヨーロッパでは自由を求め反抗を叫ぶロマン派詩人が次々と現れ、国民国家建設運動の先頭に立ってきたと論じている。

そして最終章で魯迅は詩人を、立ち回りを演じて血を流し観衆に戦慄と快楽とを与える剣闘士にたとえる。これは、ポーランドのノーベル賞作家シェンキェビチの代表作『クオ・ヴァディス』（一八九六）の一場に感銘して書いたものと思われる。同作は皇帝ネロの時代のローマで起きたキリスト教徒迫害を描いた歴史小説で、パンとサーカスに酔いしれるローマ市民がコロセウムでキリスト教徒虐殺を見物して楽しんでいたところ、生け贄の一人の勇士ウルススが猛牛の角の間に縛られた主人リギア姫を助けようと徒手で格闘し見事猛牛を倒したため、ローマ市民もその武勇を讃えネロに姫と勇士を許せと迫り、さしもの暴君も二人の命を助けるという一場があるのだ。同作は明治日本でも大流行しており、特にこのコロセウムの一場は新聞・雑誌で繰り返し翻訳されていた。

勇士の姫のための死闘が蒙昧な群衆をも感動させ専制君主への反抗に駆り立てるという物語は、まさに魯迅のロマン派詩人および中国に対するイメージとぴたりと重なるものであった。それは明治政治小説の通俗版とも言えよう。しかし魯迅はこの剣闘士の挿話を「たとえ剣闘士がいても群衆がこれを正視せず、さもなくば進んでこれを殺してしまう……〔精神界の戦士が〕生まれぬのでなくば、生まれたにせよ群衆に害《そこな》われてしまうのだ。その一方または双方の理由で、中国はとうとう寂寞となった」と結んでいる。近代ヨーロッパとの落差の認識は、魯迅自身のアイデンティティ危機と結びついて「寂寞」なる中国というイメージを形成し、そして「寂寞」が魯迅自身の内面風景へと転化していったのである。

蘇曼殊の幻想小説

このような内面を最初期に小説で表現したのが蘇曼殊（スー・マンシュー、そまんじゅ、一八八四〜一九一八）である。蘇曼殊は広東商人と日本女性との間に生まれ、一八九八年に来日して横浜の大同学校、早稲田大学高等予科で学び、章炳麟の若い友人でもあった。魯迅が創刊を試みたものの挫折した文芸誌『新生』にも参加、その後は翻訳『バイロン詩選』（一九〇八）を日本で刊行している。

『断鴻零雁記』は辛亥革命翌年の一九一二年、上海紙に連載された文語文の小説である。主人公の三郎は父の死後、許婚者の美女雪梅と結ばれぬ為に出家し、さらに金銭欲が支配する中国を嫌悪して海を越え日本人の実母のいる逗子へと旅立つ。そこは母や伯母など女たちが三郎に惜しみなく愛を注いでくれる世界であり、とりわけ美しく聡明な従姉の静子は、海の如き荒々しい愛情を寄せるが、中国ですでに出家していた三郎はその愛を受け入れることもならず、出奔して中国へと帰る。だが故郷で三郎を待っていたのは許婚者とやさしい乳母の死であった。此岸の俗世界の孤独を脱しようとして聖なる愛の世界へと旅するものの、愛が故に聖世界にも安住できず、此岸に帰ったときにはすべてを失い、全き孤独に陥るという幻想的小説である。
蘇曼殊は三郎に置き手紙の中で、「遭世有難言之恫」（この世に生まれ言うに言われぬ恫《いた》み）と自らの宿命的孤独を語らせている。実は「恫み」とは『バイロン詩選』の訳者序文など蘇の一九〇〇年代の作品では、中国の亡国状態を嘆くナショナリズムの文脈で繰り返し語られた言葉であった。辛亥革命を経て清末の新小説は、政治的啓蒙と宣伝から、ついに個人の内面を語る文学へと変貌を遂げたのである。

コラム1
孫文映画の系譜
──『宋家三姉妹』から『孫文の義士団』まで

一九一一年の辛亥革命により、中国では〝ラストエンペラー〟の清朝が倒壊し、翌年アジア最初の共和国である中華民国が誕生した。革命の最有力指導者であった孫文（スン・ウェン、そんぶん、号は中山、一八六六～一九二五）は〝国父〟と称され、「孫中山」と敬称されている。欧米では字《あざな》に因んでSun Yat-sen（孫逸仙）と呼ばれることが多い。

この孫文の長い革命家の人生とは、共和国建設の理念を粘り強く訴え続ける世界遊説の旅であった。一国の革命には資金調達と世界各国の理解と支援を得るための運動が不可欠である。一八九五年の広州蜂起以来、孫文は辺境革命論の自説に基づき、地元広東省とその周辺で蜂起を繰り返した。

やがて東南アジア華僑提供の軍資金が底を突くと、日本や欧米を回って各国の金融資本家に資金調達を要請し、一九一一年七月にはサンフランシスコにて革命組織の中国同盟会と在米華僑の秘密結社致公堂との間に同盟関係を樹立、「内地の同胞は命を捨て、外地の同胞は財を拠出し、各々長ずるところを尽くす」という憲章を起草し、全米規模の大キャンペーンを始めている。憲章では五ドル以上の拠出には倍額の額面の中華民国金貨との引換証を与え、一〇〇ドルを越える分には一〇〇ドルごとに勲功一回、一〇〇〇ドルごとに大勲功一回に数えて革命後論功行賞を行う、という名誉と実益とが一挙両得できる特典が定められていた。ちなみに当時のアメリカでは、勤労者の平均年収が五〇〇ドル、住み込みの黒人メイドの週給が四ドルであった。

そのような事情で、孫文が辛亥革命の発端となった一〇月一〇日武昌蜂起を知ったのは、デンバー滞在中のことである。ホテルで読んだ地元新聞『ロッキー・マウンテン・ニューズ』およびそのライバル紙『デンバー・ポスト』の報道によるのだ。

この孫文を、中国・香港・台湾の中国語圏映画は歴史の節目で繰り返し描いており、映画の中の孫文像からは、その時代と地域の人々の歴史認識を窺うこともできそうだ。孫文生誕一二〇周年の一九八六年には、中国の珠江電影制片廠が『孫中山』上下二巻を製作している。『中国電影大辞典』（一九九五）で「孫中山」の項目を開くと、一八九四年上海での革命志士たちとの集会から一九二五年病没まで、偉人の半生を描く伝記映画のあらすじが書かれている。

『宋家三姉妹』（1997年）

それに続けて、「賀夢凡・張磊編劇、丁蔭楠監督、出演：劉文治（孫文）、張燕（宋慶齢）……」と脚本家の名前が先ず挙がっているのは、毛沢東時代から鄧小平時代前半期まで、共産党が脚本検閲制度により厳しく映画製作を指導していたからである。監督は脚本通りに映画を生産する技術者であったのだ。

一九八六年とは台湾では国民党独裁体制の末期に当たり、丁善璽監督がその名も『国父伝』を製作しており、孫文の死後、その後継者となり反共路線を進む蒋介石が、「孫総理は連ソ・容共に同意はするが、共産主義は中国に合わないとも明言なさった」と語っているという。国民党の反共史観を前面に押し出した映画だったようだ。萬梓良、劉家輝ら香港の俳優も多数出演しており、香港では『国父孫中山與開国英雄』の題名で公開されたという。

その後、台湾の平和な民主化（一九八八）と中国のあの悲惨な天安門事件（または「血の日曜日」事件、一九八九）という台湾海峡を挟んで対照的な政治的事件が勃発し、香港は九七年にイギリス植民地支配から中国へ返還されている。この年に香港の女性監督張婉婷（メイベル・チャン）が製作したのが『宋家三姉妹』（原題：『宋家皇朝』）である。財閥で大蔵大臣も務めた孔祥熙の夫人宋靄齢、孫文夫人の宋慶齢、そして蔣介石夫人の宋美齢という三人の女性の視点から、辛亥革命から四九年の人民革命に至る中国近代史を描いており、香港女性ならではの作品といえよう。

二一世紀に入ると、外伝風の孫文映画が製作されている。二〇〇六年の趙崇基（デレク・チウ）監督『孫文：一〇〇年先を見た男』（原題：『夜・明』）は中国の深圳電影製片廠製作だが、孫文が一九一〇年にマレー半島北西にある港町ペナンに五カ月滞在した史実に基づく。当時ペナンは海底通信ケーブルの中継点で、国際金融為替の自由があり、資金調達に至便の地であった。一方、孫文は東京滞在を日本政府に拒否され、シンガポールでは武力蜂起の失敗で有力華僑は離反していた。しかし彼は逆境にめげることなく、若い華僑の同志たちに支えられて革命の理想を訴え続け、ついに再起を果たすのである。

当時、イギリス植民地下のマレーに住んでいた約九〇〇万人の華僑は、伝統中国文化を守る一方で、積極的に英国文化を摂取して学校を開き新聞を発行、マレー人とも通婚して国際色豊かな文化を創り出していた。南洋の真っ青な空と海、ガジュマルの大木とコロニアル様式の洋館が立ち並ぶ美しい港町を舞台に、孫文と彼の秘書兼恋人との一時の同棲生活、そこに割り込む愛らしくも奔放な富豪の娘、そして幼馴染みの彼女への愛のため孫文暗殺を志願する青年……クラシック・カー同士による追跡もスリリングであり、孫文が逃げ込むアヘン吸引所はお洒落なエステ・サロンのようだ。それでも大商人の虐待を受ける港湾労働者たちを前に、人権を主張し団結を呼びかける孫文は凛々しく描かれている。一〇〇年後の中国では富強の夢が実現されつつある一方、出稼ぎ農民労働者や少数民族への差別問題も顕在化している。「革命未だならず、同志たち、なお努力せよ」という孫文の遺言が、新鮮な響きを持って南洋華僑の街に木霊しているかのようだ。

そして二〇〇九年に香港・中国合作で陳徳森（テディ・チャン）監督が製作した『孫文の義士団』（原題：『十月囲城』）は、清朝側孫文暗殺団を阻止しようとして落命する、香港の八人の〝義士〟を描くカンフー映画である。『忠臣蔵』を連想させる物語だが、中国革命の大義とは関係なく、家族愛情や、友情、恋情などもっぱらプライベートな事情により孫文のボディガードとなる無名の人々の生き様に焦点を当てているところが興味深い。中国革命の大義よりも、小市民的幸福のために孫文を助け自らは惨殺される悲劇に、現代中国人はより共感を寄せているのだろうか。

第2章　五・四時期（一九一〇年代後半〜二〇年代後半）
——〝文化城〟北京と文学革命

1　北京のリバイバルと北京大学

辛亥革命後の中華民国の混迷

一九一一年辛亥《しんがい》の年一〇月一日、日清戦争後に創建された新軍（新建陸軍）が武昌（一九二七年に隣接の漢口・漢陽と合併して武漢市となった）で蜂起して辛亥革命が始まった。これに南方一二省が呼応し、翌年一月一日アジアで最初の共和国中華民国が成立、首都を南京に定め孫文が初代臨時大総統に就任した。これに対し清朝は、北洋軍閥の総帥袁世凱を新設の内閣の総理大臣に任命し革命勢力と対決させたため、内戦は膠着状態となった。その後、孫・袁との電報による南北談判の結果、二月清帝退位と引き換えに袁が臨時大総統に就任することとなる。

やがて袁世凱は国会をとりつぶし憲法を廃止するなど革命の成果を踏みにじり、一六年には帝政を復活して自ら皇帝の座につくことを企んだが、各地で反袁闘争が爆発したためわずか八三日で帝政を取り消し六月に急死した。袁の死後、北洋軍閥は段祺瑞の安徽派、馮国璋の直隷派、張作霖の奉天派に分裂し、首都北京の争奪戦争を繰り返した。また南方の非北洋系諸軍閥が憲法擁護を錦の御旗に中央政府に反旗を翻すなど、各軍閥がそれぞれ独立政権化し、中国はその後一〇年余りの分裂期を過ごすのであった。

北京大学の誕生

政情混迷化にともない、かつて皇帝の都として全国に君臨した北京の政治的地位は低下した。かわって全土の青年の前に姿を現したのが、〝文化城〟としての北京であり、文化城北京を支える大学・専門学校の頂点に立ったのが北京大学であった。北京大学の淵源は満州族学生一〇名に英語を教えるため一八六二年に設立された京師同文館に遡る。一八九八年戊戌維新に際し梁啓超が日本の学則を参考にして京師大学堂規定を起草したが、いよいよ学生五〇〇人を募集して大学堂発足というときに政変に遭い、計画は大幅に縮小され、この年に入学したのはわずか一〇〇人であった。その後、紆余曲折を経ながらも京師大学堂は一九〇二年には政治・文学・格致（物理化学）・農業・工芸・商務・医術の七科を有する総合大学へと成長し、文学科は経学、史学、理学、諸子学、掌故学、詞章学、外国語言文字学の七目に分かれた。「掌故」とは国家の政実慣例を、「詞章学」とは文体流派の学問を指していたものであろうが、翌年には中国文学史へと変更された。辛亥革命後は、初代教育総長（文部大臣に相当）蔡元培（ツァイ・ユアンペイ、さいげんばい、一八六七〜一九四〇）のもとで大学令が公布され、大学は七科に分けられ、経学科は廃止、高等学堂は大学予科に改正され、全国唯一の国立大学として北京大学が誕生したのである。一九一七年には清末の革命家、教育家としても著名な蔡元培自らが学長に就任して大胆な改革に乗り出し、学問の自由を掲げて教員学生の文化運動を守った。

ところで日本の東京大学も一八五五年に洋学所として創設され、六三年開成所への変更を経て、明治維新後の一八六九年に大学校に吸収され、一八七七年東京大学設立に至り、一八八六年に帝国大学と改称されている。北京大の清末から民国初期にかけての歩みには、東大の歴史を連想させるものがある。ただし東大が明治・大正・昭和戦前期を通じ、大日本帝国の官僚とエリート会社員、研究者、技術者、教員の養成機関として機能したのに対し、一九一〇年代から二〇年代にかけての北京大学は、養成した人材を供給すべき共和国を持ち得なかった。それればかりか、軍閥混戦下にあっては、教育予算はしばしば軍事費や軍閥の私的目的に流用され、教員の給与さえ満足に支払われることがなかった。大学はなによりも共和国体制の実現を望み、その実践活動である革命運動の中核を担わねばならなかった。こうして文化城北京においては、文化は革命を志向し、革命はほかならぬ文化としてその姿を現したのである。

上海で一八七〇年代以降に建学された洋学堂はいずれも一学年数十人の学生がいるばかりで、私塾の雰囲気が濃厚であったのに対し、北京には一九一九年の時点で高等教育機関が国立一九校、私立六校が集中し、一万人を越す学生がいた。当時中国では最大の学生の街であったといえよう。その中でも、北京大学の学生数は一九一三年の七八一名から二二年には約二三〇〇名にまで増加している。ちなみに一九一九年当時の教会大学は全国で一四校、在籍者総数は二〇一七名。北京大学一校で全中国のミッション系大学を凌駕しているのである。

多数派の上海周辺出身者

北京大生は地元直隷省（現在の河北省に相当）出身者が三二一名（一四％）であるのに対し、江蘇一八四、浙江一九七、安徽一〇二と長江下流の三省、すなわち上海周辺省出身者が四八三名（二一％）を占めている。その他、広東二三一（華僑を含む）名、四川一三九名など全国から学生が集まっていた（『北京大学日刊』一九二三年四月一六日号「〔民国〕一一年度在校全体学生分省分系表」）。教授陣も全国から日本・欧米留学帰りの少壮気鋭の文化人が集められ、平均年齢は三〇代という若さ。全教員二〇二名のうち直隷・北京出身者は一二名に過ぎず、江蘇四〇名、浙江三九名、安徽省一七名とやはり南方出身者が圧倒的多数を占めている（同一九一八年四月二四日号「本校職教員学生籍貫一覧表」）。

清末まで皇帝の都であった北京が、民国期に文化城としてリバイバルするに際し、変法派の政治的遺産である京師大学堂がその心臓部となったのである。そしてこの心臓部に流入してきた血液は、上海周辺省出身の留学帰りの若き教授陣であり学生であった。上海に端を発する欧化の流れが北京を制圧したというべきか、それとも古都北京が新興上海の力を吸収して変貌を遂げたというべきか。近代中国文学において北京・上海の二都間にはこのような興味深い対立と交流の関係が続いているのである。

2 ニューヨークの恋する胡適

アメリカ留学体験

安徽省績渓県の出身の胡適（フー・シー、こてき、一八九一〜一九六二）が、上海から客船に乗り込みアメリカ留学に出発したのは一九一〇年八月のことである。胡適の祖父は当地名産の茶を扱う商人であった。父は科挙による高官抜擢をめざしたものの、太平天国の蜂起により挫折、上海に出て書院で学び、地方高官の幕僚（秘書）となり、一八九二年には台湾省で州知事代理などを務めたが、日清戦争後の台湾情勢が混乱する中、病没している。

上海で生まれ幼児期に父を失った胡適は、母と共に故郷に帰り、一三歳まで私塾で古典を学んだ。一九〇四年に母の元を離れて上海の洋学堂で英語・数学を学ぶうちに梁啓超らに心酔、革命派の影響も受けながら学内公報を編集し自治会活動に従事したが、学園紛争で退学している。その頃には異母兄弟たちの商売が失敗し、胡適の母は経済的苦境に立たされていた。このときにめぐってきたのが、留米のチャンスであった。アメリカは一九〇八年に義和団事件で清朝から得た賠償金の一部を対中国文化政策に還元し、留学生受け入れの費用に当てることとし、翌年には第一回の留学生四七名をアメリカに迎え、胡適留学の翌年の一九一一年には、留学のための準備教育機関として北京に清華学園（清華大学の前身）を開校している。

渡米後の胡適はニューヨーク州イサカのコーネル大学に入学、最初は農学部に学ぶが、一九一二年には文学部に転部し、卒業後はニューヨーク市のコロンビア大学博士課程に入学、プラグマティズムの哲学者デューイに師事したのち、一九一七年に帰国して北京大学教授に就任している。胡適の留学先が東京ではなくアメリカのニューヨーク州およびマンハッタンであったことは、その後の彼の自己形成のゆくえに大きな意味を持った。漢字文化圏に属し、立憲君主制をとっていた日本の〝帝都〟東京の留学生たちと比べて、胡適は伝統中国とほとんど切り離された若い共和国で、多感な青春を過ごしているからである。

胡適はシェークスピア、イプセンから詩人ワーズワース、ブラウニングを読破する一方、一九一二年と一六年とに二度の大統領選挙を体験して、この移民の国においては大統領選こそ国民的融和を図る一大イベントであり、大衆が読んでも聞いてもわかる口語文による新聞と演説がこの制度を支えていることを発見する。さらにはニューヨーク・ダダ派の画家イーデス・クリフォード・ウィリアムズと大恋愛を繰り広げて、第一次世界大戦（一九一四～一八）後に急増する断髪し職業を持った新しい女たちの生き方に共感するのであった。

異国の風景の写生

言うまでもなくニューヨーク州の風景は、中国文化の伝統からまったく切り離されていた。欧米近代文化の教養をアメリカ人学生とほぼ同じ質量で摂取した胡適は、やがて中国古典詩ではこの風景を表現できないことに気づき、異国の風景を植物学、地質学的知識を動員しつつ、写真的に再現したいという欲望を覚えた。このとき、伝統中国の文語文に蓄積されている膨大な表現パターンは有害にして無益であり、むしろ口語文が写実的文章に適すると胡適は考えるに至ったのである。

中国では漢代以来、古典の語彙・語法を基礎とする文語文が正統とされ、特に修辞を重んじる詩において、士大夫階級はもっぱら五言絶句、七言律詩などの形式の文語詩を作っていた。これに対し、写実と大衆的コミュニケーションという情報伝達能力、すなわち国民国家におけるメディア言語として口語文が文語文を圧倒することを痛感させられた胡適は、進化論を援用して中国の言語意識を一変させるのである。彼は「士大夫階級＝文語文、

図2-1　胡適

下層民＝白話（古典口語文）」という従来の言語価値体系を逆転させ、文語文＝旧、口語文＝新という言語進化論を着想した。一九一六年、胡適は留学生仲間から激しい反対を受けながらも、口語文の全面的使用を内容とする文学革命を主張するに至る。八月二一日の日記は「文学革命八条件」を記している。新文学の要点は、八項目ある。

（1）典故を用いない。
（2）陳腐な言葉を用いない。
（3）対句を重んじない。
（4）俗字俗語を避けない。（口語で詩や詞を作ることを厭わない）
（5）文法を重んじる。——以上は形式面である。
（6）無病の呻吟をしない。
（7）古人の模倣をしない。
（8）内容のあることを語る。——以上は精神（内容）面である。

この「文学革命八条件」は、翌年の上海の革新的総合誌『新青年』一月号に「文学改良芻議」という題名の論文となって発表され、同誌編集長の陳独秀はこれを受けて次号巻頭に「文学革命論」を書き、「貴族文学・古典文学・隠遁文学」を打倒して「平民文学・写実文学・社会文学」を建設しようと呼びかけ、文学革命の運動がいよいよ本格化したのであった。胡適は一九一七年六月に帰国の途につき、九月北京大学教授に就任した。これに先立つ同年一月、上海の陳独秀も文学部長として招聘されており、かくして北京大学は文学革命の震源地となり、上海から編集長と共に北上した『新青年』はその主力誌となるのであった。

国語の文学、文学の国語

胡適は帰国の翌年には『新青年』に「建設的文学革命論」を発表、「国語の文学、文学の国語」という標語を提示し、イタリア、イギリスなどヨーロッパ諸国では文学が国語を作り出してきた点を指摘して、中国でも口語文による文学が国語を作り出し、国語による文学が生まれてこそ正統的な文学による国語が生まれ、そして標準的国語も生まれるのだと強引に断定した。彼は国語誕生の延長に国民国家を想像していたことであろう。

文学革命と前後して教育制度も口語文教育へと急展開していた。辛亥革命二年後の一九一三年には、早くも教育部により読音統一会が召集され北京語に基づく標準語制定の道が開かれ、二〇年から二二年にかけて小学校全学年の文語文教材が口語文に改められた。中学校でも同様に口語文化が推進された。この動きは「国文」教育から「国語」教育への転換と称されており、国文科が儒教イデオロギーを担っていたのに対し、国語科は民国＝共和国のイデオロギーを担って新たに登場してきたのである。

学制改革、教科書改革に応えて、上海の商務印書館と中華書局の二大教科書会社は『新式国文教科書』、『新学制初級小学国語教科書』などを新たに出版するに際し、教科書の編集方針を「感情を動かし、想像力を刺激し、鑑賞に供することを主な目的とする。そのため内容形式両面にわたり文学的趣味を損なわない範囲で、歴史地理商学各科の教材を取り込み……」と定めていた。今や文学が「各科の教材」を教える全能の神となったのである。日本の中学高校に相当する初級中学・高級中学の国語教科書に至っては、わずか一、二年前に発表された文学革命後の作品がその紙幅の大半を占めた。

図2-2　『新青年』第９巻第１号（1921年５月，実際は８月刊行）

科挙の第一関門を通過した生員以上を狭義の士大夫（または読

書人）と定義した場合、読書人の数は一九世紀前半で一一〇万人、当時の総人口四億に対しわずか〇・二七％に過ぎないという（島田虔次 一九八五）。近代の欧米や日本にならい国民国家を建設するためには、文語文は読めずとも口語文は読める広範な非士大夫階級に働きかける必要を痛感した梁啓超が論文「小説と政治の関係について」を発表してからわずか二〇年、口語文の小説、エッセーが中等教育国語教科書の中心的存在を占めるに至ったのである。

ところで胡適の文学革命論には、ときあたかも英米両国の文壇を騒がせていたエズラ・パウンドらイマジズムの影響が指摘されている（Min-chi Chou 1984）。イマジズムの詩人は和歌や俳句、漢詩など東洋文学に関心を抱き、『古今集』や蕪村を翻訳で読んでそのパターン化された伝統的表現への理解を欠落させたまま、簡潔にして絵画的な側面に興味を抱いたのである。イマジズムは詩におけるモダニズム運動と言われており、「モダニズム革命は第一次大戦によるヨーロッパ諸王家の崩壊に対応し、科学上のパラダイム・シフトに呼応している……かれらは西洋文明そのものの視野の角度を変えさせ、社会把握と人間理解の方式を改めさせた」という（浜野成生編 一九八九）。伝統形式への断絶を目指した点で、胡適はイマジストと同じ精神を抱いていたものの、胡適が向かおうとする目標地点は、パウンドらがまさに絶縁しようとしていた一九世紀国民国家であった。

3 文学革命、芥川龍之介が見た北京

特派員芥川の北京訪問

一九二一年六月に大阪毎日新聞社より特派員として派遣されて北京にやって来た芥川龍之介（一八九二～一九二七）は、胡適と意気投合し幾度も会合を重ねており、胡適の詩を日本語訳したいと芥川が申し出る一幕もあった。こうした打ちとけた雰囲気の中で、芥川が創作の自由をめぐり次のよ

うな感想を語っている点が注目される。

芥川が更に言うには、中国の著作家が享受している自由は、日本人が得ている自由に比べ遥かに大きいと思う、とても羨ましい。実際は中国の官僚が私たちに自由を与えようと願っているわけではなく、彼らが一つには私たちが何を語っているか分からぬため、二つには私たちに干渉する度胸と能力とを持ち合わせていないことによるにすぎない。芥川が言うには、以前彼が小説の中で、古代の好色な天皇が女性に背中に馬乗りにさせるのを書いたところ、とうとうこの本は出版できなかった。(『胡適日記』一九二一年六月二七日)

日本と中国の「言論の自由」

問題の芥川の小説とは一九二〇年に『大阪毎日新聞』に連載された「素戔嗚尊」のことで、同作は一九二三年、後半部のみを改作し「老いたる素戔嗚尊」という題名で作品集『春服』に収められた。作品の前半部には若きスサノオが女人の里で乱行する場面がある。この問答から、芥川が前半後半併せて一冊の単行本として刊行しなかった背景に、皇室不敬罪による発禁のおそれがあったことが推測される。二〇年代初頭の日本といえば、大正デモクラシーの時期にあたる。大逆事件(一九一〇)当時および国体の変革または私有財産制度の否認を目的とする結社取り締まりを規定した治安維持法(第一次法・一九二五年、第二次法・一九二八年)制定以後と比べれば、言論界は比較的自由を謳歌していたと言えよう。それにもかかわらず、芥川の眼には中国知識人が羨ましいほどに言論の自由を享受していると映じた点は興味深い。

明治維新により統一国家を形成した日本は、日露戦争前後には国民国家の基礎をほぼ固めていた。芥川の師である夏目漱石において典型的に見られるように、良質の文学とは国家体制がもたらすさまざまな歪みを指摘し批判するものであり、これに対して国家は検閲制度を以て臨んだ。このような文学と政治との関係性は、国家体制の先験的存在に規定されていたと言えよう。

これに対し、二〇年代初頭の中国大陸には近代的政治の実体をほとんど持たぬ軍閥割拠の政治的混乱があるばかりで、国家体制そのものが存在しなかった。胡適が〝自由な〟中国を羨望する芥川に対し、中国の官僚には胡適らの言論活動を理解もできぬし干渉する能力も持ち合わせぬと答えているのは、このような中国の「実際」によるものであった。そして中国文学は国民国家体制の実現を要求し、これを実行せんとしていたのである。

4　魯迅「狂人日記」とイプセン『人形の家』

改革派雑誌『新青年』

第一次大戦中の中国では紡績業を中心に民族資本が飛躍的に成長し、軍閥割拠の現状を打破して国民国家を形成せんとする機運が全国に漲った。ドイツと直接交戦することはなかったとはいえ、中国も戦勝国の一員であったのだが、一九一九年のパリ講和会議では山東省の旧ドイツ権益が日本に譲渡されたため、五月四日に北京の学生が反日、反軍閥の運動に立ち上がり、この運動は全国へと広がり、新興知識階級主導の大衆運動に迫られた北京軍閥政府はベルサイユ講和条約調印を拒否するに至る。五・四運動のうねりは二〇年代半ばの国民革命へと連なり、中国近代文学は文学革命を契機としこの五・四運動前後に急成長しているため、一〇年代半ばから二〇年代半ばまでの時期を、文学史では五・四時期と称する。

五・四時期を代表する雑誌が『新青年』である。同誌は一九一七年の胡適・陳独秀の文学革命論に続けて、翌一八年には魯迅「狂人日記」、周作人（チョウ・ツオレン、しゅうさくじん、一八八五〜一九六七）のエッセー「人間の文学」など口語文による作品を載せている。人間、内面、恋愛、貨幣経済制度など近代西欧に起源する重要な概念が、この時期一斉に中国文学に登場した点は興味深い。

「狂人日記」の主人公は三〇代男子で父母はすでに亡く、彼の兄が家を取り仕切っている。作品冒頭「序」の節で、語り手が日記の書き手の病を「迫害狂」と鉤括弧付きで記しており、主人公は自分を兄や隣人たちが食べようとしていると考え、人食いを止めるようにと彼らを説得するが、やがて五歳で死んだ妹も兄に食われており、自分も知らずに妹の肉を食べさせられていたと日記に書くに至る。食人社会にあって人は他人を食いたいが他人に自分が食われると恐れてもいる——魯迅は旧社会の矛盾を「迫害狂」者の日記を借りて表現したのだが、矛盾が露呈する場として父亡きあとの家を選んだのは、多分に皇帝不在の分裂中国を示唆するものでもあったろう。

「狂人日記」は短編でありながら、国家の縮図としての家、国家と家とを支えてきた儒教イデオロギーの暗部を鋭く指摘することにより、五・四時期の知識人の内面を描いたのである。また中国における人間同士の孤独な関係性に対し、狂人自身にも食人の罪を負わせることにより、狂人と民衆との罪人同士としての連帯の可能性を探った点は、留学時代の評論「摩羅詩力説」における詩人の孤独という課題を展開させたものといえよう。社会的テーマを三人称体で客観的に描くのではなく、語り手の精神的葛藤や印象を一人称体で記していくスタイルは、これ以降五・四文学の主流となる。

女子教育と女性の社会進出

中国の家は伝統的に男子によって継承され、婚姻はこの男系の血筋を維持するための手段とされていた。結婚当事者である男女の希望は斟酌されず、もっぱら親の専断で縁組みがなされ、嫁の役割は出産と家事であるとされていた。良家の女性が屋敷の外に出ることは基本的に禁じられており、纏足《てんそく》のような身体の変形加工も一般化していた。

しかし清末以来の欧化の波により女子教育が進行し、大都市に公立の女子小学校、女子師範学校やミッション系の女子中学校高校が設けられた。一九〇八年創立の京師女子師範学堂は一九年に国立北京女子高等師範学校に改組され、二四年には北京女子師範大学に改称された。日本や欧米にも女子留学生が渡って行き、一九二〇年には北京大学で男女共学が始まった。ちなみに日本では一九一〇年代に東北帝国大学で、二〇年代にいくつかの私立大学で女子の入学が認められていただけで、男女共学が本格化するのは戦後のことである。

教育を突破口に若い女性の社会進出が進展するにつれ、古い家族制度は根本から揺らぎ始めた。「狂人日記」に続いて『新青年』に登場したイプセンの社会劇『人形の家』（胡適・羅家倫共訳、一八七九年出版・初演）は、人間の真のあり方を求め夫と子どもたちを置いて家を出る妻を描いており、主人公のノラは中国においても女性解放のシンボルとなった。もっともノルウェーは一九世紀に近代産業が発展して資本主義社会が成立、一八八〇年代に政党政治を確立し、一九〇五年には同君連合を強いられていたスウェーデンからの独立を平和裡に勝ち得ていた。ノラがあとにする核家族の家は中国では未だ現実とはなり得ておらず、たとえ金銭と法律とにより夫が絶対的な権利を握り、妻は可愛い人形に過ぎないにしても、ノラの家はそのままでも中国の読者にとり十分憧れの対象となりえた。

『人形の家』の中国人読者たちは、この戯曲から婦人解放運動のメッセージとともに産業化された民主的独立国の近代的核家族家庭のあり方を読みとったのである。彼らは古い大家族制度と闘って核家族家庭を建設し、それと同時に女権の拡張も行うという二重の社会革命をイプセンから学んだのである。この二重革命の最高の実践こそ自由恋愛であり、それを最初に作品化してみせたのがアメリカで恋愛を経験してきた胡適であった。

鉛筆と自動車による自由恋愛

胡適の戯曲「結婚騒動」（原題：「終身大事」）は、『人形の家』翻訳の翌年、五・四運動前夜の『新青年』三月号に発表された。田家の娘の亜梅は日本留学中に知り合った陳先生との結婚を望んでいるが、田夫人が娘の縁談について占い師に占ってもらうと二人の相性は最悪と出る。父は母の迷信を叱責するものの代々伝わる族譜を広げ、田と陳とは二五〇〇年前において同姓であり、同姓不婚の習俗に従いこの結婚は許さぬ、「社会が、かの老先生方がそれを認めている」と宣う。しかし田亜梅はメイドの助けで、通りの入り口に自動車で待機している陳先生と連絡をとり、家出する。あとには「これは子どもの一生の大事、私が自分で決めることです。私はいま陳さんの自動車に乗って行きます」という置き手紙が残されるのであった。

ところで若い二人の間の手紙は鉛筆で書かれ、二人の家出は自動車によって敢行される。当時の中国では、鉛筆は舶来の高級文具で、その国産化が達成されるのは二〇年ほどのちのこと、自動車に至っては、北京の総台数は一三〇八台（一九二一年）にすぎず、古都に溢れる数万台の人力車の大海に没していた。ともに最先端の工業製品であった鉛筆と自動車は、胡適が思い描く欧化された教育制度と産業制度を象徴していたと言えよう。

イプセン劇の上演には男女の俳優と近代劇の空間に親しんだ観客、そして場としての近代劇場が必要とされる。男女の俳優が一緒に舞台に上がることさえはばかられた当時の中国で、この三条件がまがりなりにも整うのは二〇年代中葉のことであった。『人形の家』が欧化社会未成熟のため上演不可能であった時代に、その代理を果たしたのが略式ノラとしての「終身大事」であったといえよう。その「終身大事」が『人形の家』とは対照的に喜劇として描かれているのは、ノラが単身で立ち向かっていく資本主義社会を旧い家制度からの解放を約束してくれる希望の新体制として楽天的に肯定しているからであろう。

女性作家の登場

五・四時期には女性作家も登場した。女子教育の振興は、男性知識人の前に自由恋愛の相手役を出現させたばかりでなく、大量の女性読者を生み出し、やがて彼女らは自ら筆を執り始める。女性作家となった謝冰心（シエ・ピンシン、しゃひょうしん、一九〇〇〜九九）、黄廬隠（ホワン・ルーイン、こうろいん、一八九八〜一九三四）らの主要なテーマは、彼女らを伝統的家族制度下の性差別から解放してくれるはずの自由恋愛であった。

凌叔華（リン・シューホワ、りょうしゅくか、一九〇四〜九〇）の短編「宴のあと」（一九二四）は文学熱に浮かれた五・四時期の青年男女を描いている。新婚夫妻が開いた小宴のあと、夫は愛妻を歯の浮くような美辞麗句で賛美する。これを「また長々と小説みたいな文句で私をからかってるのね」とかわす若い妻も夫に劣らず文学熱に浮かれている。酔いつぶれてソファで寝ている新進文学者である夫の友人に対する彼女の賛美ときたら「あの動作、口振りに文章、他人への応対やしぐさ、折りにつけ素敵だと思ったわ」といった具合で、妻の人間観、世界観は夫よりもさらに過激な〝文学らしさ〟に対する熱狂的感情から成り立っている。若夫婦の愛情とは恋愛をめぐる文学により形を与えられているのである。ゆえに若妻は眠れる森の美女ならぬ文学者に口づけをしたいと告白し、夫もこれを許すのだ。文学を金銭、経済に置き換えれば、新婚夫婦の家はクリスマスのノラの家に重なることであろう。

『新青年』グループの分裂

『新青年』雑誌は一九一五年上海での創刊当初は『青年雑誌』と名乗り、第二巻より『新青年』と誌名を変更した。同誌は一九一七年に始まる文学革命で中心的役割を果たしており、同年に陳独秀編集長の北京大文学部長就任と共に北京に移動したのは、〝文化城〟北京のリバイバルを象徴する事件であった。民主と科学を標榜し、儒教イデオロギーを批判して全面欧化論を唱えた同誌は毎号三〇〇ページ前後の堂々たる総合雑誌で、『時務報』の十数倍の頁数にして、最盛期には一万六〇〇〇部と清末「雑誌王」の『時務報』とほぼ同数の発行部数を誇った。

しかし、一九一九年七月胡適と北京大教授で同誌同人の李大釗（リー・ターチャオ、りたいしょう、一八八九〜一九二七）との間でロシア革命（一九一七）の評価およびマルクス主義受容をめぐって論争が生じ、内部対立が深まっていく。陳、李らはレーニンのボルシェビズムに傾き、ロシア共産党の支援を受け、二一年七月には上海で中国共産党を正式に成立させて『新青年』を中共の機関誌化していった。一方、反マルクス主義の胡適は、アメリカ・モデルによる近代化を主張、魯迅・周作人らもボルシェビズムの専制的体質に懐疑を抱き、むしろ日本の白樺派の新しき村運動への共感やアナーキズムへの信頼感を表明して同誌から離れていった。

文学研究会の一二人

『新青年』分裂後の二一年一月、北京で文学研究会が結成された。同会は「人生のための文学」という標語とともに職業作家の権利保護という要求を掲げていた。次に掲げる同会の発起人一二名の生年と職業の一覧は、当時の五・四新文学を書き手兼読者として支えていた知識人層の社会的分布の一端を示すものといえよう。

周作人（一八八五～一九六七）北京大学教授
朱希祖（一八七九～一九四四）北京・清史館編修
耿済之（一八九八～一九四七）北京・外交部練習生
鄭振鐸（一八九八～一九五八）北京鉄路管理学校学生
瞿世英（一九〇一～七六）北京・燕京大学哲学部学生
王統照（一八九七～一九五七）北京・中国大学学生
沈雁冰（一八九六～一九八一、後の茅盾）上海・商務印書館編集者
蔣百里（一八八二～一九三八）北京・元保定軍官学校校長、『改造』編集長
葉紹鈞（一八九四～一九八八、字《あざな》は聖陶）江蘇省呉県県立小学校教員
郭紹虞（一八九三～一九八四）北京大学聴講生
孫伏園（一八九四～一九六六）北京大学文学部学生
許地山（一八九四～一九四一）北京・燕京大学学生

発起人全一二名のうち、編集者二、大学教授、研究者、教員各一に対し学生が七を占め、職業作家は一人も含まれていない。当時の

図2-3　周作人（中央）と妻羽太信子，その弟羽太重久（1910年頃）

中国では、魯迅も教育部高官で北京大などの講師を兼ねるアマチュア作家であり、職業作家は上海の「新小説」派に限られていた。五・四新文学は職業作家を擁するだけの市場を持ち得ていなかったのである。しかも上海およびその周辺の二名を除きほかの一〇名はすべて北京在住者であるのも興味深い。

鴛鴦蝴蝶派の凋落

一方、清末に「新小説」が栄えた上海文壇では、民国期に入ると才子佳人を描く恋愛小説や探偵小説が流行し、娯楽色の強い文学は鴛鴦《えんおう》蝴《こ》蝶《ちょう》（雌雄つがいのおしどり・ちょう）派と称され、週刊誌『礼拝六』（一九一四年六月〜一六年四月）が最盛期には二万部以上の売り上げを誇るなど、同派は繁栄を謳歌していた。だが五・四文学の勃興にともない『礼拝六』が停刊するなど上海「新小説」文壇も転機を迎えるに至る。清末から民国期を通じて出版市場の三〜四割を占めていた中国最大の出版社商務印書館が一九一〇年に創刊し、鴛鴦蝴蝶派による文語文作品の発表の場となっていた『小説月報』も、二〇年一〇月号の売り上げは二〇〇〇部にまで低迷していた。読者の関心が鴛鴦蝴蝶派から五・四新文学へ、上海文壇から北京文化界へと移り始めていたのである。

文学研究会は北京のローカルなアマチュア集団に過ぎなかったが、上海出版界はこれに新しい可能性を見いだす。商務印書館は二一年一月号より新進気鋭の編集者沈雁冰（シェン・イエンピン、しんがんぴょう）を『小説月報』の編集長に据え、これを文学研究会の機関誌とした。革新後の『小説月報』には許地山「命命鳥」、謝冰心「超人」、魯迅「端午の節季」、王魯彦（ワン・ルーイエン、おうろげん、一九〇一〜四三）「みかん」など五・四新文学の名作やアルツィバーシェフの長編『労働者シェヴィリョフ』（魯迅訳）が掲載されたほか、タゴール、アンデルセン、芥川龍之介など海外文学の特集が組まれ、売り上げ部数も一万部に達した。

研究会結成に中心的役割をはたした鄭振鐸は、一九二一年に商務に入社して文学研究会叢書の編集に携わり、やがて有力編集者として頭角を現していく。同会は最盛期には正会員が一七二名に達したが、鄭が商務入りするとまもなく実質的活動を停止し、沈・鄭らが編集する雑誌・単行本が実質的に同会を代表した。

5 サロンとメディアとゴシップ

文学研究会は発足後間もなく商務に吸収されてしまったため、結社としての独自性に乏しい。しかし五・四期には全国各地に一〇〇余りの文学結社が成立し、それぞれ雑誌などを刊行していた。その中でも著名な文学者が集結し、有力メディアと結びつきながらもサロンとしての個性を持ち続けたものに新月社、語絲派、創造社がある。

新月社の愛・自由・美

新月社の中心は詩人の徐志摩（シュイ・チーモー、じょしま、一八九七〜一九三一）。彼は一九一七年に北京大学に入学、一八年にアメリカ・コロンビア大学に私費留学、二〇年に渡英してロンドン大学で経済学を学び、二一年にケンブリッジ大学転学後、詩作に転じた。ロンドンではバートランド・ラッセルやブルームズベリー・グループのサロンに出入りし、ウェイリー、マンスフィールドらと交際している。当時のロンドン・サロンは第一次世界大戦後の混乱の中で、既成道徳の打破、自由と進歩への信念、美への専心を掲げた知的エリート集団であった。徐は二二年に帰国し、北京大学などで英文学を教えるかたわら新詩を次々と発表し、二四年六月にロンドンのサロンにならって、月一、二回の晩餐会を中心とした新月社を北京に設立、これを二年ほど維持したのである。

新月社には胡適、陳源（チェン・ユアン、ちんげん、一八九六〜一九七〇）、凌叔華らが集まった。このサロンと太い人脈を持つ『現代評論』（一九二四〜二八）、『新月』（一九二八〜三〇）などの雑誌には、聞一多（ウェン・イートゥオ、ぶんいった、一八九九〜一九四六）、梁実秋（リアン・シーチウ、りょうじつしゅう、一九〇二〜八七）、沈従文（シェン・ツォンウェン、しんじゅうぶん、一九〇二〜八八）らが参加している。同社は会員の多くが上流階級出身者で

図2-4　徐志摩

図2-5　凌叔華（右）と陳源（左）

欧米留学帰りであり、政治的にはリベラルである一方、梁啓超との関係も深く、政界財界に通じていた点が特徴といえよう。ちなみに梁は、二〇年以降は教育と学問に専念していたとはいえ、袁世凱死後から一九一八年まで段祺瑞政権を支えた憲法研究会（略称、研究系）の領袖として、なおも政界ににらみを効かせていた。

また新月社は愛・自由・美を標榜して、離婚再婚、不倫、三角関係など、ロンドン・サロンから同性愛以外のあらゆる愛情関係を移入した。とりわけ彼らがサロンを舞台に実践した未婚の男女の社交と自由恋愛、結婚後の核家族の形成、既婚男女の社交は、中国にあっては空前の現象であった。同社は恋愛・核家族を軸とする家庭革命の最前衛であったのだ。またサロンでは大量の手紙や日記が往復し回覧され、それがまたメンバーの詩や小説などの題材となった。凌「宴のあと」のモデルは、若い妻が凌自身、饒舌な夫が徐、「眠れる文学者」が凌の実際の夫陳源であるとも言われる。サロンは恋愛と文学が同時に生産・消費される場であり、作品は社会に対する実験報告であったといえよう。

語絲派と女師大事件

語絲派は孫伏園（スン・フーユアン、そんふくえん）が雑誌社の語絲社を創設したことに始まる。孫の北京大学の恩師である魯迅・周作人・銭玄同（チエン・シュワントン、せんげんどう、一八八七〜一九三九）らが主なメンバーで、ほかに林語堂（リン・ユイタン、りんごどう、一八九五〜一九七六）らがいる。同社は週刊誌『語絲』（一九二四年一一月〜二七年一〇月北京刊行、〜三〇年三月上海刊行）を発行し、詩や小説のほか大胆な軍閥政府批判も掲載して、のちにマルキストの瞿秋白（チュィ・チウパイ、くしゅうはく、一八九九〜一九三五）から「革命的プチブルジョワジーの文芸思想」と評された。

新月社メンバーと比べて、語絲派は一世代から二世代も年齢が高く、辛亥革命に参加するなど激動の時代を体験していた。魯迅・周作人兄弟らは留学先も日本で、実家は没落地主、北京では慢性遅配の月給と多少の原稿料で暮らしを立てている中流家庭の人であった。このように両者の間には世代と階級の溝とが横たわっており、それは時に政治と恋愛において対立へと転化した。

一九二五年には政局混乱のため教育費支給が特に滞り、学校運営に支障を来たした北京の各国立大学では、校長人事をめぐって学園紛争が起きている。北京女子師範大学では新任の女性校長楊蔭楡と女学生との対立が激しく、学生六名が退学処分を受けた。これに対し、女師大非常勤講師を勤めていた魯迅や周作人らが学生側を支持して、楊校長および教育部と激しく対立、最後には校長と教育総長が辞任するに至る。楊は一九〇七年から六年間日本に留学して東京女子高等師範学校（現、お茶の水女子大学）を卒業、一八年からは五年間アメリカに留学してコロンビア大学修士号を得た女性のエリート教育者であった。しかし、彼女が信奉していた国民国家建設のための良妻賢母主義という女子教育観は、ノラを理想とする五・四時期の北京女学生の反発を買ってしまったのである。

「女師大事件」に際し、楊と同質の価値観を抱いていた新月社の陳源らは『現代評論』で学生側に冷淡な言論を行った。サロン内では愛・自由・美を標榜しながら、若い学生に対しては相対的に保守の立場を主張する陳らの言説は、上流階級という彼らの社会的地位に限定されたものであろう。語絲派はこのような新月社の矛盾を嫌い、両者の間で事件およびその他のプライベートな問題をめぐって、激しい論争が交わされた。

たとえば魯迅は日本留学中に一旦故郷に呼び戻され、旧式の結婚を行っていた。妻となった朱安は文字が読めず纏足をしていた。魯迅が母と朱安から離れ上海で許広平（シュィ・クアンピン、きょこうへい、一八九八〜一九六八）と同棲生活に入るのは一九二七年のことである。伝統のしがらみに苦しむ辛亥革命前の世代が、いっそうの自由と自治とを求める学生を支持して、学生たちとほぼ同世代で現に自由恋愛を享受している新月社の人々と対立する、というねじれの構図は興味深い。

新聞副刊とゴシップ

新月社系と語絲派にはそれぞれ新聞副刊が加わり、両者の文学活動や非難合戦にいっそうの活気を与えている。副刊というのは一八七二年に上海紙『申報』が紙面の一部を割いて詩詞などを載せたのが始まりで、五・四時期には別刷りの文化欄となっていた。各紙は単に事件を報道するだけではなく、最新の思想と文学を伝えるメディアとなることにより、知識人読者層を摑もうとして競って副刊を創設し、北京の『晨報』『京報』両紙の副刊と上海の『民国日報』『時事新報』両紙の副刊『覚悟』『学灯』は四大副刊と称された。

孫伏園は北京大卒業後の二一年一〇月以来、『晨報副刊』の編集者となり、魯迅「阿Q正伝」などを連載したが、二四年末魯迅の詩「私の失恋」をめぐるトラブルで辞職、そのあとを徐志摩が襲い、同副刊は二五年一〇月以後には新月社の独壇場となった。『晨報』の前身は梁啓超ら研究系の機関紙『晨鐘報』で、もともと保守的であったのだ。一方、孫は『京報』に移って新副刊を発行して語絲派の活躍の場とした。なお『晨報』の発行部数は二二年の七〇〇〇部から二五年には一万部へ、『京報』も三〇〇〇部から六〇〇〇部へと激増している。人口一〇〇万ほどの城郭都市北京では、学生・教員・官僚など二万余りが知識層を形成し、新聞読者となっていたと推定される。これらの読者層と副刊とのあいだには、緊密なつながりがあった。魯迅や徐が文章を書き上げると、翌々日には掲載され、読者の投書も二、三日で紙面に登場した。数千から一万ほどの読者数であったとはいえ、彼らは熱いまなざしを副刊に向けていたのである。

また盗作問題や男女問題などのゴシップも多く登場し、読者も投書という形で、両派の論争に参加した。それはサロンで交わされる知的な会話や発表される詩や短編小説、そしてあけすけに語られるゴシップが副刊というメディアにより、読者に届けられ、読者もまたメディアを通じてサロンに参加していたのである。言い換えれば、新月社や語絲派というサロンは、近代化途上にあって、いまだ大衆文化社会を迎えていなかった二〇年代北京という都市において成立した、小規模な知識層のための文学制度であったといえよう。

東京で結成された創造社

一方、創造社は近代都市としてすでに成熟しつつあった東京・上海で開花した。その創設にかかわった主なメンバーの略歴は次の通り。

郭沫若（クオ・モールオ、かくまつじゃく、一八九二～一九七八）一九一四年日本留学、六高卒、二一年九州帝国大学医学部中退。

張資平（チャン・ツーピン、ちょうしへい、一八九三～一九五九）一九一二年日本留学、五高卒、二二年東京帝国大学理学部卒。

郁達夫（ユイ・ターフー、いくたっぷ、一八九六～一九四五）一九一三年来日、八高卒、二二年東京帝国大学経済学部卒。

成仿吾（チョン・ファンウー、せいほうご、一八九七～一九八四）一九一〇年来日、六高卒、二一年東京帝国大学工学部中退。

田漢（ティエン・ハン、でんかん、一八九八～一九六八）一九一六年日本留学、二二年東京高等師範学校中退。

この五人はいずれも官費留学生として日本の旧制高校を卒業し、帝国大学の理科系や経済学部または官立の高等師範学校で学んでいる。それは明治日本で確立されたエリートコースであった。しかも郭・張・郁は高校入学以前に、中国人留学生のための一高特設予科の同級生であった。清末に大量の中国人が上海経由で東京に渡り、速成教育を受けて帰国していたが、民国期ともなると、派遣側も受け入れ側も体制を整え、留学による人材養成の布

図2-6　郭沫若

陣を整えていたのであった。そしてこのようなエリートコースからはずれて文学運動を志す一団が現れたのは、医学や理工学、経済・教育学に比べても文学が価値ある職業と見なされていたからであろう。

創造社は二一年七月東京で結成され、同年八月から郭の詩集『女神』、郁の短編集『沈淪』、郭訳の『みずうみ』（独、シュトルム）『若きウェルテルの悩み』（独、ゲーテ）を刊行、二二年には『創造季刊』を、二三年には『創造週報』を創刊、さらに上海『中華新報』副刊として『創造日』を刊行した。しかし二三年一〇月には郁が北京大学講師となり、翌年四月郭が日本人妻子のいる九州に引き揚げ相次いで上海を離れ、同社は第一期の幕を閉じる。

大都市における匿名性と彷徨感覚

創造社は一般に「写実派・人生派」の文学研究会に対して「ロマン派・芸術派」と評価されているが、独白や日記・書簡体など一人称文体を中心とし、個人の感慨を描くというのは、両者に共通する。ただし創造社はこの五・四新文学のスタイルを極端化して、赤裸々な性欲の告白、楽天的な自己愛、都会に暮らす青年の憂鬱などを描いた点が特徴であった。小さな文化城北京に集結していた文学研究会らの人々と異なり、創造社は東京・上海という大都市における青年の匿名性と彷徨感覚を痛烈に感知しており、これを五・四新文学の文体で強烈に語ってみせたのである。

異邦人として暮らした東京、足掛け一〇年の異国生活ののちに帰って行った上海で、郁達夫は大都市の不安をいっそう強く覚えていたであろう。そして彼は、そのような感覚の背景には、日本では日露戦争・第一次世界大戦を経て国民国家の建設から大衆文化社会時代に突入しつつある社会相があるのに対し、中国ではいまだ国民国家を形成し得ない現実があることを認識していた。性的妄想に耽る留学生が彷徨の果て入水自殺するまでを描いた「沈淪」末尾で「祖国よ祖国よ、早く富強になってくれ」という叫びが上がるのも、郁にとっては自然なことであった。この小説は、自由恋愛と国家建設との両者をテーマに挙げた五・四文学の変種であったといえよう。郁達夫の第一作品集『沈淪』(一九二一)は発行部数三万部と、当時の小説としては破格の売れ行きとなった。大東和重はその理由を、近代化する文学の〈場〉が新しく再編成を遂げる過程を丹念に分析した上で、作品の斬新さとともに、『沈淪』に至って初めて、文学作品と作者が切り放ちがたく密接に有機的に結びついたため、と指摘している(大東 二〇一一)。

第一期の創造社は世代的には新月社のそれとほぼ重なるが、そのスタートは三年ほど早かった。また創造社より半年前に結成されていた文学研究会のように、周作人ら文化界の中心人物の参加もなく、その実態は学生の同人結社に過ぎず、新月社サロンの華やかさも、文学研究会の北京文化界・上海出版界との太いつながりも持ち合わせてはいなかった。非文学部系の学生結社で、中国本土には一〇〇余りもあった文学結社の一つにすぎない創造社が、文壇で頭角を現しえたのは、上海・東京という清末以来中国欧化の主役となってきた都市を基地としていたからといえよう。

図2-7　郁達夫(1936年)

出版部が創設されるまでのあいだ、創造社の出版を一手に引き受けたのは上海・泰東書局である。これは一九一五年に創設され、「新小説」系統の歴史物を出していたが、五・四時期を迎えて新文学に注目し創造社に接近した。最大手の商務印書館が文学研究会の鄭振鐸を編集者に迎えたように、泰東も東京帝大卒業間際の成仿吾を文学編集の主任に誘った。成は卒業試験を放棄して上海に向かったものの結局泰東書局に職を得られず、一時故郷の湖南省に帰っている。このように新興の泰東書局は文化界の潮流を見るに機敏ではあったが、経営的には一貫性に欠けていた。

創造社の方もこのような泰東書局に通じる体質を持っていた。東京や上海の文化界の潮流を鋭敏に察知して盛んに自己主張をするが、ややもすれば中国の状況と食い違い、やがて先細りとなる。次章で述べる革命文学論戦でもプロレタリア文学を主張しながら、文学の実際の読者はプロレタリアではなく、知識人や商人層であることを茅盾に指摘されている。セクト意識が強い反面、田漢、郁達夫がそれぞれ二二年と二七年に離脱するなど結束に欠ける。葉霊鳳（イエ・リンフォン、ようれいほう、一九〇四〜七五）などは挿絵画家としても著名になるが、その挿絵が実はビアズリーや蕗谷虹児の稚拙な模倣にすぎぬことを魯迅に攻撃されてもいる。それでも、この些か軽薄な前衛文学者グループが、五・四時期以後一〇年近くのあいだ途切れることなく広範な青年読者を挑発し、中国の文化界の牽引車となっていたことには間違いあるまい。

新月派や創造社の動きと並行して、鴛鴦蝴蝶派系の文学青年のあいだでも、学生会員を中心とする文学結社運動が活性化していた。たとえば施蟄存（シー・チョーツン、しちつそん、一九〇五〜二〇〇三）は、一九二二年に杭州の之江大学に入学すると、戴望舒（タイ・ワンシュー、たいぼうじょ、一九〇五〜五〇）らが同市で組織していた蘭社に加入して同人誌『蘭友』の編集に携わり、やがて維娜絲文学会を発足させ、親が主導権を持つ伝統的婚姻制度と近代的自由恋愛結婚との矛盾に苦しむ若者たちを描く自選短編集『江干集』を出版している。

このような鴛鴦蝴蝶派系文学結社において、同人誌と共に活動の軸となったのが「雅集」と称されるパーティーである。「雅集」とは士大夫階級の文人雅士が集まって作詩や遊園、喫茶飲食を行う文化活動を意味しており、伝統的サロンと近代的メディアを結合して成立したのが、鴛鴦蝴蝶派系の文学結社といえよう。施蟄存は「新旧に我は成見なし」という態度を表明して、五・四新文学とクヌート・ハムスンやモーパッサンなどのヨーロッパ文学にも熱心に学び、のちに三〇年代上海文壇の主人公の一人へと成長している（徐暁紅 二〇一一）。

6 ロシア〝盲詩人〟エロシェンコの新興知識階級批判

日本を追放された「危険な詩人」

一九二二年二月ロシア〝盲詩人〟のワシリー・エロシェンコ（一八九〇〜一九五二）が北京に姿を現した。彼は大正期の日本でエスペランチスト、日本語口述による童話作家として活躍していたが、一九二一年五月「帝国ノ安寧秩序ヲ害スル虞《おそれ》アリ」という理由で日本を追放され、ウラジオストック、ハルピン、上海を流浪、その後魯迅・周作人の尽力により北京大エスペラント語講師として招かれ、ギターと盲人用タイプライターを提げて北京にやってきて、魯迅家に寄寓していたのである。

当時、北京ではボルシェビキ派、アナーキスト派、国民党派の革命三派が著しく勢力を伸ばしており、「危険な詩人」として日本から追放されたエロシェンコは、「解放の予言者」として大いに注目を集めた。その詩人が北京登場直後に行った講演が「知識階級の使命」である。この講演はロシア・ナロードニキの自己犠牲的運動を例に引きつつ、無私の精神をもって民衆教化に努めるべき知識階級の使命を高らかに唱いあげる一方、中国知識階級に厳しい意見を呈してもいる。

中国の教師・学生・文学者はみな物質的享楽に飢えており、ロンドン・ニューヨークの名のつくものなら、よく考えもせずにすべてよいものだと考えています。彼らは中産階級と貴族の安逸な暮らしを夢想しており、彼は娯楽を求め、放蕩を求めておりますが、真の美を愛する心はなく……中国の知識階級は愛と人生の理想さえ持っていない……

ちなみに魯迅によれば、この詩人が中国に知識階級という言葉をもたらしたと言う。日本では第一次世界大戦

図2-8　エロシェンコ（左）と周作人の長男豊一（中央）（1922年）

期に市民社会、大衆文化が出現していたが、二〇年代に入ると、隆盛する労働者階級およびマルクス主義者から、知識階級やホワイトカラーは資本家階級の傀儡として排斥され始め、やがて思想や文学の領域においてもマルクス主義の絶対化が進み、不寛容の時代を迎えており、詩人追放直前の論壇では、知識階級はいかにあるべきか、という議論が盛んに闘わされていた。詩人は日本での知識階級論争を踏まえて、中国の知識人に自己犠牲の精神を呼びかけたのである。以後中国では、清末民初の洋式教育が育ててきた新興知識人層は知識階級と称されるようになる。

魯迅が描く知識階級の苦悩

魯迅はエロシェンコの講演から三カ月後に短編小説「端午の節季」を書いて、彼の批判に答えている。主人公の方《ファン》玄《シュワン》綽《チュオ》は官僚にして北京の大学教員を兼任中、かつては社会の不合理に対し旺盛な批判精神を持っていたものの、「学生団体が始めたいろいろな事業にしても、早くも弊害が出ており、線香花火のように消えてしまう」のを見るにつけ近ごろでは「古今、人、相遠からず」と考え、「似たようなもの」が口癖となっている。軍閥政府の予算流用のため教育費が払底、教員の俸給が半年以上も遅配になり方家の生活は苦しく、出入りの商店のつけは溜まる一方。やがて端午節（当時は旧暦で五月五日の端午、八月一五日の中秋、大晦日の三回が掛け売りの決済日）がめぐってくるが、親戚友人からは借金を断られ、出版社や新聞社もわずかな原稿料さえ払ってくれない。やけになった主人公はボーイに酒を買いに走らせ（もちろんつけで）、ほろ酔い加減で胡適の詩集『嘗試集』をアーウーと読み上げるのであった……。余りの窮迫ぶりのため愛も理想も持ち得ぬという北京知識階級の現実を、ペーソスたっぷりに描いた小説である。

知識階級の苦悩は、経済問題に限らなかった。ロシア革命と五・四運動の衝撃下で、孫文は一九年一〇月に非公然結社の中華革命党を中国国民党に改組、続けて二一年七月には中国共産党が成立している。このように相次いで革命党の組織化が始まり、知識階級は微妙な立場に立たされるようになった。とりわけ民族資本家も労働者もほとんど存在せず、その一方全国の文化人と学生が集中していた「文化城」北京では、革命諸党派の動きは先鋭化、観念化する傾向にあり、日本と同様に不寛容な全体主義的状況さえ生まれていた。エロシェンコ自身、やがてロシア革命批判が災いして中共系の学生による講義ボイコット事件も起こり、二三年四月には北京を去ってロシアへと帰って行った。

「さまよえるユダヤ人」伝説への共感

文学革命に際し「狂人日記」を発表して「吶喊《とっかん》（鬨《とき》の声《こえ》）」を上げ、共和国言説の中心に位置していた魯迅も動揺していた。短編「故郷」（一九二一）の結びの言葉「希望とは本来あるとも言えないし、ないとも言えない。これはちょうど地上の道のようなもの、実は地上に本来道はないが、歩く人が多くなると、道ができるのだ」からも魯迅の心境が窺えよう。一九二五年から翌年にかけて、魯迅はヨーロッパの「さまよえるユダヤ人」伝説に関心を示し、しばしば歩みのテーマを取り上げている。それは西方の呼び声に駆られて歩み続ける中年の男を描く詩劇「旅人」、伊東幹夫の詩「われ独り歩まん」の翻訳（伊東については詳細不明）などである。しかも興味深いことに、歩みのテーマと同時期に魯迅は「凧《たこ》」、「私の父」など肉親に対する贖罪し得ぬ罪のテーマを繰り返し描いている。罪と歩み――この二つのテーマが魯迅文学において切り結ぶのは、かつて愛した女を裏切り死に至らせた青年を描く短編「愛と死」（原題：『傷逝』）においてであった。

一九二三年一二月、北京女子高等師範学校で行った講演「ノラは家を出てからどうなったか」は、『人形の家』のノラを自由恋愛、女性解放のシンボルとして崇拝する女子大生たちに向かい、出奔後のノラがたどるであろう厳しい運命を語りつつ、一時的な激情に駆られ過激な行動に出ていたずらに犠牲を増やすのではなく、粘り強い闘いにより女性の経済的権利獲得を目指すべきであると説いている。ところが魯迅は講演末尾で一転して「進んで犠牲となり苦しむことの快適さ」を語り始め、その特殊な例として呪いを受け永遠に歩み続ける〝さまよえるユダヤ人〟アハスエルスに触れている。この言葉からは、自らを罪人と自覚し自らに安息を許さず永遠の闘いを課そうとする魯迅の孤独な決意が窺われよう。

コラム2

張芸謀映画のなかの村の記憶

――『紅いコーリャン』と『初恋のきた道』

一九二一年、魯迅は原稿用紙に毛筆を走らせて、短編小説「故郷」を書き上げた。この珠玉の名作の書き出しは以下の通りである。

僕は厳しい寒さのなか、二千里も遠く、二十年も離れていた故郷へと帰っていく。

季節はもう真冬で、故郷へと近づくにつれ、空もどんよりと曇り、寒風が船内に吹き込み、ヒューヒューと音を立てるので、苫《とま》の隙間から外を見ると、どんよりとした空の下、遠近《おちこち》にわびしい集落がいくつか広がっており、まったく生気がない。僕は心の内の悲しみに耐えねばならなかった。

こんな寂しい中華民国期の農村風景は、幼友達で今や貧困のため、でくの坊のようになった農民閏土《ルントウ》との再会で、さらに寂寞となる。

これに対し、現代作家の莫言(モーイエン、ばくげん、一九五五〜)が描く同時期の農村は、活気に溢れている。莫言は一九八七年発表の長編小説『紅い高粱』(原題:『紅高粱家族』)の舞台を、自らの故郷高密県の架空の村である東北郷に設定し、祖父母や父など一族の波乱の半世紀を孫の視点から物語るのである。作品第一部は一九三九年旧暦八月九日、司令官の祖父に連れられて一四歳の父が日本軍攻撃に出撃する場面から始まるのだが、ゲリラ隊が高粱畑を進み出したかと思うと、一転して少年時代の語り手

「私」が登場、放尿しながら「高粱赤く実れば、日本人がやってきた、同胞たちよ覚悟はよいか、銃と砲とをぶっ放せ」と往年の抗日戦歌を詠《うた》うのだ。

そして場面は再度急展開してゲリラ出撃の七日後となり、父子は日本軍が報復攻撃をかけて包囲殲滅させた村の前に立ち尽くしたかと思うと場面はたちまち反転、八月九日の高粱畑の行軍へと戻る。このように小説はフラッシュバックの手法を自在に用いて、八〇年の時空を縦横に駆けめぐり、長大な一族の物語を紡ぎだしている。中国の魔術的リアリズムと称されるゆえんである。

もっとも莫言は作品冒頭で語り手の孫に、「今を生きる私たちこの不肖なる子孫のぶざまさを際だたせるのであり、進歩と同時に私は種の退化を痛切に感じるのである」という深い挫折感を語らせてもいる。民国期の祖父母の大活躍を想像すればするほどに、「私」の心には苦痛と喪失の荒涼たる想いが溢れるのである。魯迅の「故郷」と莫言の『赤い高粱』とは、民国期農村風景としては対照的であるが、両作の語り手は寂寞感を共有しているといえよう。

『赤いコーリャン』(1987年)

さてこの莫言作品を一九八七年に映画化したものが張芸謀（チャン・イーモウ、ちょうげいぼう、一九五〇〜）監督の『紅いコーリャン』である。翌年ベルリン国際映画祭でグランプリを受賞して中国国内でもブームを呼び起こし、第五世代と称されるポスト文革の監督たちの映画の中では、興行的に成功した最初の作品となった。

張芸謀映画は語り手の寂寞感を始め、莫言の物語から無法者の論理や混沌とした時間の流れを容赦なく削除し、ゲリラ隊が手にする各種の銃砲は高粱酒で作った火炎瓶へと思い切って単純化されている。その一方で、張監督は本来無色透明の白酒《バイチウ》（四〇度から六〇度の蒸留酒）を真っ赤に色付けして赤色を強調することにより、原作の原始的なまでの情念を前面に押し出した。この演出により映画は原作が描く中華民国期の誇り高き自営農民像をさらに鮮明に描き出す。張芸謀映画において、魯迅の「故郷」とは対照的な民国期の村の風景が誕生したのである。

ところで中華人民共和国において、赤とは共産党およびその指導による中国革命のシンボルであり、同国の映画史においても当然そのようなものとして尊ばれてきた。その聖なる赤色を張芸謀は無法者の情念の記号に換骨奪胎したのである。莫言文学の映画化とは、高密県東北郷の無法者たちを断罪する国家の論理に対し慎重に彼らの論理と情念とを活写しながらもそれを法と並置するに留まっていた原作を越えて、無法者たちの情念を全面的に肯定し、国家の論理に対する挑戦となったといえよう。

その後の張芸謀は『紅夢』(一九九一)、『活きる』(一九九四)などが当局より上映禁止処分を受け、自らも三年間の製作禁止処分を受けながらも、新しい法制度に助けられて横暴な村長と闘う農婦を描いた『秋菊の物語』(一九九二)、歪んだ市場経済に汚染された現代農村の小学生たちをユーモアたっぷりに描いた『あの子を探して』(一九九九)などドキュメンタリー・タッチの農村物を精力的に製作し続けた。

しかしまもなく張芸謀作品からは、誇り高き自営農民の反抗というテーマは消えていく。『初恋のきた道』(原題:『我的父親母親』、二〇〇〇)は村に初めて開校した小学校に県城の師範学校を卒業して赴任してきた若い国語教師に一目惚れする少女の物語である。だが〝反右派〟闘争(一九五七)が起きると、村の生徒が暗唱しやすいようにと古典の成語を専ら教えていた先生は反革命分子の容疑を掛けられ、馬車で県城へ連行されてしまう。ヒロインは大雪の日に先生の帰りを待ち続け病に倒れるが……。

花柄の綿入れ上着に紅いマフラー姿で章子怡(チャン・ツーイー、ちょうしい)演じる可憐な少女がお花畑や森の中を、伝統的農民の身振りよろしく腕を振らずに肩だけ揺らして小走りに行く姿は妖精のごとく、降りしきる雪の中で待ち続ける姿はマッチ売りの少女よりも美しく……とメルヘンチックな描写が続くのだが、少女は両親を亡くしているのにどうやって盲目の祖母を養っているのだろう。いつ畑を耕し、政府上納用と自家用の食料を生産しているのだろうか。そもそも当時の農村では共産党が強行した「社会主義的集団化」により、推計で一五〇〇万から四〇〇〇万の餓死者が出るなど、騒然としていたのだ。

寂寞たる語り手の視点を失った張芸謀農村映画は、歴史の記憶も失ってしまったといえよう。彼は二〇〇八年の北京オリンピックに際しては、開幕式の総監督となって、壮麗な演出により式を成功させているが、中国農民の歴史の記憶は忘れられたままなのである。

第3章

狂熱の三〇年代（一九二八〜三七年）

——国民革命後のオールド上海

1　北伐戦争による共和国統一、金子光晴の見た上海

革命の先頭に立つ文学者

ロシア革命に続けて五・四運動が起こるなど中国内外で革命の気運が盛り上がるのを見た国民党指導者の孫文は、中国共産党との提携を積極的に進め、一九二四年一月にはソビエト・ロシアの援助のもと合作に踏み切る（国共合作）。同時にソ連との提携、農民労働者への援助を唱った三大政策（連ソ・容共・農工援助）を決定、反帝国主義・反軍閥を明確に打ち出し、中国救国のための三民主義を主張した。

「革命の父」孫文は一年後に死去するものの、二六年七月、一〇万の国民革命軍は国民革命の本拠地広州を出発、北方へ進軍し各地の地方軍閥との戦闘を開始している（北伐戦争）。北伐軍は兵力・武器ともに劣勢であったが革命精神でこれを補い、さらに各地の農民運動、労働運動に支えられ破竹の勢いで進撃、半年余りで武漢・南京・上海を占領した。一九二七年四月一二日、総司令の蔣介石は共産党の勢力拡大を怖れ上海で四・一二反共ク

ーデターを敢行、国共合作は崩壊し、中共は地下に潜って農村部に根拠地を求め、国民党も一時左右両派に分裂、北伐戦争は停止する。しかし翌年には北伐再開となり、六月には北京を占領、二八年末には東北軍閥張学良が満州全域を率いて国民党政府に合流し、辛亥革命期以来分裂していた中国は統一中華民国に生まれ変わるのであった。

創造社は素早く国民革命の潮流に反応し、国共合作直後には「芸術のための芸術」をあっさりと「革命のための文学」という新スローガンに替えている。郭沫若、郁達夫、成仿吾らは広州の国民政府に参加、特に郭は北伐軍総政治秘書長として一〇〇〇キロ離れた武漢まで従軍し、革命宣伝工作に従事した。自伝『北伐の途上で』（一九三七）はその記録である。共産党員となっていた茅盾も商務印書館を辞職して広州へ武漢へと赴き、軍事政治学校の政治教官、新聞社主筆を務めている。魯迅もまた張作霖軍閥の弾圧を避けて、北京より厦門経由で広州に行き中山大学教授に就任した。文学者が革命の先頭に立って宣伝啓蒙を担い、知識階級を率いたのである。国民革命の際に現れたこの現象は、その後も抗日戦争期の救国運動、人民共和国建国期の革命運動、そして八〇年代から現代に至る民主化運動においても繰り返されることであろう。

国民党訓政期の経済建設と学生急増

世界史で語られる戦間期とは、第一次世界大戦と第二次大戦とのあいだ、すなわち一九一八年一一月から三九年九月までの二〇年余りを指す。そして第一次世界大戦の戦後処理が行われた前半期は〝安定の二〇年代〟、大恐慌の突発（一九二九）以降は〝激動の三〇年代〟と区分される。ところが中国史では、二〇年代は国民革命の大変革期であり、中国が〝安定〟を享受するのは三〇年代に入ってからのことであった。このかりそめの〝安定〟も満州事変（一九三一）から日中全面戦争（一九三七〜四五）に至るまでの間断なき日本の侵略により、脅かされていた。また国民革命中に国民党に合流してきた諸軍閥が各地で勢力を温存し、ことあるごとに反蒋戦争が繰り返されていた。国共合作崩壊後、壊滅状態にあった共

年	初等教育		中等教育 （師範・職業学校を含む）		高等教育	
	学校数	学生数	学校数	学生数	学校数	学生数
1929	21万2385	888万2077	1339	23万4811	74	2万5198
1936	32万0080	1836万4956	3264	62万7246	108	4万1922

図3-1　1929年と1936年の学校数・学生数

産党も、毛沢東（マオ・ツオートン、もうたくとう、一八九三～一九七六）と朱徳（チュー・トー、しゅとく、一八八六～一九七六）が紅軍を率いて江西省農村区に革命根拠地を建設、三一年一一月には瑞金を首都とする中華ソビエト共和国を樹立し、蔣政権の新たな脅威となっていた。

このような内憂外患に苦しみながらも、中華民国は急速な発展を遂げている。北伐戦争終了後、蔣介石は訓政期（軍政から憲政への移行期）と称して国民党による一党独裁体制を固め、経済建設に乗り出す。鉄道、自動車道路建設、電信・郵便制度は飛躍的に発展、幣制改革（三五年一一月）後は近代的統一幣制も確立され、中央集権、国内市場の統一が着実に実現されつつあった。

教育の普及も目ざましい。就学率は一九一九年には一一%、一九二九年には一七・一〇%にすぎなかったものが、一九三五年には三〇・七八%に達している。明治日本が維新後八年経った一八七五年に三五・四三%で、三八年後（一九〇五）にしてようやく九五・六二%に達したことを考えると、統一中華民国の歩みは明治日本に劣らぬものであったことが窺えよう。当然のことながら、学生数も飛躍的に増加した。統一直後の一九二九年と日中戦争開始前の三六年との統計を比べてみよう（図3-1）。

わずか七年で、学生数は初等、中等、高等教育いずれにおいても二～三培激増しており、これら在校生とともに卒業生は新聞・雑誌そして小説など文学作品の読者層にいっそうの厚みを加えていったのである。

国民党は名目上は全国を統一したものの、実際に完全に制御できたのは江蘇、浙江両省のみで、財政収入の大部分を上海に依拠していた。政府財政収入の四〇％以上が関税で、その五〇％以上を上海税関が占めた。物品税収入の多くは上海から入り、塩税収入でも上海が大きな比重を占めた。上海金融界の一時貸出、借款そして公債引き受けはさらに重要な財政の柱となった。

租界における中国ナショナリズムの勝利

一九二八年六月に首都は北京から南京に移されていたが、上海はこの新首都を間近に従えて繁栄の絶頂に至る。国民党政権は上海を特別市に指定、租界回収の代案として郊外西北の五角場にニュータウン大上海建設計画を打ち上げた。国民党の頭の中では、上海とは第二の首都に他ならなかったのである。

共同租界では参事会参事を高額納税者による選挙で選んでいたが、税収の五五％は中国人からの徴収であるにもかかわらず、定員九の参事会には一人として中国人参事が認められていなかった。これを不服として中国人納税者会は猛然と参政権運動を展開、一九二八年には中国人参事三名の枠の設置および「犬と中国人、入るべからず」の規則で悪名高かった公園の中国人への開放が外国人納税者大会で可決されたのである。さらに二年後には中国人参事は五名に増員された。中国ナショナリズムの勝利であった。

上海では一八五〇年代以来の欧米在来勢力、一九世紀末から途中参加の日本に続けて統一中国が登場、この三者の競合、対立、調和が上海の政治、経済、文化のあらゆる分野を活性化した。「モダン都市」「魔都」など現在も流布する上海像はこの時期に形成されたものである。

魯迅はターザン映画が大好き

三〇年代の魯迅は、国民党政府によりその作品をしばしば発禁処分にされた反体制文学者であった。しかしその魯迅が、北伐戦争中の四・一二クーデター後上海に移動し、北京女子師範大学講師時代の教え子許広平と郊外のしゃれたマンションで同棲を始めている。許とのあいだに子どもが生まれると、一家で毎週のようにハイヤーで都心のハリウッド映画に通った。魯迅はターザン映画シリーズがことのほかお気に入りで、ワイズミュラー主演の『ターザンの復讐』（*Tarzan and His Mate*、『泰山情侶』、一九三四）は三度も見ている。〝反体制作家〟魯迅が職業作家として中産階級の暮らしを享受していた事実は、三〇年代上海で近代的市民社会が一部であるにせよ実現されつつあったことをよく物語る。実際に上海は産業・金融の中心都市であったばかりか、一大文化センターにまで成長していたのである。このモダン上海を支えたものは、大量の若い読者層の増加と出版ジャーナリズムの膨張、そして新劇の成熟と新メディアとしてのトーキー映画の登場である。

読者・メディアの拡大と職業作家の登場

この時期の上海では高等教育機関が増加し、かつて一〇年代から二〇年代にかけて飛び抜けた水準の文化城を誇った北京と肩を並べるに至った。一九三一年の統計によれば、大学・専門学校の在校生数は、北京の一万一七六七名に対し、上海は一万二九五二名で、一〇〇〇名あまり北京を上回っている。また上海の二大新聞『申報』と『新聞報』の発行部数は、一九二一年にそれぞれ四万五〇〇〇部、五万部であったものが、一九二六年にはほぼ三倍増の一四万部台に至り、三五年にはそれぞれ一五万五九〇〇部、一四万七九五八部を記録している。

図3-2　茅盾

読者とメディアの二つの条件に加え、作家・翻訳家および編集者・記者という文化の〝生産者〟も上海に集結した。北伐戦争に際し、国民党左派系あるいは共産党に属していた郭沫若、沈雁冰らは、四・一二反共クーデター後の一九二八年二月と七月に相次いで東京へ亡命する前の一時期、上海に潜伏している。ことに沈雁冰は上海潜伏中に初めて小説創作に手を染め、国民革命に参加した男女の奔放でスキャンダラスな生きざまを描いた連作の中編「幻滅」「動揺」「追求」を二七年九月から二八年六月にかけて『小説月報』に発表、作家としてデビューした。このとき初めて

〝矛盾〟をもじって茅盾（マオトン、ぼうじゅん）というペン・ネームを用いたのである。「幻滅」以下の三編は三〇年に『蝕』三部作として刊行され、茅盾も同年四月に上海に戻り作家評論家活動に専念した。

創造社も日本留学中の若手を上海に呼び戻して第三期に突入した。創造社から飛び出た郁達夫も、四・一二クーデター後に若い愛人王映霞と再婚し上海で新居を構えた。胡適は二六年七月にイギリス政府の義和団事件賠償金返還問題に関する会議のためモスクワ経由でロンドンに出張、アメリカ経由で帰国の途、横浜で四・一二クーデターの報に接した。五月に帰国してからはそのまま上海に留まり、私立大学の教授を務めながら、リベラル派の立場から国民党の強権政治を批判した。徐志摩は二七年六月に上海で胡適、梁実秋らと新月書店を開き、翌年三月には雑誌『新月』を創刊している。松江の高校教員をしていた施蟄存も上海に戻って作家兼編集者として活動し、三二年には現代書局の文芸誌『現代』の編集人となっている。こうして五・四時期の文学研究会から鴛鴦蝴蝶派系の主要メンバーが上海に勢ぞろいして、職業作家へと変身したのである。

新人作家巴金のデビュー

新人も上海文壇に大量に登場してきた。ロンドン大学中国語教師として在英中の一九二六年、『小説月報』に「張さんの哲学」を発表した老舎（ラオショー、ろうしゃ、一八九九〜一九六六）。やはり同誌に二七年から作品を発表し始めた女性の丁玲（ティンリン、ていれい、一九〇四〜八六）。魯迅の主宰する雑誌『奔流』から二八年にデビューした張天翼（チャン・ティエンイー、ちょうてんよく、一九〇六〜八五）たちだ。

新人の中でもとりわけ鮮やかなデビューを飾ったのが巴金（パーチン、はきん又はぱきん、一九〇四〜二〇〇五）である。巴金は中国内陸部の大省四川省の首都成都で大地主の家に生まれたが五・四運動の影響を受けてアナーキズムに傾斜、一〇代末には上海に出て労働運動に加わった。やがて巴金は国民革命の熱気渦巻く上海、その渦に巻き込まれていくアナーキズム運動から離れ、一九二七年一月、フランス留学に旅立つ。二四歳の巴金がパリで書き上げた第一作『滅亡』は、上海時代の体験を元にアナーキスト運動家が軍閥弾圧下の運動の挫折と自らの肺結核により亡び去る物語である。巴金はこの小説を自費出版するつもりで上海の友人の編集者に送ったところ、友人は原稿を『小説月報』編集長の葉紹鈞に見せた。葉はこれを絶賛して同誌二九年一月号から四カ月に渡って連載、『滅亡』はこの年の読書界の話題を独占している。巴金は五・四時期以来の文学史の中で、教員や編集者の職を勧めることなく作家修業時代を経ることもなく、二〇代前半の若さで職業作家となった最初の文学者といえよう。

図3-3　老舎

図3-4　丁玲（1931年）

文芸批評家の登場

職業作家の誕生に続いて、胡風（フー・フォン、こふう、一九〇二〜八五）ら職業批評家が登場するのも、三〇年代文学の特徴である。胡風は湖北省蘄春《きしゅん》県で豆腐屋の三男に生まれた。一一歳で村の塾に上がって『三字経』をはじめとして文語文を学び、二〇年には蘄春の県都の高等小学堂に進学、ここで彼は初めて五・四新文学に触れるのであった。翌年蘄春より西へ一三〇キロ離れた省都武昌の中学に進み、二三年には武昌より東方五〇〇キロにある南京の東南大学付属中学に入学、一九二五年北京大学予科と清華大学英文科に合格、あこがれの「新文化の聖地」北京大学に入学し、辺境の小さな村から北の方、遥か一二〇〇キロも離れた首都北京に上るのであった。その後国民革命へ参加して、故郷の蘄春に帰り国民党組織で活動するが、四・一二反共クーデターの翌年、張は共産党員容疑で逮捕された。出獄後は上海に出て小説を書いていたが、一九二九

図3-5　巴金（1938年）

図3-6　胡風（1932年）

年九月日本留学、東京で日中両国の左翼運動に参加したため警視庁に逮捕され、三三年七月上海へ強制送還されている。日本の小説やソ連の文芸理論を翻訳するかたわら三五年には「林語堂論」「張天翼論」を発表して文芸評論家としてデビュー、晩年の魯迅から深い信頼を受け、また胡風自身よく魯迅の批判的精神を継承しこれを批評の場に生かした。

このような地主階級の巴金と農村中層下層の胡風との前半生は、五・四時期に青春期を送り三〇年代に文壇に登場した知識人のそれぞれ典型的なコースであった。中華民国の成熟と文化センター上海の繁栄は、その後も次々と有力新人を育てていくことであろう。

金子光晴の見た上海作家

上海の母なる河黄浦江を「白晝！／黄い揚子江の濁流の天を押すのをきけ。……お丶、恥辱なほどはれがましい「大洪水後」の太陽」と歌ったのは詩人金子光晴（一八九五〜一九七五）であった（「鱶沈む——黄浦江に寄す」）。一九二八年九月、妻の森美千代と土方定一との不倫に悩んだ金子は、ヨーロッパを見せてやると称して森を上海に連れ出し、五カ年に及ぶ東南アジア・ヨーロッパ放浪の旅に出たのだ。一文無しの金子がパリ行き資金を稼ぐため四カ月滞在した上海では、北四川路の日本人街にあった内山完造経営の内山書店に出入りするうちに、多くの中国人作家と知り合っている。たとえば魯迅は「いつも、くすぐったい微笑で、僕をみながら、『この風来坊が』といった顔つき」をして、金子が旅費稼ぎに描いた浮世絵を二点買い上げてもいる。上海の街頭で出会うこともあった。

バルザックの表現にならえば、二つの胡桃割りのように、魯迅と、郁達夫がつれ立ってあるいている姿を、北四川路の近辺でどこへいっても私は、よく見かけた。やや背の低い中年の魯迅のそばに、ひょろりとした郁達夫がよりそって、なにかひどくこみいった内緒話でもしているように、話しかけると、魯迅は、しきりにうなずいている。蘇州河の河岸っぷちにしゃがんで、魯迅が石で土のうえに図を書いて説明していることもあったし、横浜橋《ワンバンジョウ》のらんかんに郁さんが腰かけて一時間ほども二人でじっと考えこんでいることもあった。……私がそばへよって話しかけても、ばつが悪そうに、相当ひどい虫歯の口でとってつけたような笑顔をみせながら、「上海に長居しすぎているのではありませんか」と、警告をふくんだようなことを洩らした。「奥さんが御一緒だから、どこでも、もっとながくでも居られるのだよ」と、郁が言うと、「君は、じぶんの言い訳を言っているのだろう」と、早速魯迅にひやかされていた。

当時の上海文壇では国民革命から排斥された左派系文学者を中心に革命文学論戦と称される論争が闘わされており、魯迅や郁らはプロレタリア文学陣営から激しい非難を浴びていたのだ。金子の回想は論戦の街上海の魯迅の素顔を描き出す、貴重な証言といえよう。

2 娯楽大作『啼笑因縁』と上海新感覚派および左翼農村小説

長編小説の登場

「新小説」が清末四大小説をはじめとして多くの傑作長編を生み出したのに対し、五・四新文学はもっぱら短編小説を製作していた。第一章で紹介した陳平原理論が指摘するように、清末から一九二〇年代にかけて、小説の語りのスタイルは時間・角度・構造の三つのレベルで大きな変貌を遂げており、この表現の実験に際し、創作が比較的容易な短編というスタイルが多用されたのである。また「新小説」の作家

図3-7　張恨水

の多くが職業的ジャーナリストであったのに対し、五・四文学の作家がアマチュアであったことも、短編の創作に傾斜した原因であろう。

ところが三〇年代に入ると清末から五・四期にかけて達成された成果を踏まえて、長編の創作が始まっている。拡大したメディアは、その規模に見合うだけの長編を必要とし、清末以来の雑誌連載後に単行本として刊行する出版制度は、職業作家により多くの印税収入をもたらし、安定した創作環境を提供する。そして何よりも急成長を遂げる大上海、国内市場の統一が進む中国に関心を寄せる読者が、上海や中国の過去と現在を描き出す文学＝長編小説を求めていたのである。代表的な長編小説として、風俗描写を巧みに取り入れながら上海の政治経済の諸相を描いた茅盾の『子夜』（一九三三）、四川省成都の大地主の一家を舞台に、大家族制度の構造を描いた巴金の『家』（一九三三）、同じく成都を舞台に四川省の近代史を描いた李劼人（リー・チエレン、りかつじん、一八九一～一九六二）の大河小説『死水微瀾』（一九三五）、北京の人力車夫を主人公とした老舎の『駱駝祥子』（一九三六）などがある。

張恨水（チャン・ヘンシュイ、ちょうこんすい、一八九五～一九六七）は一九一〇年代末から北京の日刊紙の編集を務め、二〇年代の半ばから多数の連載小説を発表している。代表作『啼笑姻縁』は軍閥支配下の北京を舞台にした上流家庭の大学生と芸人の少女との恋が軍閥将軍の横槍により悲劇で終わる物語。一九三〇年上海『新聞報』副刊『快活林』に連載され大好評を博し、翌年単行本化されただけでなく、三二年に張石川監督により映画化された。

急変する上海を描く短編小説

長編小説が登場する一方で、短編小説も新しいジャンルを開拓した。第一に上海新感覚派の都市小説を挙げたい。ドイツ表現主義の影響を受けたモダニズム文学は、すでに郁達夫など創造社の作品にその萌芽を見ることができ、三〇年代上海の成熟にともない、モダニズムは新感覚派と呼ばれる文芸グループとして成立したのである。同派はその名が示すとおり、横光利一、川端康成、中河与一ら二〇年代半ばの日本の新感覚派の影響を受けている。上海の新感覚派もフロイト心理学に学んで性心理の解剖を試み、手法としては意識の流れを用いつつ、早いテンポの文体を得意として、ダンスホールなど大都会の風俗を多く描いた。主な作家に施蟄存（シー・チョーツン、しちつそん、一九〇五～二〇〇三）、穆時英（ムー・シーイン、ぼくじえい、一九一二～四〇）らがいる。

上海作家の日本新感覚派受容に際しては、台南出身で東京に留学したのち上海にやってきた劉吶鷗（リウ・ナーオウ、りゅうとつおう、一九〇〇～三九）が大きな影響を与えた。劉は日本新感覚派を中心とする新鋭短編小説を編訳して『色情文化』を刊行、これを下敷きに自らの短編小説集『都市風景線』も出版している。その際に劉は、母語の福建語調の中国白話文により日文中訳を行って独自の小説文体を作り上げ、日本語を解さない施ら新興上海文化人の協力を得つつ日本の新感覚派と新興芸術派を混在させた都市風俗描写の小説を編訳し、横光利一の銀座描写の小説「皮膚」（『改造』一九二七年一一月）を模作した短編第一作「游戯」の創出過程で、語り手の主体を中国男性に定めることにより上海読者の信頼を得た。植民地台湾出身の劉吶鷗は「祖国中国」と「宗主国日本」の狭間にあって、日本語作品の中国語訳と中国語創作によって、宗主国日本の新感覚派に裏付けられた自らの文学的権威性を確立したのである（藤井省三 二〇〇七（二〇一〇）・謝恵貞 二〇一一）。

施、穆、劉の三人はいずれも二〇年代半ばに上海の大学で学んでおり、北伐戦争後に上海が成熟していくようすを目撃していた青年たちである。日本の同派が関東大震災により一変した東京を舞台に登場したように、彼らも国民革命後に急変貌を遂げ大衆文化を成立させつつあった上海を、斬新な手法で描いたのである。新感覚派のテーマや手法は茅盾『子夜』にも影響を与えているものと思われる。

農村小説の変化

短編小説の新しい展開として、第二に左翼作家による農村物がある。五・四時期にも農村を描いた短編が多く書かれており、のちに魯迅により「郷土文学」という名称を与えられた（「『中国新文学体系・小説二集』序」一九三五）。しかし五・四時期郷土文学とは、許欽文（シュイ・チンウェン、きょきんぶん、一八九七〜一九八四）の短編集『故郷』（一九二六）などに見られるように、「文化城」北京から帰郷した青年の見聞、あるいは知識人が北京で故郷の県城や周辺の農村を回想するものであった。語り手は欧化＝先進的視点から土着＝前近代を見ており、重苦しい農村、鈍重な農民という暗澹たる雰囲気が描かれることが多かった。魯迅の短編「故郷」はその典型といえよう。

これに対し三〇年代の左翼文学は、農村における支配被支配の構造、農民に都市への従属を強いる市場経済のからくりを解きあかすものであった。たとえば柔石（ロウシー、じゅうせき、一九〇二〜三一）の「奴隷となった母」（一九三〇）――子持ちの貧しい農婦が借金の形に隣村の地主のもとに男子出産のため差し出され、産んだ男児が二つになったときに奉公の期限三年が切れて家に帰るが、家に残した息子はすでに母を忘れており、村の子どもとともに帰ってきた母に石を投げつけるのであった――。左翼文学の農民物の短編・中編には、茅盾「春蚕」（一九三二）「質屋」（一九三一、三二）、丁玲「水」（一九三一）、葉紫（イエ・ツー、ようし、一九一〇〜三九）「豊収」（一九三三）などがある。

3　ローカル・カラー文学と〝京派〟周作人の系譜

国民市場と国民文学

一七世紀以来ニューイングランドを中心に文芸界が形成されていたアメリカでは、南北戦争（一八六一～六五）以後、西部・中西部・南部から続々と作家が登場し、地方色《ローカル・カラー》豊かな文学が開花している。『トム・ソーヤーの冒険』（一八七六）などで有名なマーク・トウェインも、地方色作家として登場し、やがてアメリカの国民的作家となった。アメリカの北部産業資本は南北戦争により南部をそれまで属していたイギリス経済圏から分離させ、広大な国内市場の統一を達成した。それとともに文壇においても北部産業資本の心臓部である東部ニューイングランドを中心に全国ネットが形成され、一地方の特色を描いた文学がまさにその地方性のために市場の中心部を経由して全国で読書されるという状況が生みだされたのである。このような市場を媒介とした文学の生産と消費は国民文学の誕生を促し、国民の文化的平準化と統合とを促進していくのである。

同様の現象が三〇年代中国でも生じている。国民革命以来、鉄道・道路建設の進展はめざましかった。たとえば鉄道の総延長距離は、一九二七年の一万三一四七キロから一九三七年には、二万一七六一キロ、旅客輸送量は一九二七年の二六六三（一〇〇万人キロ）から一九三六年の四三四九（同）へと伸びた。後者は民国初年の一九一二年を一〇〇とすると、一九二七年には一六四・一、一九三六年には二六七・九となり、年平均の伸び率は統一後は統一前の三倍に達する勢いなのである。特に粤漢鉄路（北京―広州、京広鉄路の南段）の開通（三六年六月）は象徴的である。この鉄道は、中国中央部に位置する交通・軍事の中心都市武漢と南洋への窓口広州とを結び、一九〇六年に開通していた京漢鉄路（北京―武漢）と合わせて北京―広州間全長約二三〇〇キロの京広鉄路を完成させたのである。この巨大な南北軸は、上海・南京・重慶を結ぶ長江の東西軸と武漢で交差する。内陸部の一大

図3-8　沈従文（1922年）

図3-9　艾蕪（1931年）

基幹交通体系が完成されたといえよう。

湖南の沈従文と四川の艾蕪たち

沈従文（シェン・ツォンウェン、しんじゅうぶん、一九〇二～八八）は、数百年来漢族と苗族など少数民族とが征服被征服の戦いと同化とを繰り返してきた辺境の地、湖南省西端の鳳凰県の生まれ。小学校卒業後地元軍閥の兵隊となったが、五・四運動から四年後の一九二三年、遥か二〇〇〇キロ離れた北京に上り極貧生活を送りながら文学修行に励んだ。二七年、短編小説「入隊以後」で新進作家として認められ、以後天才作家の名を欲しいままにした。三〇年代には故郷の風俗に取材したエキゾチックな作品を多く発表している。老船頭の孫娘と舟元の息子との清純な悲恋を描いた『辺城』（一九三四）はその代表作である。

蜀の国、四川盆地は四方を大山塊に囲まれ土地豊かにして降雨量も多く、盆地南部を東流する長江に北から岷江、嘉陵江などの大河川が注ぐ。戦国時代には北方の秦が開発を進め紀元前二五〇年頃には岷江に大規模な灌漑工事を完成させている。八世紀の唐代には製糖、製塩も盛んになって「天府の国」と称され、産業・文化が栄えた。現在の四川省は、面積五七万平方キロ（日本の約一倍半）、人口約一億（中国最大）の大省である。

一九三一年から三三年にかけ、この西南の大省から沙汀（シャーティン、さてい、一九〇四～九三）、艾蕪（アイ・ウー、がいぶ、一九〇四～九二）、周文（チョウ・ウェン、しゅうぶん、一九〇七～五二）ら新人作家が続々と登場した。

彼らはいずれも四川で近代的高等教育を受けた青年たちであり、北京・上海の文壇に通じる知性でもって西南地方の粗野ながら誇り高い民衆、したたかに生き抜く生命力を描いた。二〇年代の郷土文学、三〇年代の左翼農村物が貧困への同情、搾取の告発などより進歩した側の高所から民衆を見ているのに対し、これら地方色文学の作家たちは視線を民衆と同じ高さに置き、高等教育機関では教わることのない現実の不可思議さ、民衆の強さ優しさを驚きと共感をもって描いてみせている。西南部地方色文学の代表作には、雲南省・ビルマ放浪の体験に基づく艾蕪の『南行記』（一九三五）、李劼人『死水微瀾』（一九三六）などを挙げられよう。

日露戦争から満州事変まで

東北とは中国東北部にある遼寧・吉林・黒竜江三省（約八〇万平方キロ）の総称で、清朝を建てた満州族の故地にあたるため満州とも称された。清代には漢族の入植を禁止していたが、ロシア帝国の侵略に備え清末には入植が認められ、上記三省が置かれたのである。しかしロシアの南下を武力で食い止めたのは清朝ではなく、明治維新後三〇余年の短期間に急速な欧化を実現し、まがりなりにも国民国家形成を終えていた日本であった。

日露戦争（一九〇四〜〇五）後、日本はロシアに遼東半島の関東州租借権、東清鉄道南満支線の長春以南を割譲させ、半官半民の国策会社満鉄（南満州鉄道株式会社）を設立して植民地経営にあたった。辛亥革命後の東北では山賊（土匪）出身の張作霖が勢力を得て奉天軍閥を築き、関東軍（日本がロシアから継承した遼東半島の租借地関東州に駐屯した日本の陸軍部隊）と相互利用の関係を築きながら関内（山海関以内）の中国本土の軍閥戦争にも加わった。

やがて国民革命が始まり北伐軍が北上してくると、北京で大元帥を称していた張作霖は軍を奉天に引き揚げ、その途中で関東軍に爆殺されると（一九二八）、張の息子張学良が満州全域を率いて国民党政府に合流したのである。もっとも張は他の旧有力軍閥と同様、政治経済においてはもとより、対日外交においてさえ南京政権からの独立を志向した。その一方で、東北は上海の製粉業、紡織業、タバコ産業など中国本土の工業の有力な市場となった。また張学良は地盤東北の開発に専念、一九二〇年代の一〇年間の鉄道建設は、満鉄による建設を上回る一一五七キロに達し、二〇年代末には満鉄包囲線建設に着手した。

これに対し輸出、投資、原料供給そして対ソ連戦略の各方面において、東北・蒙古を最重要視していた日本は危機感を覚え、一九三一年には侵略を開始し（満州事変）、三二年には清朝の「ラストエンペラー」溥儀を執政とする傀儡国家満州国の独立を宣言、東北三省と内モンゴルの一部を含む面積一三〇平方キロ（日本の三倍半）を支配した。ちなみに一九三二年一二月の調査によれば、満州国内各民族の人口は日本人一四万、朝鮮人五九万、満州人二二三六万、その他七万人であった。「満州人」の九割以上が漢族、「その他」の多くがロシア革命から逃れてきたいわゆる「白系ロシア人」であったといえよう。

上海事変と抗日意識の高揚

日本の侵略に対し蒋介石政権は抵抗らしい抵抗を行わなかった。むしろ有力な張学良軍閥の没落が相対的に南京・中央政府の地位を安定させると判断していたのかもしれない。満州事変後も日本は華北への侵略を続けたが、蒋政権はかつて清末に孫文が李鴻章に献策した「安内攘外《あんねいじょうがい》（内政を安定させて、外国からの侮りを退ける）」の政策を掲げ、国内の農村根拠地で勢力を温存する共産党絶滅を優先して軍事行動を続けていた。しかし満州国の成立により東北市場を失った上海産業界の痛手は大きく、華北においても日本製品の密輸が増大したため、華北の民族工業ばかりでなく上海の民族ブルジョワジーもいっそう苦境に陥り、抗日に傾いていった。

満州事変に際し、日本軍は上海租界外でも軍事行動に出たため中国側は蔡廷鍇指揮下の第一九路軍が頑強に抵抗し激しい市街戦が一カ月余り続いた。この上海事変後（一九三二）、共同租界の北側に広がる日本人居住区の虹口は「事実上すでに〝日本租界〟になっていた。日本軍はそのいたるところに堡塁を築き、北四川路南端の海軍陸戦隊司令部が陣地網を作り上げていた」という（劉恵吾編　一九八五～八七）。上海事変は列国の目を満州から外らすための日本軍の謀略であったが、目の当たりで展開された日本軍の侵略行為と中国軍の奮戦ぶりは、上海の人々のあいだに抗日意識を高め、東北の喪失をいっそう切実なものに感じさせた。このような上海に登場したのが東北エミグラント（亡命・移住）文学であった。

満州をめぐる文学

満州事変後、ハルピン・長春などの新聞副刊に二〇代の文学青年たちが集まり、満州国に批判的な作品を発表し始めた。やがて政治的圧迫が厳しくなるにつれ、彼らは次々と北京・上海など関内に亡命・移住し、本格的な創作活動を始めたのである。主な作家に蕭軍（シアオ・チュン、しょうぐん、一九〇七～八八）、彼の愛人蕭紅（シアオ・ホン、しょうこう、一九一一～四二）、一九三八年に蕭紅と結婚する端木蕻良（トワンムー・ホンリアン、たんぼくこうりょう、一九一二～九六）、そしてのちに香港で蕭紅の死をみとる駱賓基（ルオ・ピンチー、らくひんき、一九一七～九九）らがいる。

蕭軍の出世作「八月の村」（一九三五）は、日本軍に抵抗するパルチザン部隊人民革命軍の戦闘と男女兵士の恋愛を描いたもの。ソ連のプロレタリア作家ファジェーエフ（一九〇一～五六）の長編『壊滅』（一九二七）の影響が指摘されている。同じく蕭紅の出世作「生死の場」（一九三五）は、東北の村で苦しみと悲しみの日々を送っていた人々が、満州国成立を境に中国人としての自覚に目覚めていくようすや女性差別を静かな筆致で描いたものである。両書は魯迅の尽力により上海で刊行された。

無名のエミグラント作家群が上海文壇で一躍注目を集めたのは、上海市民および全国の人々が失われた国土に関心を寄せ、日本侵略下で苦しむ同胞に共感を寄せていたからである。また作家たちは失われた郷土への愛を燃えたぎらせ、帰ることを許されぬ故郷をしみじみと追憶しながら東北地方の酷寒の冬、猛暑の夏が織りなす雄大な風景、開拓地の人々の荒々しくそして細やかな行動や心情を描き出しており、このようなローカル・カラーはいっそう読者の興味をそそったことであろう。

それにしても、日本の侵略による市場の喪失という劇的事件は、南京・上海を中心とする中華民国国民が従来抱いてきた地政学的距離感を一気に縮小させるとともに、大量の文学青年を東北から遥か上海に移住させたという点で、文学史にとっても実に大きな事件であった。一方、日本もまた新たに巨大な市場を獲得することによって、昭和文学の潮流を大きく転換させている。「〈満州文学〉は、日本の近代文学、昭和文学の鬼子であったというよりは、その嫡子であったというべき」（川村湊 一九九〇）なのである。

日本の傀儡《かいらい》政権である満州国に残った文学者もいた。「強烈な抵抗意識に支えられ、日本の侵略という現実を凝視する中から」荒廃の進む農村を描いた山丁（シャンティン、さんちょう、一九一四〜九五）、「日本人の資金援助を利用しながら、新文学の陣地を拡大」（岡田英樹 二〇〇〇）していった古丁（クーティン、こちょう、一九〇九〜六四）らである。山丁の長編『緑の谷』は一九四三年に日本語に翻訳され、古丁の『新生』は一九四四年に大東亜文学賞の次賞を受賞した。中華人民共和国建国後は、二人は右派として粛清されるが、近年、中国と日本で再評価が進んでいる。

〝京派〟の人々、周作人とその系譜

国民革命後、北京は首都の座を南京に奪われ、三〇年代には静かな古都のたたずまいを見せていた。リベラル派の文化人は左翼文学が猛威を振るう上海を避けてここに集い、〝京派（チンパイ、けいは）〟と呼ばれた。その中心的存在であった周作人は、講演録『中国新文学の源流』（一九三二）で、心に思うことを述べる「言志《げんし》」と儒教イデオロギーを語る「載道《さいどう》」という二つの流れの消長が中国の文学史を形成してきたと述べて、明末の公安・竟陵両派と五・四期以後の新文学とは言志において一致し、三〇年代の左翼文学は載道であると指摘している。そして自らも古今東西の文芸を縦横に論じる膨大なエッセー群を書き続けた。

政治経済の中心から遠く離れ、「載道」ではなく「言志」を語ることのできる北京では、巴金・鄭振鐸らが

『文学季刊』（一九三四〜三五）を創刊、謝冰心・老舎・曹禺らの作家や、当時としては高い水準にあった魯迅論『魯迅批判』の著者李長之らの評論家がこれに参加した。天津の有力紙『大公報』文芸欄には周作人・沈従文・巴金・凌叔華らが寄稿し、〝京派〟の名エッセーが紙面を賑わした。蕭乾（シアオ・チエン、しょうけん、一九〇九〜九九）は、一九三五年に北京の燕京大学を卒業後、大公報社に入社、文芸欄の編集に携わる一方で、名エッセイストとして成長した。『文学季刊』に寄稿した若い詩人群に、臧克家（ツァン・コーチア、ぞうこくか、一九〇五〜二〇〇四）、卞之琳（ピエン・チーリン、べんしりん、一九一〇〜二〇〇〇）、何其芳（ホー・チーファン、かきほう、一九一二〜七七）、李広田（リー・クワンティエン、りこうでん、一九〇六〜六八）らがいる。卞、李、何は一九二九年から三一年にかけて北京大学外国語学部や哲学部に入学しており、いずれもフランス象徴詩の影響下にあった。

上海から離れることはなかったものの、周作人の影響下で明代公安・竟陵派の文学を研究し、小品文と呼ばれる洒脱なエッセーを提唱したのが林語堂である。林は福建省のキリスト教牧師の子に生まれ、一九一六年、上海・聖ジョーンズ大学を卒業、一九年から二三年にかけてハーバード大学、ライプチヒ大学に留学して中国古代音韻で博士号を取得した。国民革命の際には武漢の国民党政府に参加したが、四・一二反共クーデター後は上海に出て文筆活動に専念、風刺とユーモアを特色とする小品文を発表した。アメリカのノーベル文学賞作家パール・バック（代表作『大地』三部作）の勧めで書いた〝My Country and My People〟（一九三五）などの英文の著作で、世界的に知られている。

図3-10　林語堂（1940年代）

作家の世界観や文学趣味に応じて、北京の地方文壇が上海の大文壇に対し有力な選択肢の一つとして機能したのは、かつて五・四新文学の中心であったという遺産によるものであろう。また、文壇に上海・北京という複数の中心が存在し得たことは、三〇年代中国の懐の奥深さをよく物語るものといえよう。

4　左翼作家連盟と国防文学論戦

文芸論戦の街

三〇年代上海は文芸論戦の街であった。革命文学論戦は第三期創造社の若手や武漢政府から帰還した銭杏邨（チエン・シンツン、せんきょうそん、筆名阿英、一九〇〇～七七）らの太陽社と魯迅・茅盾らの既成の左派系作家との論争で、一九二八年に始まり翌年まで続いた。

やがて国民党による言論統制が強化され、文学と政治との結びつきに疑問を呈する新月派の雑誌『新月』が創刊されると、左派大同団結の気運が高まり、三〇年三月に「無産階級革命文学」の旗を掲げた中国左翼作家連盟（左連）が結成された。左連の加盟者は創立当時は五〇余名、その後一五〇名に達し、反対派に対し激しい批判を浴びせては論戦を巻き起こしていく。国民党系の文芸誌をファッショ的御用文学と批判した民族主義文学論争（一九三一）、文学の政治性・階級性を否定したり軽視する文学者を批判した自由人論争、文語文の復活から口語の擁護、さらには大衆語の創造をめぐる大衆語論争（一九三四）というように、論争は間断なく続いた。

延安への長征

当時共産党は非合法化され、遠く江西省農村区の革命根拠地に立てこもっている。三四年には国民党軍一〇〇万に包囲されて根拠地を放棄、長征を開始し二年の歳月をかけ一万二〇〇〇キロを踏破して陝西省北部に至り、延安を首都とする新根拠地を建設した。上海の共産党地下組織は党本部から遠く隔てられ、政治活動の活性化は困難であった。その中で、発売禁止、検閲などの統制を受けながらも、文学は合法的に活動できる数少ない分野であった。文芸論戦は共産党の政治的主張をも代弁する性格を有していた。そして大衆文化の入り口にさしかかり常にセンセーショナルな話題を求めていた上海メディアもこれをこぞって取り上げ、論戦に紙面を提供してより多くの読者を獲得しようと競ったのである。

一九三六年には国防文学論戦が起こっている。左連成立当初から魯迅を革命文学論戦で批判していた創造社・太陽社など党員作家と魯迅との間の溝は埋まってはおらず、第三種人文学論争（一九三二）では「同伴者」作家を認める魯迅とこれに対し厳しい批判を行う周揚（チョウ・ヤン、しゅうよう、一九〇八～八九）ら党文芸工作者との間で溝はさらに広まった。三五年末に共産党の抗日民族統一戦線政策に呼応して、周が国防文学を提唱して左連を解散し三六年六月に中国文芸家協会を設立していくのに対し、魯迅らは「民族革命戦争の大衆文学」のスローガンを提起、七月には巴金らの支持を得て文芸工作者宣言を発表したため、魯迅と周との対立が鮮明化した。これに対し八月以後には共産党内でもこの論争が抗日民族統一戦線結成に対し不利益であるという判断がなされて調停工作が行われ、一〇月には魯迅の主張を取り入れた「文芸界同人の団結禦侮《ぎょぶ》と言論自由のための宣言」が魯迅・郭沫若・茅盾らを中心に発表された。魯迅はこの国防文学論戦のさなかの一〇月一九日、持病の喘息の発作で急逝している。

5 文化人のスキャンダル――魯迅の「ラブレター」と女優阮玲玉の遺書

魯迅と姦通罪

メディアはイデオロギーの対立をしばしばゴシップに姿を変えて登場させてもいる。たとえば左翼文芸の中心的存在であった魯迅。彼は妻を北京の母のもとに置き、一七歳年下の教え子許広平と上海で同棲していたため、国民党系のメディアにスキャンダルとして叩かれている。ちなみに一九三五年に公布された中華民国刑法第一七章婚姻および家庭妨害の罪第二三九条には、「配偶者がありながら他人と姦通した場合は一年以下の実刑に処する。姦通の相手も同罪。」と規定されており魯迅も許もともに犯罪者となりうるのであった。
映画女優の阮玲玉（ルアン・リンユイ、げんれいぎょく、一九一〇～三五）が、母親が住み込みメイドとして働いていた御屋敷の四男で元恋人の張達民に姦通罪で訴えられ、裁判前夜に自殺する事件に関しては、コラム3を参照していただきたい。阮が残した遺書には「〔張達民は〕恩に仇で報い、徳に報いるに恨みを以てしました。これに加えて、世間はよく事情も知らないのに、わたしがいけないと思っています……まことに、人言《じんげん》畏《おそ》る可《べ》し、

図3-11　阮玲玉

人言畏る可し、なのです」という言葉が残されている。「人言畏る可し」とは『詩経』に典故のある言葉。左翼ジャーナリズムはこれをもって保守派の新聞雑誌のスキャンダラスな報道が阮を自殺に追い込んだと反撃し、葬送の列にはファン十数万の人が加わったという。保守派ジャーナリズムから自由恋愛を叩かれたエリート職業婦人の悲劇——阮玲玉伝説はこのような左翼言説として成立したのである。

マスメディアおそるべし

魯迅も「「人言畏る可し」を論じる」というエッセーを書き、新聞が女性に対し加える執拗な修飾が阮のような無力の女性には苦しみの原因となる、と指摘している。もっとも三角関係解消のため弁護士制度を活用し、その釈明のために新聞広告を出した阮を、一般の「無力の女性」とは同じには扱えまい。

むしろ魯迅にしては珍しく穏やかな筆遣いからは、彼自身の困惑と諦観とが窺えよう。親が仲人に任せっぱなしで決めてしまう旧式結婚から離脱し、近代文学の最重要の課題であった自由恋愛を実践したために、魯迅自身もメディアの餌食にされていたのである。読者の好奇心に迎合したうえ政治的思惑も加わり、プライバシーを公衆の前にさらけ出す「人言」＝マスメディアの恐ろしさは、魯迅にとっても他人事ではなかった。その一方で魯

迅もマスメディアが女優や作家という職業制度を支えていることを熟知していたことだろう。魯迅も愛人許広平との往復書簡を『両地書』（一九三三）として刊行し、著書が相次いで発禁処分を受ける中、この「ラブレター」の印税で暮らしていた時期もあったのである。

政治的言説も文学も映画も、そしてそこから派生するゴシップも、文化市場においては同質の情報として消費される、という大衆文化の現実に上海の文化人は直面していたのである。二〇年代の小規模なサロン文化と異なり、三〇年代上海の文化人は巨大な市場の中に投げ出され、消費者の欲望に翻弄されており、そうでなくては女優も作家も職業として成立しない――このような新しい大衆文化の論理に戸惑い、進歩的女性というイメージに固執するあまり阮玲玉は死を選ばざるを得なかったのであろうか。

コラム3

三〇年代の上海女優

――阮玲玉と白楊

三〇年代の上海女優とは、いかに生まれていかに生きたのだろうか。阮玲玉（ルアン・リンユイ、げんれいぎょく、一九一〇～三五）と白楊（パイ・ヤン、はくよう、一九二〇～九六）の二人の女優の人生を追ってみよう。

阮玲玉の父は広東人、一九世紀末に飢饉のため故郷を離れて上海租界の人夫や浦東のイギリス資本経営のアジア石油会社機械部の臨時工となり、三〇歳で同郷人と結婚、やがて生まれたのが阮玲玉。一九一六年、父が四四歳で病死すると、母は広東省の元高級官僚の張という買弁の邸宅の住み込みメイドとなった。主人の張には「分かっているだけでも」妾が九人、子どもが「不完全な統計でも一七人いた」という。

一九一八年、母は張旦那のつてで彼が理事を務めていた崇徳女学校に娘を半額免除で入学させる。当時の上海で女学校に通えたのは裕福な家庭の子女に限られた。母は阮を寄宿舎に住まわせ、週末でも自分の元には帰らせようとせず、中学二年の阮が学芸会の晴れ舞台で「慈母曲」を独唱した際にも、自分の身分を隠すため参観をはばかったという。

やがて張家の四男張達民が阮を見初め、これを怒った張夫人は阮の母を解雇してしまう。阮は女学校を中退して女優となり、張は母子を父の妾の旧宅に住まわせ、ここで同棲を始める。阮は女性差別に苦しみつつ職業婦人として生きる新しい女たちを描いた社会派映画に出演し、四年後には月額七〇〇元の高給、一作数百元の出演料を合わせると年収は一万元に達し、自家用車にお抱え運転手という上流階級の暮らしを営むようになる。上海四大デパートの雄、永安公司の男性事務職員の月収が五〇元の時代である。

一方、張は同棲直後に父が急死、一二万元相当の家産と現金一万元の相続権を得たが、競馬通いが昂じて馬主となりたちまち一二頭の持ち馬と自分の資本を失い、その後も博打に狂って借金を重ねた。愛想をつかした阮は三三年四月には別居に踏み切り、その四カ月後、広東人で茶商人の唐季珊と同棲を始めている。別離後の張は二人をゆすり続け、三五年二月には地方裁判所に家庭妨害罪と姦通罪で阮と唐を告訴する。マスコミがこれを女優のスキャンダルとして書き立てる中、阮玲玉は裁判の前夜に睡眠薬を服用して自殺した。

白楊

この事件では法律とメディアが重要な役割を演じている。そもそも張・阮両人の結婚に反対した張の母は、三〇年の死に際し「阮玲玉との結婚を許さず。銀行に凍結した遺産は他の者と結婚したときにのみ相続可」という遺言状を残したため、張は阮との正式結婚の機会を逸している。三三年に阮は弁護士事務所に行き、張と別居し彼の生活費月一〇〇元を二年間支払う同居関係解消契約書を作成、張が阮の名を使って詐欺を繰り返すため、「いかなる人物とも正規の配偶関係を持ったことのないこと、現在もいかなる人物とも婚姻契約のない」という新聞広告を出してもいる。ところが阮の公証人は退職弁護士で資格を失っており、張はこの一点を捉えて別居契約を無効とし、唐と阮を訴えたのである。

実は唐は広東に妻がおり、妻の実家の資金で事業に乗り出し資産を築いていた。その後上海で映画女優の張織雲と同棲、のちに阮に乗り換えたという。姦通裁判を前にして、張織雲が「私と唐季珊の関係の真相」という手記を雑誌に発表する一方、本妻も上海に乗り込み唐に対し離婚慰謝料三〇万元を要求している。唐は新聞掲載の葬儀通知の中で、阮の呼称を最初は「唐季珊夫人」、次に「家人阮玲玉」、最後は「阮玲玉女士」と二度も変更したという。夫人・家人・女士はそれぞれ婚姻・同棲・友人の関係を意味する。なお阮玲玉自殺事件に際しては、魯迅も「人言《じんげん》畏《おそ》る可し」というエッセーを書いている。

白楊は北京生まれ、両親は教育事業に奔走していたが、一九三一年には母が亡くなり父も事業が失敗して行方不明となってしまう。一一歳の少女はやむなく俳優養成所に入り、サイレント映画に愛らしき子役として出演した。白楊の出世作は名男優の趙丹と共演した軽快なラブ・コメディ『十字路』（原題：『十字街頭』）（一九三六）で、彼女は日本の侵略に抗議し資本家の搾取に疑問を呈する若いインテリ女性を好演した。当時わずか一六歳ではあったが、豊かな容姿により「中国のグレタ・ガルボ」という賛辞を浴びたのだ。

しかし数カ月後には日中戦争が始まった。白楊は上海を脱出して抗日宣伝の演劇隊に参加、のちには臨時首都の重慶に移り、スタニスフラスキーの演劇理論を学んで舞台女優として活躍した。主役を演じた新劇は郭沫若作『屈原』をはじめ四〇本にのぼり、四大女優と称されるに至る。

一九四五年の終戦後、上海映画界が再び黄金時代を迎えると、青春スターから演技派へと脱皮した白楊の姿がスクリーンに復活する。大ヒット作『春の河、東へ流る』（一九四七）は戦争により夫と離別した妻の悲劇を描く。一人息子にズボンを穿かせたまま破れを繕ってあげる若い母の明るくけなげな姿から、河に身投げする絶望のシーンまで、白楊は見事に演じきった。

四九年に中華人民共和国が建国されると、映画界は一転して冬の時代を迎える。共産党は文学・芸術の任務を毛沢東賛美と規定し、いわゆる〝毛文体〟の作品のみを製作させた。それでも五六年の百花斉放期という束の間の春の間に製作された『祝福』は、数少ない名作の一つである。魯迅の短編を映画化した『祝福』で、白楊は農村の寡婦祥林嫂の辛く悲しい半生を熱演している。

文化大革命期（一九六六～七六）には、多くの映画人が非業の死を遂げており、白楊も監禁生活を送らねばならなかった。それでも晩年は後進の養成に努め、外国映画界との交流を促進し、中国映画家協会副主席を務め、九三年渋谷・ユーロスペースで主演作が特集上演された際には来日している。このとき白楊と対談した映画評論家の佐藤忠男は、その印象を「気さくなにこにこしたおばさん」と記している。実に白楊は激動の中国映画の生き証人であったといえよう。

第4章 成熟と革新の四〇年代(一九三七〜四九年)
——日中戦争と国共内戦

1 淪陥区の女性作家たち——張愛玲と梅娘

日中戦争と国共内戦

一九四〇年代の中国では、日中戦争(一九三七〜四五、中国では抗日戦争と称する)、国民党と共産党とによる国共内戦(一九四六〜四九)と戦争が相次ぎ、共産党による統一、人民共和国建国(一九四九年一〇月)に至るまでの間、中国各地に数多くの政権・国家が興亡を繰り返した。満州事変(一九三一)後に東北三省を支配した満州国、日本占領下の華北五省と長江下流域にそれぞれ建てられた中華民国臨時政府(三七年一二月北京で成立)・同維新政府(三八年三月南京で成立)など日本の傀儡《かいらい》(操り人形の意味)政権、徹底抗日を唱える国民党蔣介石派と袂をわかち日本との和平を探ろうとした汪兆銘を主席とし臨時・維新両政府を統合して四〇年三月に南京で成立した中華民国国民政府、これらは日本の敗戦とともに崩壊した。また八年にも及ぶ日中戦争を戦い抜いて勝利を得た中華民国・国民党政権も国共内戦に敗れて台湾島に逃れている。このように中国の一九四〇年代は亡国の時代ではあったが、文学は豊かな成熟期を迎えているのである。なお本章は実質的には一九三七年以後を対象としたい。

一九三七年七月に日中戦争が勃発すると中華民国は緒戦の奮戦もむなしく一一月に上海、一二月に南京、そして三八年一〇月までに武漢、広州など沿海部から内陸部にかけての主要都市を日本軍に占領された。国民党政府は上海を起点とする長江の流域距離にして約四〇〇キロ上流の首都南京をまず失い、続いて同じく一一〇〇キロ遡航した武漢を失ったものの、なおも二五〇〇キロ上流に位置する四川省の商港重慶を臨時首都と定めて抗日戦争を戦い抜いていく。こうして中国は日本占領下の〝淪陥区《りんかんく》〟、国民党支配の〝大後方《だいこうほう》〟（または〝国統区――国民党統治区〟）、そして共産党支配の〝解放区〟に三分し、三地域の文芸界もそれぞれ独自の相貌を呈したのである。

また日中戦争の前半期には、米英仏が主権を持つ上海租界区は周囲の広大な淪陥区に浮かぶ孤島と化した。この孤島は一九四一年一二月の太平洋戦争勃発後、日本軍に接収されるまで中立地帯であったため、巴金ら多くの文学者が残留し抗日の言論活動を行った。この上海租界区の四年間は〝孤島期《ことうき》〟と呼ばれる。

孤島期とアイデンティティ危機

近代文化の二大センターである北京と上海は、日中戦争が始まると相次いで日本軍に占領され、大量の知識人が大後方と解放区へ去り、文化界は荒涼たるありさまを呈する。残留組の文学者の中には対日協力をして、戦後〝漢奸《かんかん》〟（売国奴の意味）として罪を問われた者も多かった。北京で閣僚級の要職についた周作人はその代表的存在である。

また日本の侵略により中国では各種産業も大きな打撃を受けた。たとえば上海は孤島期には戦争景気によりまばゆいばかりの繁栄を誇ったものの、太平洋戦争開戦以後は急速にさびれていき、工業消費電力は一九三六年を一〇〇とすると四三年は四〇であり、この年には全市の中国人経営の工場は約三分の二が倒産したという。

このような淪陥区の人々の心理状態をめぐり、邵迎建は『古今』という上海誌に汪兆銘政権首脳たちが寄稿したエッセーを分析して「周佛海〔財政部長、上海市長〕は「自反録」の冒頭で「人は己を知らないことに苦しむ」

と書いた。数十年に渡る政治生活を過ごしてきた彼らは、突然、自分が何者であるのかわからなくなった」と彼らのアイデンティティ喪失感を指摘している。さらに邵は傀儡政権指導層ばかりでなく、上海租界区の広範な市民たちも英米仏の支配から日本軍の支配に移行することにより「政治、経済、文化、精神においていっそう絶望的な境地に陥り……もともと曖昧であったアイデンティティは、一層見失われることとなった」と述べている。

清末以来、上海は欧化の最先端を歩み国民国家建設の中心となってきたが、日本の侵略は中国という国家・民族に存亡の危機をもたらすとともに、中国が清末以来追い求めてきた西欧文明の諸制度に内在する矛盾を一挙に露呈させたのである。そもそも第二次世界大戦、日中戦争、太平洋戦争などの世界戦争は、西欧文明により創り出された国家という装置が引き起こした悲劇であった。清末以来の苦難の末、一九二〇年代末にようやく本格的建設を開始した中華民国が早くも滅亡に瀕するという歴史の展開が、中国の市民層に重大なアイデンティティ危機をもたらしたともいえよう。このような文明危機、アイデンティティ危機の時代に危機の本質を考察したのが文学であった。特に淪陥区にあっては、既成作家群の消失という異常な事態の中で登場した女性作家たちの作品が注目される。

図4-1　張愛玲

崩壊感覚と恋愛小説

日本占領下の上海では文芸関係の定期刊行物が四〇点以上刊行され、日本の侵略や汪兆銘政権のお先棒を担ぐ「和平文学」、そして営利目的の娯楽雑誌にも共産党地下党員が潜入して情報工作を行っていたという。また秘密裡に重慶の国民党政権と連絡を取っていた文化人も多かった。このような上海文壇に彗星のごとく登場した女性作家が張愛玲（チャン・アイリン、ちょうあいれい、一九二〇～九五）である。彼女の祖父は清朝の名臣張佩綸、祖母は李鴻章の

図4-2　梅娘（中央，1952年）

娘という上海の名家に生まれたが、母のフランス留学、父の妾との同居などが相次ぎ家庭は崩壊していた。一九三七年に聖マリア女学校を卒業、三九年にロンドン大学の入試（上海で受験）に合格するものの、第二次世界大戦勃発のため留学を断念。かわって香港大学に入学、卒業直前に太平洋戦争が始まり、イギリス植民地の香港は日本軍の猛攻を受け、張ら学生もこの香港攻防戦に防空団員などとして従軍した。張は翌年上海に戻り、生活費のために文筆活動を開始すると、新進女流作家として一躍注目を集め、小説集『伝奇』（一九四四年八月刊行）は、爆発的な人気を博した。彼女の青春とは大戦争により中華文明とヨーロッパ文明、そしてその〝混血児〟である租界都市上海、植民地都市香港などの諸文明が世界的規模で同時崩壊していく時代とぴたりと重なり合っていた。崩壊感覚に裏打ちされた刹那主義——張は自らの青春を哀惜して次のように記している。

時代は駆け足、すでに崩壊が始まっており、更に大きな崩壊が始まろうとしている。私たちの文明が、昇華するにせよ浮薄となるにせよ、いつかきっと過去となる日が来る。もし〝荒涼〟が私の最も愛用する言葉だとしたら、それは心の奥にぼんやりとした恐れを抱いているからなのだろう。（『伝奇』第二版の言葉）

そして張愛玲は「まるで七、八台の蓄音機が同時に唱い出し、めいめい勝手に自分の歌をうたって、混沌状態になってしまうような」「体系性のない現実」の喧騒の中から、「人を泣かせ眼を輝かせるような一瞬」を見いだしては「戦場の恋」（原題：「傾城之恋」）、「封鎖」などの恋愛小説を書いた。それは常に文明の本質を鋭く問い直す質のものであり、家、恋愛、貨幣など上海・香港に移植された西欧文明の本質を抉り出した。上海で活躍した女性作家には、ほかに自伝的小説『結婚十年』を書いた蘇青（スー・チン、そせい、一九一四〜八二、本名は馮和儀）

らがおり、現在ではフェミニズム文学の先駆けとしても注目されている。

南方上海の張愛玲に対し、北京で活躍した女性作家が梅娘（メイニアン、ばいじょう、一九二〇〜、本名孫嘉瑞）、二人は同年齢で「南玲北梅」と並び称された。梅娘は吉林省長春市のブルジョワの大家に生まれ、満州事変により学業が中断されるものの、高校三年に編入した翌年には第一作品集『小姐集』を上梓している。卒業後、兄弟姉妹三人とともに日本に留学し、早稲田大学の苦学生柳龍光と知り合い結婚した。一九三七年冬の帰国後から続々と作品を発表、四四年には『蟹』で大東亜文学賞を受賞するが、人民共和国建国後は、「一九五五年の「反革命分子粛正運動」から一九七八年の名誉回復まで二三年間、「文革」を経て二人の子を失い、あらゆる辛酸を嘗め尽くした」（岸陽子 二〇〇四）。

このような梅娘ら東北地方文学の特色として、岸陽子は「「満洲国」の女性作家の描くヒロインには、「植民地」という形での「近代化」によって経験する内部の分裂と葛藤を通して、「五・四」や「革命根拠地」とは異なった女性主体が形成されていく可能性」を指摘している。

2　大後方の新興〝文化城〟——重慶・桂林・昆明

文化の疎開

日本軍の侵略により、淪陥区から約一〇〇〇万の人々が大後方、解放区へと移動し、そのうち七〇〇万人が大後方の四川省に入ったと推定されている。上海・南京などから約一七〇、武漢から約一五〇の工場が機械部品・資材とともに長江に沿って四川方面に疎開し、その合計二〇万トンのうち三分の一が重慶に移設されたという。大学は全国一〇八校（学生数約四万）中五二校が大後方に移動、そのうち一九校が重慶に居を構えた。開戦前のこの都市には、重慶大学など二校しかなかったのである。重慶の人口は開戦前に約三四万、開戦後はこれに一〇〇万以上もの新しい疎開者が加わっている。

武漢・広州陥落後に軍事・文化の新拠点として急浮上した広西省桂林は、古来中原と嶺南地方とを結ぶ要衝であり、日中戦争期には西南と華南・華東とを結ぶ要地となった。開戦前の人口は七万に過ぎなかったが、一九四四年には五〇万人に達し、出版社ゼロ、書店二軒という桂林に三八年以後は書店・出版社が一六〇社が押し寄せたため、桂林は〝文化城〟と称された。日中戦争開戦以来上海資本の移動先であった香港が太平洋戦争勃発直後に陥落すると、さらに大量の人々が桂林に移動した。桂林は蔣介石と対立関係にあった李宗仁・白崇禧ら広西軍閥の本拠地であったため、国民党のきびしい文化統制が直接に及ぶこともなく、これも上海文化界が大移動した原因といわれる。

また北京・清華・南開の三大学が避難先の雲南省昆明で西南連合大学を組織し、沈従文・聞一多・李広田らリベラル派の文学者が集まったため、〝春の都〟昆明はミニ北京として第三の文化センターとなった。そのほか「〝主体性〟の極度の強調による〝抗戦〟」を鼓舞しロマンティシズムを謳歌する戦国派と呼ばれるグループも存在した（坂口直樹 二〇〇四）。昆明はアメリカ・イギリスがインドから蔣政権に援助物資を送ったビルマ・ルートの主要地でもある。こうして大後方に、上海の支店として重慶・桂林、北京の支店として昆明という三つの文化都市が突如出現したのである。この三都に対し日本軍は「士気の征服」を目指し、航空機による無差別爆撃を行っている。たとえば重慶の場合一九三八年二月から四三年八月までの五年間、爆撃は二〇〇次を越え、空襲による直接の死者だけでも一万一八八五人に上る。この対中国戦略爆撃は、やがてアメリカ軍により質量ともにいっそう発展されて、数年後には本土空襲として日本人自身を襲うのであった。日本軍が生み出した戦略爆撃の残虐さ、犯罪性を現地にて目撃し記録し告発し続けたのが、上海・北京から移動してきた文学者であり新聞・雑誌であったことは、文学史の一頁に記録しておきたい。

戦時中にもかかわらず、大後方では活発な文芸活動が展開されており、一九四二年の統計によれば、一年間に新刊書が三八七九点、雑誌が延べ号数にして四一五三号、一日平均にして二〇冊の書籍雑誌が刊行され、そのうち文芸書が四一％を占めたという。曹禺の戯曲『北京人』、老舎の長編『四世同堂』、巴金の『憩園』、茅盾の『腐蝕』、『霜葉は二月の花に似て紅なり』など近代文学史に残る名作の数々は大後方で生み出されている。桂林で王魯彦が編集長をしていた月刊誌『文芸雑誌』は三万部の売上を誇り、重慶で刊行された郭沫若の歴史劇『屈原』は一年間で一万冊を売りつくすなど、いずれも戦前の中国にあっては記録的な数字であった。

話劇の発展

日中戦争期には〝話劇〟が目ざましい発展を遂げて黄金時代を迎えている。〝話劇〟と称される中国の近代科白劇、新劇の歴史は一九〇六年に日本留学生が東京で結成した春柳社に始まる。翌年初上演された『椿姫』、『アンクル・トムの小屋』という演目が象徴的に物語るように、〝話劇〟もまた新興知識階級の恋愛と自由・解放とを求める言説であった。二〇年代ともなると、イプセンの『ノラ』がこの言説の中心的存在を占め、国民革命＝国民市場の形成を経て恋愛と自由・解放を保証する市民社会形成の展望が現れる三〇年代には、平等の問題が演劇の主流となり、左翼劇団の活動が活発化する。三四年には曹禺のような本格的な戯曲家が登場して『雷雨』を発表する一方、思想宣伝への傾斜も目立っていた。

戦争初期には国民各層に日本軍へ抵抗を呼びかける抗日劇団が多数組織され、巡回公演が各地で行われた。やがて持久戦期に至ると、〝話劇〟は政府の腐敗や社会の暗黒を厳しく風刺し、また時代の闇の中で倒れていく市井の人々の生きざまを描いた。曹禺『蛻変《ぜいへん》』、老舎『残霧』、呉祖光（ウー・ツークアン、ごそこう、一九一七〜二〇〇三）『風雪夜帰人』などはその代表作である。沿岸部を日本軍に占領されたため、大後方では外国映画の輸入が止まり、上海映画の配給も停止されていた。作品を失った映画館は、これら〝話劇〟の恰好の劇場となったのである。一九四一年から四四年にかけて重慶では毎年二〇作以上もの〝話劇〟が上演されていた。

3　解放区の人民文学——趙樹理「小二黒の結婚」と『白毛女』

満州事変以来、日本の侵略的態度がいよいよ露骨となるに従い、中国の世論は国民党政府に対し共産党との内戦を停止し、一致して抗日に立つよう激しく求め始めた。西安事件（一九三六年一二月）をきっかけとして国民党と共産党との合作交渉が始まり、日中全面戦争開始後の一九三七年九月には第二次国共合作が成立した。民族統一戦線の結成により、共産党支配区は中華民国特区（または辺区）政府、紅軍は国民革命軍内の第八路軍、新四軍と改称改編された。

しかし共産党は辺区政府に改称後も、独立自主の原則を掲げていた。淪陥区の中にも多くの抗日根拠地が建設され、日本軍の占領から解放されたという意味で俗に〝解放区〟と称された。戦後は国共内戦の過程で国民党統治区から奪取した地域を〝新解放区〟と称し、やがて人民共和国成立後は一九二七年に井崗山で生まれた革命根拠地にまで遡って、建国以前の共産党支配区を〝解放区〟と呼ぶことが一般的になっている。

延安での粛清

共産党軍は劣悪な条件下で日本軍とよく闘い、抗日戦争に勝利した時点では、人口九〇〇〇万を越える地域を解放区として支配していた。この解放区の中心が陝西省北部の小都市延安（イエンアン、えんあん）である。延安市街は黄土高原を流れる延河中流部沿いの盆地に発展し、古来陝西北部の交通の要地であるとはいうものの、人口一万人ほどの県城にすぎなかった。中国東南部の江西省から長征してきた紅軍と共産党中央は、一九三五年一〇月に陝西北部に到達、三七年一月に延安を拠点として抗日戦争と国共内戦を戦うのであった。この年延安は市に昇格し、人口も約三万となり、四〇年代には四万人に増加している。

人口三万の延安に淪陥区から流入した知識人の数は数千と言われる。延安では一八対一という極端な男女比、しかも女性の多くは党指導者の妻であり、新来の者は都市出身の若い女性であった。このような条件下で、たとえば毛沢東は妻の賀子珍（ホー・ツーチェン、がしちん、一九〇九〜八四）と強引に離婚して上海女優の江青（チアン・チン、こうせい、一九一四〜九一）と再婚した。食糧・住宅などからセックスに至るまで、党幹部は特権を享受しており、新来の若い知識人との間の摩擦も少なからず存在したといわれている。知識人は中共の官僚主義体制や幹部の特権に対し批判を始めるものの、大量に粛清されてしまった。その中には王実味ら文学者も数多く入っていた。

文芸講話と趙樹理

この〝整風〟という名の粛清キャンペーンに先立ち、一九四二年五月毛沢東は文芸座談会を召集し、文学・芸術とは抗日戦争と解放運動を闘う労働者・農民・兵士の要求に応じて大衆政治家の意見をまとめあげこれを精錬し、再び大衆に戻すこと、すなわち共産党の政策を民衆に宣伝啓蒙し、民衆の要求を党に伝えるメディアであると規定した。これは『文芸講話』（原題：『在延安文芸座談会上的講話』）と呼ばれ、その後久しく共産党の文学・芸術に対する基本政策となる。

図4-3　趙樹理（1959年）

『文芸講話』と前後するように、五・四新文学以来の伝統を継承しつつ大胆な革新を企てた異色の短編小説「小二黒の結婚」（一九四三）を発表したのが趙樹理（チャオ・シューリー、ちょうじゅり、一九〇六〜七〇）である。趙は山西省の没落中農の家に生まれ、小学教員などを経たのち一九三七年に共産党に再入党していた。同作は解放区で共産党政府の支援下、若者が迷信旧習に抵抗し恋愛結婚を勝ち取るまでを古典白話小説の語りの様式を用いつつ、農民風のユーモラスな言葉遣いで描いている。

同作では自由恋愛から結婚に至る過程で、土地のごろつき一家とともに、村における主人公の父とヒロインの母の権威が突き崩される点が興味深い。父は読み書きができ、占いの本を理解できる諸葛〔孔明〕さんというあだ名の知識人であり、母は巫《みこ》と一種の娼婦を兼ね、村の男たちが集まる彼女の家は、情報センターでもあった。両者に反逆する子どもの世代の恋愛は、自営農民を中心とした農村の旧来の権威と秩序を転覆させ、かわって共産党の支配を導き入れるものであったのだ。その意味で同作は、叙述様式は古典的・通俗的でありながら、恋愛と革命・国民国家建設という都市知識階級による五・四新文学のテーマを継承し、これを究極まで展開させたハウツー恋愛、ハウツー革命の小説といえよう。その後も趙は『李家荘の変遷』（一九四六）など、地主や日本軍を相手にいかに土地改革・抗日戦争を行うかというハウツー小説を書き続け、『文芸講話』が期待する人民文学のお手本となった。なお趙自身は「小二黒の結婚」発表の半年後に『文芸講話』を読んだと述べている。

趙樹理文学出現の背景として、辛亥革命後「山西モンロー主義」を唱えて山西省を支配した軍閥閻錫山〔イエン・シーシャン、えんしゃくざん、一八八三～一九六〇〕の開明政策を指摘したい。閻が同省の富強を目指して教育普及に努めた結果、一九一九年の時点で児童の就学率は六〇％を越えており、当時の全国平均一一％と比べるとそれは驚異的数字であった。開明軍閥統治下で生み出された大量の農民読者を相手に、趙は一村の状況が山西省、ひいては全中国の状況に通じていることを解きあかし、共産党イデオロギー宣伝の小説を提供したのである。

「大きな村」の延安

既成文学者が去って新人女性作家が誕生した上海・北京、既成文学者が集合したうえ新人も加わって活況を呈した重慶・桂林・昆明――これらの都市や趙樹理の山西の村とは異なり、延安は知識人を吸収するばかりでほとんど何物も生み出しはしなかった。共産党が支配する解放区に、清末以来の上海・北京という二つの文化都市の伝統とは全く異質の都市いや、「大きな村」が出現したのである。

この「大きな村」延安には、『解放日報』など共産党直属の新聞が一、二紙と解放社という出版社が一社あるばかりで、雑誌は存在しなかった。延安を目指してやってきた数千の都市の青年たちは、知識階級の使命や要求を語ろうにも語る場としてのメディアがなく、そもそも清末以来の知識階級の生存基盤であった都市が存在していなかったのである。「大きな村」では知識階級は無用の存在であり、職を得て衣食を確保しようとすれば、延安から広大な解放区に出て共産党の宣伝係に勤めるほかに道はなかった。毛沢東の『文芸講話』が延安の知識人に対し強力に作用したのは、党や毛沢東の権威とともに、このような延安という「大きな村」の特殊性によるものであった。そしてこの「大きな村」という都市体制は、共産党による支配が全国に及ぶにつれ北京・上海にも波及して行き、やがて文学の死滅をもたらすのであった。

それでも延安には一九三八年に文学・演劇・音楽・美術の四学部からなる魯迅芸術学院（魯芸）が設けられ、文芸工作者が養成されていた。文芸講話路線にとっても、宣伝文を書く要員や演劇人や音楽家は必要であった。また女優志願の学生は、江青の例もあるように高級幹部の社交のよきお相手となった。

魯芸で一九四五年五月に集団創作された名作歌劇に『白毛女』（パイマオニュイ、はくもうじょ）がある。四〇年代はじめ河北省西北部に広まった白髪の女仙人の伝説が、四四年に戦地奉仕団により延安にもたらされたのだ。地主に迫害され山に隠れた貧農の娘が共産党軍に救われる、という筋で、旧社会は人を化け物にしたが、新社会は化け物を人に蘇らせるというスローガンである。地主の追手を逃れた少女が、川を渡る、山の洞窟に住む、髪も服も白色化するなど水と大地を背景に死と再生の試練をくぐるという神話的構造を内包しており、非常に感動的に構成されている。ちなみに白とは中国の習俗では死を象徴する色である。『白毛女』はその後いくたびも修正上演され、五〇年には映画化、文革中にはバレエ化された。修正のたびごとに共産党指導という宣伝色が露骨になっていくが、その一方でより洗練された革命神話の作品となっている。

河北省白洋淀湖付近の小学教師であった孫犁（スン・リー、そんり、一九一三〜二〇〇二）も、四四年延安に行き魯芸で学び、抗日戦に立ち上がる農村の青年男女を抒情的に描く「荷花淀」を発表した。「白描」と評される美文体で、趙樹理とも異なる人民文学を開拓している。

日中戦争期の中国語圏文学の特徴として、大後方と淪陥区との相互交流、淪陥区と日本との交流、そして大後方・解放区と欧米との交流が間断なく続き、それは戦争の長期化にともない、衰えるどころかいっそう盛んになっていった点を指摘できよう。

文化界は一つ

第2節で引用した大後方における出版統計は上海誌『雑誌』一九四四年一月号を出典とする。同誌は毎号見開き二ページの「文化報道」欄を設け、大後方と解放区の文壇状況を詳しく紹介し、時には「巴金は「若く美しい」奥さんを娶り、桂林で同居、新婚の歓びに浸っている」といったゴシップ風の記事も交えている。日本の侵略を受け民国政府が分裂しようが、中国の文化界は一つであることを「文化報道」欄は如実に物語っているのである。

大東亜文学者会議

日本軍の侵略にともない、淪陥区には大量の日本人が進出した。たとえば上海の邦人数は一九三二年の二万六〇〇〇余から淪陥期には一〇万人へと激増、邦字日刊紙として『大陸新報』が刊行された。同紙昭和一九年六月二〇日号には上海にあった中国語専門学校の東亜同文書院英文学教授の若江得行がエッセー「愛愛玲記」を寄せ、「中国の新しい雑誌は、中国の人等と同じ数の日本人に読まれる日は既に来てゐる……新刊雑誌が出る度毎に目の色を変へて街頭を馳駆する日本人が居るのだ」と前置きして張愛玲賛美を語っている。実際同紙には上海で活躍していた翻訳家、室伏クララ（一九一八〜四八）による張愛玲「香港——焼け跡の街」（原題：『燼余録』）の翻訳が連載されている。北京の邦字紙誌も梅娘ら新人作家に関心を寄せていたようすは、新聞記者であった中薗英助（一九二〇〜二〇〇二）の自伝的小説『北京飯店旧館にて』（一九九二）などからも窺えよう。

日中両国文学の交流は、大東亜文学者会議という国家的行事としても行われた。太平洋戦争開戦一年前の一九四〇年、国家的情報機関として情報局（総理大臣管理に属する外局）が設置され、同局は、一九四二年に文学者の一元的組織として日本文学報国会を結成させた。これは「国策の周知徹底、宣伝普及に挺身し、以て国策の施行実践に協力する」ことを目的とする公益法人で、同会が行った主な事業の一つが大東亜文学者会議である。会議は一九四二年一一月（東京・大阪）、四三年八月（東京）、四四年一一月（南京）の三回開かれており、日本をはじめ台湾・朝鮮・満州の植民地および中国（淪陥区）と蒙古から代表が参加した。第二回大会以後、大東亜文学賞が設けられ、北京文壇の袁犀（ユアンシー、えんさい、一九二〇〜七九）・梅娘、満州の古丁、上海の潘予且（パン・ユイチエ、はんよかつ、一九〇二〜八九）らが受賞している。

Rickshow Boy の翻訳

欧米も日本の侵略に抵抗する中国に深い関心を寄せていた。エドガー・スノー、アグネス・スメドレー、セオドア・ホワイトなど新旧のジャーナリストが重慶や延安で熱心に取材していたばかりでなく、本国でも中国語圏文学がブームとなった。戦前の欧米でも魯迅の作品がよく読まれており、戦争がさらに多くの中国作家を国際舞台に押し出した。一九三六年アメリカに移住していた林語堂は日中戦争が始まると北京の豪商の家を舞台に義和団事件以来の近代史を描いた大河小説『北京好日』（または『悠久の北京』、原題：*Moment in Peking*、中国語訳題：『京華烟雲』）を発表して大好評を得ている。

老舎の作品も盛んに翻訳された。一九四五年ニューヨークで刊行された *Rickshow Boy* こと『駱駝祥子』はベストセラーとなり、四八年には『離婚』の翻訳が二種も出たほどである。こうして老舎は戦後にはアメリカ国務省の招きを受け、重慶を離れて上海経由で渡米、『四世同堂』の抄訳版を出すなど旺盛な作家活動を続けた。このほかにも、蕭乾が『大公報』紙の特派員としてイギリスで第二次世界大戦の取材に当たっていた。

日本は総力戦下にあって、文学により中国を理解しようと努め、また理解しているのだという意志を文学を顕彰することにより中国に伝えようと努めていた。欧米も初期には抵抗する中国への同情、太平洋戦争開戦後は対日同盟国への共感により中国文学を盛んに受容していた。こうした動きの背後には、文学とは一国民の理性・感性を他の国民に深く広く伝達する情報媒体者という認識が存在していたといえよう。戦争は文学に内在するメディア性をかつてなく赤裸々に顕在化させたのである。

4　室伏クララが見た日中戦争、国共内戦期

女性翻訳家クララの夢

一九四〇年一〇月、翻訳家の室伏クララが、評論家の父室伏高信の紹介で特派員として中国に渡ったとき、彼女は二二歳だった。クララは南京汪精衛政権の林柏生のもとで宣伝部員となったが、実際の仕事は中国人高官の妻や子女に日本語を教えることだった。やがてクララは宣伝部を辞職して日本語雑誌社に就職、張愛玲など同時代中国文学を数多く翻訳している。日本の敗戦後もクララは国民党政府に徴用されて上海に留まり、日中文化交流の仕事を行った。四六年七月一〇日、彼女は胡適に宛てて手紙を送り、次のように述べている。

先日、新聞であなたが帰国されたことを知りましたが、今回は上海のホテルで病に伏せておられることを知り、失礼とは存じつつ、お手紙を差し上げることにいたしました。ご病状はいかがでございましょうか。わたしの姓は室伏、名はクララ（Clara）と申しまして、室伏高信の長女でございます。六年前の秋、『日本評論』社の特派員としてお国に参りまして、それ以来上海・南京の両地に住んでおります。現在は敗戦国民の身分で中央宣伝部対日文化工作委員会上海分会の服務員をしておりまして、お国の政府の徴用日本国籍スタッフです。（原文は中国語）

以下、クララは一〇年前に中国語を学び始めたときには中国の大学に留学して胡適のような偉大な思想家や作

家たちの謦咳に接したく思っていたが、三七年には日中戦争が始まってしまい、自分が中国に来たときにはかつて夢にまで見た中国ではなく占領下の中国であったことなどを縷々語ったのち、次のように結んでいる。

> 〔わたしは〕民国二九年の秋になってようやくお国の土を踏むことができました。そうです、この時わたしは初めてお国の土を踏んだのですが、わたしがやって来ることができたのは、かつて夢に見たお国ではなく、お国の方がおっしゃるところの淪陥区だったのです。ここでは、わたしはもはや夢の片鱗さえ探し出すことはできませんでした。そしていつの間にやら六年が経ち、祖国の敗戦に遭遇したのです。
>
> 言うなればわたしども祖国の惨敗は不可避の結果でございましょう。祖国の敗戦はあらゆる国民に甚大な苦しみを与えており、日本人であるわたしも例外ではございませんが、その一方で、わたしどもの祖国がさらにひどい軍国主義国家となることを免れ得たことを、わたしはいっそうの慰めと思わざるを得ないのです。

クララは日本の中国侵略が彼女自身が夢に描いていた中国を全く別世界の被占領地に一変させていたことを痛感し、日本の敗戦を喜ぶべきものとして迎えることができたのである。クララの文章は翻訳を別とすればほとんど残っておらず、その意味でもこの格調高い中国語の手紙は彼女の現代中国文学者としての成熟を示す重要な資料といえよう。

図4-4　室伏クララ（中央）

しかしクララには独立を取り戻した中国で、再び彼女の夢を探し出すことはできなかった。戦時中の一九四五年に上海に渡って武田泰淳と同居し、戦後の四六年に日本に帰って作家となった堀田善衛（一九一八〜九八）によれば、クララは「一九四八年早春、神経衰弱で、自殺同様の死に方で、上海で客死した」という。肺結核も災いしたのであろう。日本の侵略に続いて国共内戦で混乱する中国で、クララは本格的な翻訳活動を再開することなく消えていったのであった。

国民党政権の崩壊

しかし、国共内戦期の中国文学は短い期間ではあったが、見事に復興している。一九四五年八月に日本が降伏したのを受けて、同月二九日、重慶の蔣介石は延安から毛沢東を迎えてトップ会談に望み、内戦回避、国共合作による新中国建設のための双十協定を結び、四六年一月には重慶で国共両党に民主同盟など諸党派を加えた政治協商会議が開かれている。しかし同年六月、国共両党間で内戦が勃発、緒戦はアメリカから大量の援助を受けていた国民党軍が優勢で、四七年三月には延安も占領している。同年一一月には国民大会（総統選出、憲法改正などを行う最高機関）代表と立法院（国会に相当）委員の選挙が行われ、四八年三月に第一回国民大会が開かれ蔣を中華民国総統に選出、訓政期から憲政期への移行が宣言された。こうして国民党は着々と支配体制を固めつつあるかに見えたが、実際は都市においても農村においても、民衆の支持を失いつつあったのだ。

たとえば上海では戦時中の一九四三年一月、日本は南京の汪兆銘政権に、アメリカ、イギリスは重慶の蔣介石政権に対し租界返還、治外法権廃棄をそれぞれ宣言していた。かくして戦後の上海旧租界区に進駐したのは国民党軍であったが、上海は新たにアメリカ資本の支配を受け、永安公司など南京路四大デパートの商品の八〇％をアメリカからの輸入品が占めるなど、アメリカ製品が氾濫していた。アメリカ資本の中国市場制覇は、日本占領の風雨に晒されてきた上海の工業に、「災害後のような結果をもたらした」（劉恵吾編 一九八五〜八七）。これに国民党経済政策の失敗が加わり、わずか二年八カ月のあいだに紙幣発行量は六四倍に達し、一九四七年一年間の物価指数は一四・七倍に跳ね上がるなど、経済運営はことごとく破綻した。こうして貨幣政策の失敗により国民党は民族資本家から小規模な商工業者に至るまで広範な都市民の支持を失ったのである。農村での土地改革については次章で述べたい。

一九四七年七月、八路軍あらため人民解放軍は反抗に転じ、東北地方から西南に向かって進撃を始め、翌年九月以降には遼瀋・淮海・平津の三大戦役に快勝して東北・華北を占領、四九年五月までに南京・武漢・上海を、同年秋までには広州・重慶を占領している。その怒濤の進撃ぶりは、国民革命当初の北伐軍の進撃を連想させるものである。共産党は九月には新しい政治協商会議を開催して人民民主主義独裁の共和国樹立を定めた「共同綱領」を制定、一〇月一日に中華人民共和国の成立を宣言した。この間二月以来、国民党政権は広州・重慶・成都を転々としたのち一二月に台北へ逃亡している。

上海文壇最後の光芒

このような内戦の混乱期にあって、文学者は続々と上海に回帰した。上海は再び全国に君臨する文化都市として復活し、最後の光芒を放つのであった。当時最も良質な作品を提供した雑誌が『文芸復興』。編集は鄭振鐸と劇作家・翻訳家の李健吾(リー・チエンウー、りけんご、一九〇六〜八二)。戦時中の二人はあるいは地下に潜りつつ文物の保護に奔走し、あるいはフロベールの翻訳中に日本軍憲兵隊に逮捕され拷問を受けるなど、ともに苦難に満ちた淪陥期上海を体験している。創刊の言葉で鄭は「抗日戦争に勝利し、われらが「文芸復興」が始まった……私たちは著作のために著作するばかりでなく、新しき中国の全体的動向に呼応しつつ民主と絶対多数の民衆のために著作すべき」であると高らかに宣言している。同誌の主な掲載作には、巴金の代表作『寒夜』、銭鍾書(チエン・チョンシュー、せんしょうしょ、一九一〇〜九八)が四四年以来日本占領下の上海で書き進めていた彼の唯一の長編小説『結婚狂詩曲(原題:『囲城』)』、李広田『引力』などがある。

解放区では一九四八年に丁玲『太陽は桑乾河を照らす』、周立波(チョウ・リーポー、しゅうりっぱ、一九〇八〜七九)『暴風驟雨』など土地改革を描く長編小説が発表され、人民文学が広がりを見せ始めていた。

共産党政権の誕生は、知識人たちに台湾への逃亡、欧米・香港への亡命、新共和国建設への参加という三つの選択肢を与えた。胡適・林語堂など反共意識が強く腐敗した国民党政権への批判をも抱く人々は欧米に留まる。

魯迅の弟子でリベラリストであった台静農（タイ・チンノン、たいせいのう、一九〇二～九〇）など台湾残留を選ぶ者もいる。沈従文のように北京大学の教え子たちに懇願されて中国に留まり、以後は厳しい批判を受けて筆を折った人もいる。茅盾、郭沫若、蕭乾らのように香港で活動しつつ建国前後に帰国する者もいる。張愛玲のように中国に留まりながら、共産党支配の実態が露わになるにつれ国外へ脱出した人々もいる。多くの知識人が不安と期待の入り混じる心情で共産党政権の行く末を予見しようとし、中国公民としての自らのアイデンティティのあり方を問い直していたのである。

コラム4

中国映画が描く南京事件

――陸川監督『南京！南京！』

日中戦争（一九三七～四五）開戦の年、中華民国の首都南京を占領した際に、日本軍は虐殺・暴行を行った。中国側被害者数は日本の歴史学者である秦郁彦の推定によれば、不法殺害が兵士三万と一般人八〇〇〇～一万二〇〇〇をあわせて合計三万八〇〇〇～四万二〇〇〇、強姦二万である（秦郁彦 二〇〇七）。また笠原十九司の推計によれば「二〇万人近いかあるいはそれ以上」となる（笠原十九司 一九九七）。そして中国側の主張ではその数はさらに膨らんで三〇～四〇万となっている。いずれにしても中国の首都を舞台に数万から数十万もの人々を虐殺したという点で、日本軍侵略を象徴する事件といえよう。この南京事件を描いた日本作家の小説で、日中両国で広く読まれてきた作品に、石川達三（一九〇五～八五）『生きてゐる兵隊』（一九三八）と村上春樹『ねじまき鳥クロニクル』（一九九四～九五）がある。

石川は三七年一二月の南京陥落直後に、中央公論社特派員として一カ月の現地調査を行い、「将校とはほとんど接せず、兵士の間に交わりその話を聞くことに力をそそいだ」という（同書新潮文庫版の久保田正文解説）。このドキュメンタリー小説では日本兵による放火・略奪・レイプなどが次々と描かれている。たとえば非戦闘員であるはずの従軍僧片山玄澄の戦闘場面は次の通りである。

　部落の残敵掃蕩の部隊と一緒に古里村に入って来た片山玄澄は左の手首に数珠を巻き右手には工兵の持つショベルを握っていた。……そして皺枯れ声をふりあげながら路地から路地と逃げる敵兵を追って兵隊と一緒に駆け廻った。／「貴様！……」とだみ声で叫ぶなり従軍僧はショベルをもって横なぐりに叩きつけた。刃もつけてないのにショベルはざっくりと頭の中に半分ばかりも食いこみ血しぶきをあげてぶっ倒れた。／「貴様……貴様……！」／次々と叩き殺して行く彼の手首では数珠がからからと乾いた音をたてていた。

　日本軍の狂気を描いた『生きてゐる兵隊』は総合雑誌の『中央公論』に掲載されたが、同誌は発売と同時に発禁処分を受け、同誌発行人らとともに石川は東京地検により起訴され、禁錮四カ月、執行猶予三年という判決を受けた。

『生きてゐる兵隊』（1945年12月刊行の単行本）

　村上春樹『ねじまき鳥』はノモンハン事件と満州国の記憶をたどる物語であるが、この大長編の「第1部　泥棒かささぎ編、12　間宮中尉の長い話・1」の章で、ノモンハン開戦に先立つハルハ河偵察中に、「歴戦の下士官」である浜野軍曹が「新任の将校」で当時は少尉だった間宮に南京事件の記憶を語るのだ。

　私たちが今ここ〔中国大陸〕でやっている戦争は、どう考えてもまともな戦争じゃありませんよ、少尉殿。……敵はほとんど戦わずに逃げます。そして敗走する中国兵は軍服を脱いで民衆の中にもぐり込んでしまいます。そうなると誰が敵なのか、私たちにはそれさえもわからんのです。だから私たちは匪賊狩り、残兵狩りと称して多くの罪もない人々を殺し、食糧を略奪します。戦線がどんどん前に進んでいくのに、補給が追いつかんから、私たちは略奪するしかないのです。捕虜を収容する場所も彼らのための食糧もないから、殺さざるを得んのです。間違ったことです。南京あたりじゃずいぶんひどいことをしましたよ。うちの部隊でもやりました。何十人も井戸に放り込んで、上から手榴弾を何発か投げ込むんです……。

南京から遠く離れたノモンハンの荒野にて事件から四カ月後の一九三八年四月に日本軍下士官が語った南京侵攻体験を、半世紀後の物語の現在において元将校に再度語らせることにより、村上は南京事件を『ねじまき鳥』の読者の記憶に留めようとしているのであろう。間宮の回想における浜野軍曹の言葉はすべて「『少尉殿……どうも剣呑な成り行きでありますな』」と二重鉤に入れられているが、先ほどの引用部だけは「自分は兵隊だから戦争をするのはかまわんのです、と彼は言いました。」と二重鉤を解かれて間宮による再話として記述されている。これは浜野軍曹の南京事件の記憶が間宮自身の記憶と化していることを暗示するものであろう。

さて二〇〇九年、中国の陸川（ルー・チュアン、りくせん、一九七一～）監督が改めて紡ぎ出した事件の記憶が一三〇分の長編映画『南京！南京！』である。しかも中国映画であるにもかかわらず、南京占領後に下士官から少尉に昇進した日本人角川を主人公として描いている点が特色である。映画は日本軍が行った「その他口では言えんようなこと」を克明に描き、降服した捕虜に対し生き埋め、焚刑、機銃掃射などによる数百人単位での虐殺が繰り返される。また浜野軍曹が語らなかった国際難民キャンプに侵入した日本兵によるレイプも描かれており、キャンプのリーダーである姜淑雲（チアン・シュユン、きょうしゅくうん、高圓圓配役）も被害に遭う。絶体絶命の危機を前に万策尽き慰安婦を志願するキャンプの女性たちと彼女らを待つ慰安所の悲劇……。この惨状を"I study in church school"と片言の英語を話す角川少尉は、慰安所で知り合った将校用の日本人娼婦百合子への思いを支えに生き抜こうとするが……。

本作には日本軍の戦勝祝賀式典で将兵が神輿を担いで踊る場面が現れる。実際にそのような演目が行われたのか、私は寡聞にして耳にしたことがないのだが、魯迅の弟で中華民国期の大知識人であった周作人（チョウ・ツオレン、しゅうさくじん、一八八五～一九六七）が柳田国男『祭礼と世間』を援用し、日本の神輿かつぎに見られる「理性を超えた宗教的情緒」を中国文化とは異質のものと指摘している。あるいは陸監督はこの周作人説を借りて南京における日本軍の狂気を考察しようとしたのであろうか。

第5章 暗黒の毛沢東時代（一九四九〜七九年）
——文化大革命に至るまで

1 建国後の一七年、粛清キャンペーンの時代

一九四九年一〇月一日に中華人民共和国を建国した共産党はソ連の一九三〇年代スターリン・モデルにならい、重工業の優先的発展を計画、重工業化の資金は農民からの搾取によって賄おうとした。以後一九六六年の文化大革命勃発まで、党の内部では毛沢東の急進主義とそれが生み出す極端な弊害を調整する劉少奇（リウ・シャオチー、りゅうしょうき、一八九八〜一九六九）の穏健主義とが交互に主導権を握っていく。

土地革命と社会主義的集団化

建国以前の農村では、人口の一〇％に満たない地主と富農が全耕地の七〇〜八〇％を所有していた。一九三五年、共産党内の権力を掌握した毛沢東は、地主の土地を無償没収して、これを農民の所有とする農民的土地所有制政策を実行する。日中戦争以前には土地革命と称し、建国前後（一九四七〜五二）には土地改革と称した。その際、農村の人々は地主、富農、中農、貧農、雇農の五階級に区分され、中間階級の中農はさらに他人を雇用する

度合いにより上層中農と下層中農の二つに分けられた。そして下層中農以下がよい出身階級とされ、地主、富農とその家族はあらゆる面において迫害を受け、上層中農も進学から就職などにおいて差別を受けた。一九五二年末に土地改革は終了し、全国に三億の自営農民が誕生、小農制が生まれ農業生産も順調に増えた。

五三年より第一次五カ年計画がスタートするに伴い、農産物と工業製品の不等価交換による義務的買い付け方式が実施され、さらには買い付けをより確実なものとするため農業の急速な「社会主義的集団化」が実施される。これに従い農民の生産意欲は大きく後退、五六年には劉少奇、周恩来（チョウ・エンライ、しゅうおんらい、一八九八～一九七六）により集団化計画の縮小が提案されるものの、翌年毛沢東は「右傾保守主義」批判のキャンペーンを展開、自らの政策的破綻をより一層過激な政策で押し切るのであった。この〝毛沢東モデル〟をめぐり山内一男は次のように指摘している。「〔毛沢東は〕危機をより一層強硬な政策と手段で押し切り、押さえこみ、隠蔽しようとする。危機は内向し、矛盾は深化し、事態は悪循環に陥らざるをえない」（山内一男 一九八九）。

大躍進と飢餓地獄

一九五八年、毛沢東指導下の共産党は大躍進政策を提唱、五九～六一年の大躍進時期には、全国に二万四〇〇〇の人民公社（平均五〇〇〇戸）が組織され農業集団化が完成される一方で、中国全土で一五〇〇万～四〇〇〇万の餓死者が出たと推計され、犠牲者のほとんどが農民であったという。大躍進政策により、農民は大々的な水利建設に動員されて本来の農作業を行えず、その一方で人民公社の共産党幹部は農業生産高を天文学的な水増しでもって報告した。町の食料倉庫には農民から徴発された食料がたっぷりと余っているにもかかわらず、農民は餓死し乞食となって流浪するという事態さえ生じたのである。作家の鄭義（チョン・イー、ていぎ、一九四七～）は自伝的現代中国史の中で、建国前の農民にはいかに地主から搾取され飢餓に襲われようとも、移動・逃亡の自由があったのに対し、建国後の農民にはそんな自由も奪われていたとして、次のように指摘している。

地主という地主はすべて打倒されて、土地は一人の地主の手に握られるようになった。この唯一の地主は、多くの管理人や用心棒を使って数億の農民を厳しい管理下に置いた。すなわち、自由な移動を許さず、自由な作付を許さず、自由な売買を許さず、自由な休憩を許さず、そしてこの唯一の地主の土地から逃れて、山奥に隠れ住むことすら許されないのである。（鄭義 一九九三）

この「唯一の地主」により引き起こされた危機に対し劉少奇が調整政策を実行し、六四年頃には経済は回復の軌道に乗ったといわれる。こうして六〇年代半ばには共産党内部での劉の威信が頂点に達し、毛は権力奪回を狙って文革の陰謀を練るのであった。

前章で述べたように、毛沢東は一九四二年延安で『文芸講話』を発表、文学・芸術とは共産党の政策を民衆に宣伝啓蒙し、民衆の要求を党に伝えるメディアであると規定していた。しかし、実際には政策宣伝の機能のみが重視され、後者の役割は等閑視された。いわんや毛の提唱になる農業集団化を批判する、あるいは集団化がもたらした飢餓地獄の現実を描く作品はほとんど許されなかったのである。

図5-1　鄭義（2003年）

文化人の粛清

だが農村の惨状に対し沈黙していた都市の知識人を責めるわけにはいくまい。彼らは建国直後から激しい粛清キャンペーンにさらされていたのである。キャンペーンは一九五一年一月の映画「武訓伝」批判から始まり、胡適批判（一九五四）、胡風批判（一九五五）、反右派闘争（一九五七）、巴金批判（一九五八）と休む暇なく続いた。既成の大作家は沈黙した。郭沫若は中国科学院長に、茅盾は文化大臣に就任して創作活動から離れ、民国期にアナーキストであった巴金は社会主義賛美のルポルタージュのみで小説はほとんど書いていない。

沈従文は共産党の思想改造と称される洗脳に耐えきれず自殺未遂を図り、その後は同郷人である毛沢東じきじきの勧めにもかかわらず創作の筆を断って歴史博物館の学芸員となった。

唯一の例外が老舎といえよう。彼は建国時には、家族を北京に置き単身ニューヨークで作家活動をしていたが、周恩来の名指しによる帰国要請を受けて一九四九年一二月に北京に帰っている。帰国後は小説家から戯曲家に転じ、『竜鬚溝』（一九五一）、『茶館』（一九五七）など北京を舞台に建国前後の光明や暗い過去を描いて共産党に忠誠を尽くし、五一年には北京市人民政府の市長彭真から〝人民芸術家〟の称号を授与された。しかしのちに文革が始まるや真っ先に紅衛兵のリンチを受け、死体となって発見されている。

現代中国の研究者陳徒手の論文「ゴーゴリでも中国に来れば苦しむだろう」（陳徒手 二〇〇〇）は、建国後一七年間に共産党が苛酷な干渉により作家たちを従順にして沈黙な羊へと改造していくようすを、当時の会議報告書や作家の書簡、老作家へのインタビュー調査などにより活写している。一九六一年六月の中国作家協会『整風簡報』から引かれる老舎の問題発言は「皇帝を太っていると書いても、痩せていると書いても、指導者へのあてこすりと言われるのが恐ろしい」というものだ。〝人民芸術家〟でさえも人物描写一つをとっても党の干渉に脅えていたのだ。

言論自由化の短い春であった百家争鳴期の一九五七年三月に開かれた全国宣伝工作会議では、大作家たちが苦しい胸の内を次のように語っている。「すべて人民内部の矛盾を作品に反映させると、大悲劇の出現は不可能だ……我々の悲劇・風刺劇はゴーゴリのようには書けず、こんなふうに書いていては古典に追いつけない」（老舎）。「私も同じように考えていた。現在悲劇はあるだろうか？」（茅盾）。「欠点があってもどう書くのだ？」（張天翼）。「大事なことは作家自身が独立思考することだ」（巴金）。「私自身は度胸のいい方だが、〔建国〕前の三〇年を書くのはまだいいのだが、作家活動開始後のことは書きにくい」（趙樹理）。

ちなみにゴーゴリ（一八〇九～一八五二）は「ウクライナを舞台にした幻想小説から出発、写実的でありながらグロテスクな風刺に通ずる手法を編み出し、近代ロシア小説の源流」となった作家である（『広辞苑』第六版）。たとえば魯迅が最も影響を受けた作家の一人に挙げ（「わたしはどのようにして、小説を書きはじめたか」一九三三）、最晩年の三五～三六年には病身に鞭を打って長編『死せる魂』を翻訳するなど、ゴーゴリは中国にも大きな影響を与えている。

こうして作家たちは追いつめられて作品を書けなくなっていく。一九六五年五月には文化官僚のトップであった周揚が青年アマチュア作家工作座談会で突如次のような発言をしたという。「『人民日報』社説に出ているなら書こう、出てないなら書かない。こんなふうにしていると創作は消えてしまう」。しかし事態は改善されるどころか、それから一年後には文革が始まって周揚自身が失脚し、文学・芸術が壊滅してしまうのである。

趙樹理の惨死

確かに「度胸のいい」趙樹理でさえも、農村の共産党幹部の独善を描いた短編「鍛錬鍛錬」（一九五八）を書いて批判されている。続作にして最後のそして未完の長編『霊泉洞』（五八）はふしぎな洞窟を通じて貧窮化した村里と豊かな未開の森とを行き来しながら国民党軍や日本軍と戦う戦時期を舞台とした一種の冒険小説である。趙のテーマは現在における政策宣伝からノスタルジックに過去をふり返るエンターテインメントへと変質し始めていたと言えよう。一九六六年に文革が始まると、趙は山西省の省都太原での批判集会で受けたリンチにより死去した。〝人民文学の星〟の悲惨な最期である。

張愛玲は戦後も上海に残り「奥様万歳」「尽きせぬ想い」など傑作映画の脚本に腕を振るった。建国後は『十八春』など旧社会の暗黒面を描く作品も手がけ、社会主義体制に従順であろうと努めたようすであるが、一九五二年香港へ脱出、五五年にアメリカに亡命し生涯中国には帰らなかった。張が香港で発表した長編小説『農民音楽隊』『赤地の恋』の二作は、皮肉にも社会主義リアリズムの手法を取り入れながら、共産党支配下の農民の苦しみをよく描いている。人民共和国から逃亡することによってのみ、作家は悲惨な農村の惨状を語ることができたのである。

百家争鳴と反右派闘争

旧世代作家が沈黙したのに続いて、建国後に登場してくる新世代作家もたちまち粛清の嵐に襲われた。毛沢東の陰謀とも〝陽謀〟ともいわれる反右派闘争の発動である。一連の粛清キャンペーンを経たのちの一九五六年、共産党は学術・文学・芸術の一定範囲内での自由を保証するスローガン「百家争鳴・百花斉放」を掲げた。文芸界ではこれに応じて共産党の否定的側面を描き出す「現実関与の文学（干預生活的文学）」が合い言葉となり、王蒙（ワン・モン、おうもう、一九三四〜）「組織部に新しく来た青年」、劉賓雁（リウ・ピンイエン、りゅうひんがん、一九二五〜二〇〇五）「本紙内部情報」など官僚主義批判をテーマとする短編が続々と発表されている。

たとえば耿竜祥（コン・ロンシアン、こうりゅうしょう、一九三〇〜二〇〇七）の「入党」は、ピリッと風刺の効いた〝現実関与〟の佳作である。これは若い看護婦で革命烈士の遺児でもある主人公が、診療費をごまかす幹部の不正を許さぬため何度も共産党入党の機会を逸してしまうという告発もの。看護婦用のスカーフをキュッ、キュッと結んでは偉いさん達との対決に出かける韓梅のさわやかな態度と、過去の革命戦争の栄光に今も酔い続け、それを特権享受の口実としている病院長や衛生局長ら特権幹部の腐敗とが軽快なタッチで対照的に描かれている。しかし百家争鳴・百花斉放の翌年、共産党は政策を急転換して反右派闘争（一九五七）を発動、王蒙、劉賓雁ら多数の作家を含む五〇万を越す知識人が〝右派分子〟として職場を追われ、強制収容所に送られたのである。

その後も共産党の政策が左右に振れるにともない、文芸界ではキャンペーンが続いた。一九五八年には〝大躍進〟にあわせ、革命的リアリズムと革命的ロマンティシズムとを結合せよという両結合スローガンが唱えられた。これは〝大躍進〟の無謀さを省みることなく、主観的に現実を賛美し社会主義の〝英雄〟のみを描こうというものである。

この〝大躍進〟が無惨な失敗に終わり、一九六一年より調整政策に方向転換すると、今度は現実社会で苦悩する平凡な人間のあり方を描こうと主張する中間人物論が登場する。しかし調整政策に反対した毛沢東は六四年に文芸整風を指示し、中間人物論批判が集中的に行われるのであった。

2 文化大革命による文学の死――鄭義の「二つの文革」論

支配者の権力闘争と被支配

一九六六年、「資本主義の道を歩む党内実権派」打倒を掲げた文化大革命が始まる。劉少奇国家主席を頂点とする実権派に対して、毛沢東が奪権闘争に乗り出したのだ。文革発動に際し、毛は林彪（国防相）＝解放軍を後ろ盾として実権派を牽制する一方、神格化された自らの権威を存分に利用して、中学・高校・大学の青少年を扇動、紅衛兵運動を組織させ社会的混乱を引き起こして実権派の統治機能を麻痺させるという戦略をとった。鄭義の自伝的現代中国史『中国の地の底で』（原題：『歴史的一部分』、一九九三）は、文革の中に支配者の権力闘争と被支配者の共産党支配への抵抗という二つの相反する現象を見いだしている。

六六年五月の毛の呼びかけ（五・一六通知）に真っ先に応えて立ち上がった第一期紅衛兵たちは、党内の政治状況に通じた高級幹部の子弟たちであった。彼らは学校当局から一般学生、さらには市民にまで暴行を働き、北京をはじめ大都市をたちまち赤色テロで覆い尽くした。しかし毛が打倒対象としていたのは、ほかならぬ第一期紅衛兵の父母＝高級幹部層であった。一〇月になると毛は闘争方針の大転換を宣告、知識分子、青年学生および一般大衆への迫害を「ブルジョア反動路線」と批判し、闘争の矛先を党内走資派へ向けるよう求めたのである。

「前段階の運動でひどい迫害を受けた人々にとっては、まさに解放の福音であった」と鄭義は述べている。これに建国以来一七年の共産党の腐敗、無能そして人民に対する搾取圧迫への怒りが加わり、民衆や鄭義ら一般学生は第二の文革に立ち上がり、新たな紅衛兵組織、造反組織を造ったのである。それは「合法的な条件を利用し、封建的な特権と政治的圧迫に反抗すること……〔二つの文革は〕互いに利用し合うと同時に、衝突し合う」ものであった、と鄭義は指摘している。

やがて民衆が毛の「コントロールから抜け出して独立した政治傾向を見せるや、毛は躊躇せずに決然と鎮圧」する。毛は軍隊を投入して、全国の造反派組織、特に労働者組織の指導者を逮捕して銃殺、これと同時に武器を取り上げ、全ての大衆組織に解散するよう命じた。さらに第一・二期紅衛兵ともに解散を命じ、全国一七〇〇万の中学・高校生を下放（シァーファン、かほう、党幹部・学生が農村や工場に入り農民・労働者への奉仕の精神を養うための運動）と称して都市から追放した。その後中ソ国境紛争（一九六九）、未遂に終わった反毛クーデターの林彪事件（一九七一）、ニクソン・アメリカ大統領訪中、日中国交正常化（七二）、鄧小平（トン・シアオピン、とうしょうへい、一九〇四〜九七）の副首相としての復活（七三）、周恩来「四つの近代化」報告（七五）、周恩来没後の北京市民による自発的追悼運動とそれに対する弾圧（第一次天安門事件、中国語では「四五運動」）および事件後の鄧小平解任（七六）という幾多の事件を経たのち、一九七六年九月毛が死去し、一〇月毛夫人の江青ら四人組が逮捕されて一〇年の長きにおよぶ文革も終息するのであった。

もっとも鄭義は「人民大衆が真に造反の大旗を立てたのは一九六六年一〇月以後で、六八年上半期には労働者組織鎮圧が始まり、六八年八月には学生組織が解散させられ、大旗は地に落ちた……その後のあの長い八年間は、毛沢東の文革のブレーキのきかぬ慣性運動に過ぎない」と「一〇年の文革」という言い方に対し強い留保をつけてもいる。

文化の死滅と革命模範劇

文革は中国文学界にとっても、大きな試練であった。既成作家のほとんどは激しい批判を浴びせられ、幹部学校という名の収容所に送り込まれた。リンチによって殺害されたり、迫害に耐えかねて自殺した作家も多数にのぼる。「一人の作家と八つの模範劇（一個作家、八個様板戯）」と言われるように、小説では浩然（ハオ・ラン、こうぜん、一九三二～二〇〇八）の農業集団化を描いた長編『艶陽天』など、演劇・バレエでは革命バレエ版の『白毛女』、鉄道員一家を主人公にして日中戦争期の抵抗を描いた革命現代京劇『紅灯記』など一群の模範劇だけが出版・上演を許されていた。

建国以前の文芸作品もほとんどが禁書扱いになったものの、毛沢東によって「中国第一等の聖人」に祭り上げられた魯迅だけは、全集・単行本ともに出版され続けた。この魯迅を守り札として近代史・近代文学の実証的研究の伝統がかろうじて守られたのである。出版統計によれば、文学・芸術関係の書籍は、一九六二年から六六年までは毎年三五〇〇点から四六〇〇点、一二〇〇万部から二八〇〇万部も刊行されていたにもかかわらず、六七年には一六七点、一六三万部に、六九年には一一七点、四〇万部にまで落ちこんでいる（『中国出版年鑑一九八〇』商務印書館）。

文革で頂点に達する粛清キャンペーンと文化の死滅の背景に、都市と農村との機能停止という状況があった点を改めて指摘しておきたい。建国以来都市では厳しい住民登録制度と食糧・衣料・住宅などの生活必需品の配給制度により、都市間および農村との移動は徹底して管理されていた。共産党独裁体制は単にマスメディアを支配しただけではなく、家から地域、国家レベルに至るまで人間同士の対話までも支配していた。一切のメディアの支配を目指していたといっても過言ではあるまい。

文革とは共産党〝四人組〟派によるメディア支配の極地であり、その目指すところは毛沢東独裁体制のための最も効率的な宣伝・洗脳であった。大部の『毛沢東選集』がポケットサイズの『毛主席語録』に縮小されたように、多様な解釈の可能性を残す文字表現は極限まで切り詰められ、かわって視覚と聴覚とに訴える革命模範劇が集中豪雨的に上演され放送された。江青ら〝四人組〟派は、単純化・効率化された大量宣伝による大衆動員を実行したという点で、共産党の集権主義的イデオロギーを集大成したものといえよう。

こうして清末以来文学を誕生させ育ててきた北京・上海の二都は、文学の生産・流通・消費・再生産の機能を失い、毛沢東独裁体制が垂れ流す赤色テロの宣伝に覆われた。都市は人民共和国にあってはもはや都市として機能することなく、巨大な村、無人の荒野に築かれた巨大な収容所に変じていたのである。

耳の文学革命

もっとも文革を「耳の文学革命」の一段階ととらえる言語学者もいる。平田昌司は五・四時期の文学革命とは「「音」を無視して「字」の共通性を強調する姿勢であり……「目の文学革命」であった」と評価し、「「国民」が耳で聞く言語規範を、音節を超えた文や談話のレベルでいかに定めるか、「耳」の国民文学をいかに作るか」という意識に基づく「音声言語を用いた文学芸術の「耳の文学革命」」の起源を、話劇と言語学研究そしてラジオ放送開始などの年代を考慮して一九二六年前後と主張する。そして「最終的に完成した国語規範が文字・演劇・映像・音楽などすべてのメディアをかりて全国に君臨した時代――文化大革命はそのようにとらえることができる」と指摘している。

たしかに都市でも農村でも毎日『毛主席語録』を朗唱し、ラジオ・映画といえば「一人の作家と八つの模範劇」を繰り返し放送上映していたのであるから、人民は「普通話」すなわち北京語に基づく標準語に洗脳されたことであろう。

3 ジャーナリスト大宅壮一が見た文革

文革勃発から四カ月後、一〇月の毛沢東による闘争方針大転換の直前である一九六六年九月に、大宅壮一《おおやそういち》(一九〇〇～七〇)が四人の側近ジャーナリストを率いて一七日間にわたって中国を訪問取材している。中国側はこれを「大宅考察組」と称した。

「ジャリ革命」レポート

大宅は東京帝国大学文学部社会学科の学生時代には社会主義に共鳴したが、戦後は無冠のマスコミ帝王として反権力を貫き、社会学の発想で世相をズバリと切り裂き、それを簡明でわかりやすい言葉で書き記すため、都市中産階級から広く支持を受けて新聞や週刊誌・テレビで大活躍した。戦後の新制国立大学を「駅弁大学」と、テレビブームを「一億総白痴化」などと皮肉ったように、造語の天才でありまた口の悪さも超一流であった。

大宅の関心は「一つのイデオロギーといいますか、一つの思想というもの、ある種の指導者が、一つの民族をどの程度まで変えることができるか」という点にあり、広州の中山大学や北京の清華大学で紅衛兵たちと座談会を持つが、彼らが情熱的に繰り返す公式発言に辟易させられてしまう。たとえば恋愛やセックスについて問う大宅たちに、女子紅衛兵は「われわれの現在の重要な任務は、中国革命の達成にあります。ひたすらにこの道を歩んでいるわれわれには、そんなことを考えているひまはないのです」と答えたという。そして半月以上にわたる考察の結果を、大宅は香港での日本人特派員との記者会見で、大宅は次のように発言している。

紅衛兵運動は一種のジャリ革命ないしはレジャー革命といえる。外国では大学生がリードするがこちらは中学、高校生が主体だから、知的レベルが低い。一般民衆はソッポを向いている……これまで中共を訪れる日本人が連日、百万、二百万の人民が動き回る力を見て単純に偉大だと感ずるのは危険だ。この偉大思想にとらわれれば日本はもう一度、明治コースに戻るだろう。日本と中国は国家が違う。向こうがダンプカーなら日本はトランジスターだ……しかし、この巨大な中国がわれわれのすぐ隣にあることは事実だし、両国はもっと知り合うべきだ。

同時代中国に関心の深い研究者ほど文革に共感するという傾向の中で、文革に対し終始野次馬ジャーナリストの姿勢で冷ややかに接し続けた大宅考察組の報告は、それなりに貴重なものであったといえよう。もっとも「人民公社の論理というものはね、全体における社会主義ないし共産主義の理論から構成された意味においては、非常に精巧な政策と経験を持ったもの……アジア的貧困から農民を解放していくという意味の実験としては、大いに高く評価すべき」といった大きな誤解も犯してはいたのだが。

コラム5

強制収容所のなかの愛と食人

——王兵監督『無言歌』

一九五六年、中国共産党が一定範囲内での言論自由を保証する「百家争鳴・百花斉放」を掲げたため、知識人のあいだで官僚主義批判が巻き起こった。しかし翌年、共産党は政策を急転換し五〇万人以上を〝右派分子〟として〝労働改造〟という名の強制収容所に送り込んだ。毛沢東の陰謀とも〝陽謀〟ともいわれる反右派闘争である。

「百家争鳴」期にデビューした王蒙（ワン・モン、おうもう、一九三四～）、劉賓雁（リウ・ピンイエン、りゅうひんがん、一九二五～二〇〇五）ら当時の若手作家も多くが「現実関于の文学」（原文：「関于生活的文学」）を発表し、収容所送りとなった。しかも毛は五八年にも無謀な〝大躍進〟政策を発動して大失敗、五九年から三年間に一五〇〇～四〇〇〇万の餓死者を出したと推計されている。

この毛沢東時代の強制収容所を描いた映画が『無言歌《むごんか》』（原題：『夾辺溝』）である。監督はドキュメンタリー『鉄西区』で知られる王兵（ワン・ビン、おうへい、一九六七〜）だ。『無言歌』の舞台である甘粛省辺境ゴビ砂漠にある夾辺溝収容所では、政治犯の右派分子は岩穴を住居として厳寒の冬を越しているが、配給食料が激減され、栄養失調による餓死者が続出する。このため開墾作業は停止され、右派分子は雑草やネズミを食用とするが、三〇〇〇人のうち生き長らえたのはわずか四〇〇名であったという。

開発支援を志願し辺境にやってきて右派にされてしまった元医者が餓死したところに、そうとは知らずに同じく医者である若い妻が上海から五日がかりで来訪してきた。夫の遺体を引き取りたいと懇願する彼女に、元朝鮮戦争の英雄戦士は困惑する。なぜなら飢えた囚人仲間により衣類は食糧と交換され、遺体は食われていたからだ……。

七〇年代の旧ソ連では、反体制派作家のソルジェニーツインが凄惨な拷問、処刑の実態を告発する文学的ルポルタージュ『収容所群島』を国外で発表し、世界に衝撃を与えた。『無言歌』は極限状況における食人までも描き出し、忘れられた強制収容所の記憶を掘り起こしたのである。中国では公開上映こそ難しいものの、大きな反響を呼んでおり、Yahoo China を「王兵　夾辺溝」で検索すると二〇一一年八月現在で約四〇〇〇件がヒットする。

『夾辺溝記事』（2008 年）

映画『無言歌』の原作は楊顕恵（ヤン・シエンホイ、ようけんけい、一九四六〜）著『夾辺溝記事』（広州・花城出版社、二〇〇八）で、この小説は一九編の物語から構成されている。最初の物語で映画『無言歌』の原作短編の一つである「上海女（原題：「上海女人」）」は次のような書き出しで始まる。

> この物語は李文漢という右派が私に話したことだ。彼は湖北省の人で、高校卒業後、一九四八年に解放軍に参加し、建国後に義勇軍に入隊して朝鮮で戦った。朝鮮の戦場で負傷し、肋骨三本をアメリカ人の爆弾で吹き飛ばされた。帰国して治療を受けたのち、公安部に残って仕事をした。彼が言うには、その後、出身が大資本家の家庭だったため……一九五七年に右派とされ、公職を解職され、

夾辺溝での労働改造に送られた。

四九年の人民共和国建国当時、高卒という学歴は現在の大卒以上に貴重であり、朝鮮戦争で北朝鮮支援の中国軍に志願しアメリカ軍と戦って重傷を負ったというのに、親が大資本家であったため、右派分子に認定されたというのだ。「六〇年一二月以後、夾辺溝農場の右派はすべて釈放され元の職場に帰ったが、彼には帰るべき〝家〟がなかった」というのは、公安部を解職されていただけではなく、家族が国外に亡命していたか、粛清されていたからであろう。

この李文漢の語りを読者に伝える「私」は誰かは不明だが、「彼〔李文漢〕は我らが第一四中隊牧畜分隊の放牧員となり、私と羊牧場脇の小屋で同居した。長いこと一緒に暮らしたものだ。理解し合い、信頼し合うようになってから、彼は次々と夾辺溝農場の物語を私に語り始めたのだ」という。作者楊顕恵は文革前に蘭州生産建設兵団の農場で働いていたことが知られているので、「私」とは作者自身であろうと読者は納得させられるのだ。いずれにせよ、収容所現場の目撃者である第一の語り手李文漢は、名前から経歴までが細かく紹介されており、物語の信憑性を高めている。

映画では上海女性が李たちの助けを得て、遺体を荼毘に付して遺骨を持ち帰るところで終わっているが、小説はさらに後日談をも書いている。遺骨を包むために李が朝鮮からの戦利品である米軍兵士の毛布を差し出し、自分もまもなく死ぬから返送無用、もしも生きて収容所を出られたら、上海のお宅まで取りに行く、と悲しい冗談を言う。女性は彼のノートに住所を書くが、凍えた囚人仲間が薪がわりにノートを燃やしてしまう。三〇年後、上海に出張した李は、老妻への土産に服を買おうと淮海路を歩くうちに、ふと女性の実家がエリザベス洋服店であったことを思い出し、客で混み合う店内へと足を踏み入れるが……

なお三年半の同居の後、聞き手にして第二の語り手の「私」は西北の師範学院に入学するのだが（作者楊顕恵も一九七五年に甘粛師範大学数学系卒）、一九九六年に蘭州で第一の語り手李文漢と再会して、この後日談を聞くことになるのだ。

『夾辺溝記事』は二〇一〇年一〇月までに四刷三万二〇〇〇冊が刊行されている。

第6章 鄧小平時代とその後（一九八〇年〜現在）
——天安門事件と高度経済成長

1 異義申し立ての傷痕文学と巴金『随想録』

華国鋒政権下の「クラス担任」

文化大革命は一九七六年一〇月に終息したものの、後継の華国鋒（ホワ・クオフォン、かこくほう、一九二一〜二〇〇八）政権は文革と毛沢東路線の継続を唱えており、共産党が正式に文革を否定するのは、鄧小平体制が固まったのちの八〇年一二月のことであった。文芸界は文革終息後なおも数年の間、毛の『文芸講話』に呪縛されていたが、それでも始めは怖ず怖ずと、やがて大胆に『文芸講話』のもう一つの側面、すなわち意議申し立てのメディアとしての機能を発揮し始めるのであった。その第一作が北京の『人民文学』一九七七年第一一期に発表された劉心武（リウ・シンウー、りゅうしんぶ、一九四二〜）の短編「クラス担任」である。

一九七七年の春、中学三年のクラスに不良少年が入って来たので、共青団（共産党青年団）書記の女生徒らは大騒ぎをする。担任教師がクラス委員らと警察から回送されてきた不良少年の持ち物を検査したところ、中味の長編小説の男女の語らいの挿絵を見た書記の女生徒は「ブルジョワ階級のエロ本よ!」と怒り出し、少年も売り払うつもりで図書館から盗み出した、今後はこんな「エロ本」は読みませんと反省する始末。良書に同じ反応を示した優等生書記と不良少年は、実は共に〝四人組〟の愚民政策が生み出した精神的奇形児なのだと教師は考え、「社会主義建設のいっそう強力な跡継ぎを育てるため」には読書により彼らの精神を豊かにすべきだ、先ず問題の小説から読ませよう、と決意するのであった——劉心武は文革を直接ターゲットにしないまでも、〝四人組〟による教育体制の破壊、硬直したイデオロギーの強制を批判しているのである。

ところで問題の書とは、アイルランドの女性作家ヴォイニッチの『牛虻』(*The Gadfly*, 1897, 李俍民訳、一九五三)だ。一八四〇年代のイタリア統一のために闘った革命家を主人公とし、ブルジョワ家庭やカトリック教会を舞台に親子の葛藤、不倫の恋などが織り込まれた小説で、中国では文革前に一〇〇万冊を優に越えるベストセラーとなったが、文革中は他の内外の文学書と同様、禁書に列せられている。『牛虻』の革命英雄とは文革の前触れであった文芸整風で批判された中間人物であり、文革批判に際し中間人物を描いた小説、しかもいまだ差し障りのあるやも知れぬ毛沢時代初期の作品ではなく、前世紀西欧革命文学の傑作を小道具に用いたところに、作者の苦心がうかがわれよう。ちなみに『牛虻』は日本でも翻訳されており(『うま蜂』山越史郎訳、一九五二、『あぶ』佐野朝子訳、一九七一)、五〇年代には左翼青年の必読書であったという。

続いて翌七八年上海の『文匯報』八月一一日号に登場したのが盧新華(ルー・シンホア、ろしんか、一九五四〜)の短編小説「傷痕」。これは文革初期に共産党の叛徒として批判された党幹部の母を高校生の娘が見捨てて東北地方の農場に〝下放〟してしまい、九年後の文革終了後に名誉回復された母と再会を果たすため上海に戻るものの母の病死に間に合わない、という母子家庭の悲劇を描く。この娘の思考が党の無謬性を常に大前提としている点は注目すべきであろう。「傷痕」発表以後三年余り、文革により家族・友人・恋人などの人間関係が崩壊させられた悲劇を扱う作品が続々と発表され、「傷痕《しょうこん》文学」というジャンルが成立さえする。

傷痕文学が一世を風靡した七〇年代末とは、鄧小平派が毛沢東の権威を借りた華国鋒体制を切り崩し、〝四つの近代化〟により人民共和国の危機を乗り切って、改革開放経済政策を確立し、鄧小平時代へと移行していく時期にあたる。毛死後の共産党内路線闘争を背景に、党の権威を傷つけることなく毛が発動した文革への恨みを語る傷痕文学は、鄧派イデオロギーをよく代弁していたのである。

傷痕の訴えと加害者としての告白

文革に対する異義申し立てがもはや危険ではないこと、むしろ鄧派イデオロギーに合致していることが明らかになると、一九七九年には反右派闘争や〝大躍進〟の誤りを告発し、さらには共産党自体の腐敗を正面から批判する作品が続々と登場する。魯彦周（ルー・イエンチョウ、ろげんしゅう、一九二八〜二〇〇六）の中編「天雲山物語」は、〝右派〟として馬方に左遷された天雲山特別区の指導者が、その後もこつこつと山区の調査を進め、昔の恋人の助けにより名誉回復して指導者に返り咲くまでを描く。茹志鵑（ルー・チーチュアン、じょしけん、一九二五〜一九九八）の短編「つなぎ間違えた物語」は、誠実な農民共産党員と、かつては献身的な遊撃隊長だったものの今では農民の上にあぐらをかく傲慢な党幹部との二人が主人公。一九四七年国共内戦と一九五八年〝大躍進〟との二つの時間が交錯し、農民の全幅の信頼を受けていた過去の党と、農業政策の失敗で絶望した老党員にも見捨てられた現在（〝大躍進〟期）の党との間の大きな溝が浮き彫りにされている。

劉賓雁の報告文学《ルポルタージュ》「人妖の間」は作品発表の年の四月に摘発された黒竜江省の県支部書記の汚職贈収賄事件を描いたもの。「党幹部はあちらこちらに気を遣うが、人民共和国の主人である人民に対してだけは気を遣わない」「共産党は一切を管理する。ただし共産党だけは管理しない」という警句は、当時としては破天荒のものだった。詩人葉文福（イエ・ウェンフー、ようぶんぷく、一九四四〜）の長編詩「将軍、それはなりません」は文革後に復権すると豪邸建設のため幼稚園の取り壊しをさせるなど、目にあまる特権行使に耽る老将軍を風刺したもので、解放軍さえももはや聖域ではなく告発の対象となったのである。

文革後に「労働改造所」（強制収容所）などから出てきて、次々と名誉回復した作家・知識人の多くは、自らを文革の被害者と称した。その中にあって、ひとり巴金は「私は加害者」と告白し、建国以来の粛清に協力しついには文革の発動を許してしまった知識人の責任問題を提起している。そして一九七八年から八年間書き続けたエッセー『随想録』全五巻で、共産党独裁下で「一言の正論を吐く勇気もなく」、恐怖に駆られて毛沢東に対する「個人崇拝の塔」を建て、ついには自らも滅亡の淵に立たされたと述べ、粛清された有名無名の友人たちの霊に向かい「自分が演じたことに対し、吐き気を覚え、恥を感じる」と告白し、保守派の揺り戻しに対しては「革命の装いをこらした封建主義」と鋭く批判した。巴金はまことに「中国の良心」と呼ぶにふさわしい文学者であろう。

2　モダニズムと紅衛兵世代の復権――高行健と『今天』派詩人

民主の壁の民間雑誌

華国鋒派と鄧小平派との間の権力闘争は一九七八年には頂点に達し、両派均衡による権力の空白期が生じた。当時下放先の農村から続々と都市へと帰還していた紅衛兵世代は、この隙をついて第一次民主化運動を開始し、共産党独裁体制に疑問符を突きつけた。北京では「民主の壁」が登場する。目抜き通りの長安街と西単大街との交差点東北角にある高さ二メートルを越すこの壁に、無名の市民・学生たちが達筆で文革中の冤罪などを訴える大字報（壁新聞の一種）を張り出す一方、『四五論壇』『探索』などの政治評論の同人雑誌が売られた。

人民共和国では当局の許可を得られぬ民間雑誌は活版印刷が許されぬため、これらの雑誌はガリ版刷りの藁半紙をホッチキスで留めた質素な装丁であり、雑誌の記事や論文は西欧民主主義の歴史概説から社会主義のあり方を問い直すものまでさまざまであったが、いずれも改革の熱気に溢れていた。鄭義『中国の地の底で』は、山西省の山村に下放した紅衛兵グループが、昼のつらい肉体労働を終えたあと、運動の挫折を噛みしめつつ、インク壺で作った自家製ランプをたよりにマルクス主義の文献からカント、ヘーゲルそしてサルトルらの実存主義哲学までを読破し、毛沢東および人民共和国への信仰を自ら否定し乗り越えていくようすを回想している。紅衛兵、特に第二期紅衛兵たちは、下放により農村の悲惨な現実を知り、自主学習を通じて毛沢東思想と共産党イデオロギーに挑戦するまでに成長していたのである。

　しかし「北京の春」は短く、一九八〇年に胡耀邦（フー・ヤオパン、こようほう、一九一五〜八九）が共産党総書記に趙紫陽（チャオ・ツーヤン、ちょうしよう、一九一九〜二〇〇五）が首相に就任し、鄧小平体制が確立するのを待たずして、共産党は民主化運動に弾圧を加えた。まず急進的民主主義を唱えた『探索』編集長（魏京生、一九四九〜）が七九年三月に〝反革命罪〟で逮捕され、続けてその裁判記録を出版した『四五論壇』編集長（劉青、一九四六〜）も一一月に逮捕されている。

『今天』と芒克

　この民主化運動の情念をもっとも繊細かつ雄弁に語ったのが北島（ペイタオ、ほくとう、一九四九〜）、芒克（マンク、もうこく、一九五〇〜）ら紅衛兵世代による新詩運動であった。彼らは民間雑誌『今天《チンティエン》』（〝今日〟の意味）を創刊、発刊の辞に「過去はすでにして過ぎ去り、未来はなおも遥か彼方にある。われらが世代には、今日、今日があるのみ！」という言葉を掲げている。『今天』は、八〇年九月に発禁処分を受けるまでに、ガリ版刷りで九号まで刊行され、奔放な想像力を駆使した詩作を残した。

　芒克は文革中に北京の南一〇〇キロ、天津の西一〇〇キロにある白洋淀という大沼沢地に下放したとき、自らの青春を「忘れるな／歓びの時には／すべての漁船にもともに盃をうちあわせ乾杯させることを」（「十月の献詩・白洋淀」、一九七四）と歌い、『今天』創刊の年を「わたしの切ない思いは／明日あるいは未来／開墾のためにここへ／わたしを哀悼するためにここへ来た人々を／見とどけること」（「荒野」、一九七八　是永駿訳）と叙情的に歌いあげている。これらの詩群は評論家や若い読者の間では「中国の詩と世界の詩との歴史的関係を回復した」と大歓迎を受ける一方、『文芸講話』で凝り固まった文芸官僚からは「朦朧詩」（わけの解らぬ詩）と批判された。『今天』同人にはほかに江河、顧城、多多そして女性詩人の舒婷（シュー・ティン、じょてい、一九五二〜）らがいる。

図6-1　老木（1993年）

第三世代詩人の老木

ところで中国の現代詩では、建国以前のモダニズム詩人群を〝第一世代〟と称し、北島や芒克、舒婷ら文革中に青春を過ごし、七〇年代から詩作を開始した人々を〝第二世代〟、その後を継いで八〇年代に登場した新人を〝第三世代〟と称している。その〝第三世代〟の老木（ラオムー、ろうぼく、一九六二〜）は、七九年に江西省萍郷市の高校を卒業し、一六歳で北京大学中文系に入学した。鄧小平時代が始まろうとはしていたものの、なおも社会閉塞の状況は続いており、多くの青年は新しい展望を切り開こうとして文学を志したという。北京では第一次民主化運動が続いており、老木も「民主の壁」に出かけてはさまざまな雑誌をむさぼり読むうち、『今天』を手にしてショックを受けモダニズム文学の勉強に取り組み、学内の結社「五・四文学社」に参加し詩作を始めるのであった。

卒業後の老木は教員を勤めるかたわら、『新詩潮詩集』を編集し「五・四文学社」から刊行した。これは建国後四〇年の出版史上初めて、当局の許可を得ることなく活版印刷された民間書籍である。詩集は北島・舒婷からはじまり、芒克を経て張棗・翟永明・島子らいわゆる〝第三世代〟に至るまで総勢八六名の詩人を網羅するアンソロジー。書店など正規の販売ルートは通せなかったが一年以内に上下二万冊を売りつくすという驚異的な記録を作った。

老木は八七年には作協（中国作家協会）刊行の週刊新聞『文芸報』編集部に移り、〝第三世代〟のアンソロジー詩集『コールテン幸福の舞踏』を編集した。後記「美人、奇妙な客、または別のもの」は、七八年以来、詩界の中心的存在であった北島ら朦朧詩派を「高揚した人道主義精神で詩と歴史に入って行き、また歴史・時代そして人類の代弁者・証人・英雄たることにより詩の形式を確立した」と位置づける。これに続き八〇年代半ばには大群の若い〝第三世代〟詩人が現れ、北島たちの打倒を叫んだという。彼らは反文化、反理性、反抒情、そして甚だしくは反詩を唱え、「北島らに向かい手袋をなげつけた」のだ。この若き挑戦者として老木は上海の「実験」派、四川省の「莽漢《もうかん》」派、そして各大学の学生詩人群らを挙げている。彼らはあるいは「まっとうな口語で詩作し、日常生活に奇妙で不思議な色彩を与えよう」と主張し、「鍛冶屋や大足の農婦を描き、労働者に献じるべく酒場で朗読」した。キャンパスの詩人たちは流れるような都市のイメージと少女の跳躍を歌った。こうして〝第三世代〟の詩はたちまち中国全土に広がり、八〇年代後半を風靡したのである。

高行健の不条理劇

『今天』派が復活させたモダニズムとは、社会・文化の伝統的構造から脱却せんとする根源的な懐疑精神を指し、一九世紀末から二〇世紀初めのヨーロッパで興ったブルジョワ文化に対する急進的批判としてのアヴァンギャルド芸術運動に典型的に見られる。鄧小平時代のモダニズムも『文芸講話』に対する根源的批判として登場したのである。

『今天』派の活躍に続いて、西欧モダニズムを理論的・体系的に紹介し、これを小説・戯曲の創作で実践したのが高行健（カオ・シンチエン、こうこうけん、一九四〇～）である。彼は一九五七年の大学受験の直前に高校の図

図6-2　高行健（2005年）

書館で偶然手にしたソ連の作家エレンブルグ（一八九一～一九六七）の回想録がきっかけで、数学科志望を急遽変更して北京外国語学院フランス語部に入学したという人物。エレンブルグが描く一九一〇年代パリのカフェに集うシュルレアリスムの作家や芸術家の暮らしぶりに魅せられ、彼は数学の問題を解き続けて人生を送るのではなく、パリのカフェにこそ行くべきだ、と悟って理系から文系に転じ、大学入学後は授業にもほとんど出ず、図書館にこもって原書や雑誌を読むうちにブレヒトを知って衝撃を受け海鷗劇社を組織、『セチュアンの善人』などの部分上演を試みた。文革のため青春時代を政治闘争や下放に費やした紅衛兵世代と異なり、高は西欧的教養をみっちりと身につけることのできた世代であったといえよう。なおこのブレヒト作品は中国の架空の土地の首都を舞台とし、ドイツ語の「セチュアン」は四川《スーチュアン》省の当て字とも読めるため、中国ではこの戯曲を『四川好人』と訳している。

一九七九年以後の高は啓蒙書『現代小説技巧初探』（一九八一）を書き、小説の技巧とは階級や民族を越えた手段であると述べ、それまでブルジョワ文学の特徴とされていた意識の流れ、不条理なストーリーなどの手法を高く評価した。またベケット、イヨネスコなど現代フランスの不条理劇に関する評論を書き始め、八二年には時間と空間を自由に移動しつつ登場人物の内面を描き出した「絶対信号」を発表。これは北京人民芸術劇院の食堂を利用した中国初の小劇場方式で上演され、上演回数が一〇〇回を超す成功を収めた。「絶対信号」は最終的にはリアリズム劇の枠を出ていないという批判に対し、高はこれに先行する不条理劇「バス停」上演のため、妥協の産物として「絶対信号」を書いたと答えている。その「バス停」は翌年発表・上演されたが、折しも始まった「精神汚染」追放キャンペーンで「西方の現代文芸を見境もなく崇拝し、経済改革への希望が少しも見いだせない」と厳しく批判されてしまった。なぜベケットやイヨネスコに共感を寄せたのかという問いに対し、高は「不条理劇は本来形而上学的な世界なのですが、中国では現実そのものなのです。現実そのものが不条理の暗い世界なのです。それで何の抵抗もなく彼らを受け入れてしまったのです」と答えている。

王蒙の意識の流れ

意識の流れとは一九世紀末の西欧文学で使われはじめた手法で、人間の内的世界の不条理な流れを追い続けるもの、ジョイスの『ユリシーズ』（一九二二）などがその典型的作品で、中国では三〇年代に新感覚派がこれに近い創作を行っていた。文革後に意識の流れの手法を用いてすぐれた作品を書いたのは、自ら〝右派〟分子として不条理な現実を生きてきた王蒙である。意識の流れの代表作とされる『胡蝶』（一九八〇）は、反右派闘争で妻と離婚し、文革で失脚するなど波乱の半生を生きた高級幹部の内面を描いている。ただし王蒙は西洋モダニズムの意識の流れの手法に学んだのではなく、オストロフスキーなどソビエト文学からの圧倒的な影響下で心理描写を特色とするポスト文革期文学を形成した、という指摘もある（小笠原淳 二〇一〇）。

またモダニズムの代表的作家残雪（ツァン・シュエ、ざんせつ、一九五三〜）の『黄泥街』（一九八六）などの作品は、どれもこれもというほどにひたすら怪奇なイメージを繰り返し繰り返し陳列して、異様な精神的世界を描いている。不条理なストーリーと意識の流れの手法とが奇妙に結合しているといえよう。

ルーツ探求の文学

『今天』派の先駆的活動、高、王のモダニズムの紹介と実践は、やがて文芸界に大きな実りをもたらした。それは一九八五年に紅衛兵世代の青年作家たちが一斉に唱え始めた「ルーツ探求の文学」である。韓少功（ハン・シャオコン、かんしょうこう、一九五三〜）などルーツ文学派の作家の多くは一〇代から二〇代の青春期を文革のさなかで送り、数年に及ぶ下放や放浪の体験を持っている。彼らは故郷や下放先の農村を舞台にして、土着の習俗や伝説を取り込んだ作品を書き始めたのだ。

ルーツ文学派はしばしば、儒家の正統的文化に対抗し自らのルーツをかつて郷土に花開いた伝統文化に求める

図6-3　莫言（1996年）

のだ、と語った。中国ではこれに対し、秦漢以来二〇〇〇年の歴史の流れの中で漢文化は融合しており、彼らの求めるルーツなど果たして現存するのかという批判がなされた。しかしルーツ文学派の批判する「儒教正統文化」とはいわゆる孔孟の道を指すのではなく、人民共和国を支配する共産党イデオロギーを暗喩していた。その独裁的体質が儒家一尊に通じる、という意味で儒教の名が掲げられたのであり、彼らの標的は共産党であったのだ。中国ではラディカルな体制批判は公刊が許されず、しばしば粛清の危険が伴うため、このような暗喩が選ばれたのであろう。

辺境への下放体験を描きながら、政治的イデオロギーをいっさいぬぐい去り青春ドラマに徹してみせた阿城（アーチョン、あじょう、一九四九〜）の『棋王』（一九八四）、水不足で苦しむ太行山脈の村を舞台に、農村共同体一〇〇〇年の歴史と、一九八〇年代に生じた大変動を時にリアルに、時に幻想的に描いた鄭義の『古井戸』（一九八五）などはその成果と言えよう。

莫言（モーイエン、ばくげん、一九五五〜）は紅衛兵世代よりも若く、老木ら〝第三世代〟に近い作家ではあるが、ルーツ文学派に近い位置にあるといえよう。莫言文学は、目まぐるしく交錯する叙述の時空、拍案驚奇のエピソードを特徴とする魔術的リアリズムの世界である。これについて中国の文芸批評家張志忠は、「過去、現在、そして現在を越えた未来の間で、巨大な時間幅と短い瞬間とが融け合って一体と化し、天、地、人の巨大空間と握り拳ほどの空間とが互いに連なり合い、時間の要素は空間要素に転化、空間風景は時間のイメージに転換する」と指摘している（張志忠 一九九〇）。

中国の近現代文学者がすべて都市出身、あるいは都市で教育を受けた知識階級であるのに対し、莫言はほとんど唯一の農村出身であり、しかも彼の家は上層中農であったため、建国後は悪い階級の出身として迫害を受け、小学校も文革中に中退している。莫言の特異な時空感覚の基底にあるものは、中国自営農民の心性といえよう。この時期の代表作に『赤い高粱一族』(一九八七)、「金髪の赤ちゃん」(一九八五)などがある。

短編「白い犬とブランコ」(一九八五)は、文革と改革・開放期の八〇年代という二つの時代を行き来しながら、語り手の男性と彼の幼馴染みの女性との少年少女期と成人後の心理的屈折を描きながら、苦難の運命に甘んじながらも屈することのない村の女性の姿を鮮烈に映し出しており、莫言の文壇デビューとなった。同作の構想を得たのは、川端康成の『雪国』を読み、冒頭部の「黒くたくましい秋田犬がそこの踏み石に乗って、長いこと湯をなめていた」という一節に至った時であった、というのは興味深いエピソードである。

八〇年代半ばに出現したモダニズムとルーツ文学について、評論家の李佗(リー・トウ、りだ)は以下のような指摘を行っている——『文芸講話』の発表、人民共和国の建国以来、人民文学が正統的言語体系として君臨してきた。そこでは家族・地域共同体のあいだに育まれる愛情や連帯、階級の差別を越えてときには人類のレベルにまで広がりうる人間愛、これらは一切否定され、共産党、とりわけ毛沢東への絶対的忠誠のみが語られていた。人民文学とは毛が中国を統一し人民を支配するために築き上げてきた言語体系なのである。これに対し、『今天』派やルーツ文学は日常的因果律を否定し、時間の流れに沿った線的思考を攪乱する。その登場は、毛沢東の言語体系=毛文体を破壊し、人民文学の秩序を覆すものであった(李佗 一九八九年四月)。

人民共和国建国、文革の勃発により死滅の淵に追いやられた文学は、文革直後に再び声を上げるや先ず『文芸講話』の枠内で異議申し立てを行い、続けて果敢にも〝毛文体〟の破壊に立ち上がったのである。異議申し立ての文学が絶頂期を迎え、モダニズムが活動を始めた一九七九年は、近代中国文学史の中でも、五・四運動の一九一九年と並んで記憶されていくことであろう。

3　大江健三郎が語る鄭義、莫言への共感

郁達夫似の福耳

日本の文壇で鄧小平時代のルーツ文学に最初期から深い関心を寄せたのが大江健三郎（一九三五〜）である。次節で述べる天安門事件直後に、地下に潜伏した鄭義について大江は「僕はこの作家の長編をもとにした映画『古井戸』を見たのみだが、中国文学者の評論や、数年前、中国系アメリカ人作家に、こちらも読みとりうる漢字を見ながらいくつかパラグラフを、訳してもらった経験からいえば、かれの原作はすばらしい小説だと思う」（『東京新聞』一九八九年八月一五日夕刊）と記している。『古井戸』の日本語版が翻訳出版されたのは、それから一年後のことであった。

大江は一九六〇年と八四年に中国を訪問し、毛沢東・周恩来・郭沫若・茅盾・老舎・巴金・趙樹理そして胡耀邦ら現代中国の「巨大な人間的存在」に出会い、彼らを「生き生きと記憶している」という。そもそも作家大江健三郎が生まれるに際しては、彼の耳が郁達夫のそれに似ていたため、というエピソードが残されているのだ。大江の母は彼が七人の兄弟姉妹のなかで一番容貌が劣っているため結婚相手が見つからないのでは、と心配する一方で、この子の耳は郁達夫さん似の福耳だから、きっと郁さんのような大作家になるだろうと信じていたともいう。大江が九歳の時に父が亡くなり家計は苦しく、大学に行かせられるのは兄弟でもただ一人という中、母が特に大江を選んだのもそのためだった。大江は北京でのインタビューに次のように答えている。

〔母の〕日記に残っていた記述によると、三〇年代初期、母は父と共に中国を訪れています。二人はまず上海に行き、そこで魯迅が創刊した『訳文』を買いました。これは、外国文学作品の翻訳紹介、および批評専門の文学雑誌で、それから長い間、母の愛読誌の一つになりました。一九三六年、母は新聞で中国の著名

な作家、郁達夫が東京を訪問するというニュースを知り、一歳を過ぎたばかりの私を夫と姑に預け、一人、東京に二週間でかけ、彼の講演を聞いたのです。（『人民中国』二〇〇一年四月）

また大江が一九九四年にノーベル文学賞を受賞したとき、母は「アジアの作家の中でノーベル文学賞に最もふさわしいのは、タゴールと魯迅です。健三郎は、それに比べたらずっと落ちますよ」と語ったという。また鄭義と莫言をめぐって、大江はその年一二月のストックホルムにおけるノーベル文学賞受賞講演で二人の名前を挙げて「表現の自由を失っている中国のきわめて良質な小説家たちの運命を憂えています」と訴えている。そして二〇〇〇年九月北京講演では、鄭義文学が抹殺されている中国において敢えて次のように述べているのだ。

想像力の共和国

中国において国民国家《ネーションステート》が作られ、国民国家として保たれ続けねばならない、それを文学がリードしよう、という使命感です。文革の終息後、巴金先生が八〇歳を越えて活動を再開されたのも、二〇年代の上海での経験が半世紀たってもなお生きていたからだ、と私は考えています。逆に、若い世代の、莫言の『赤い高粱一族』や鄭義の『古井戸』に私が圧倒的な感銘を受けたのは、中国人として生きる今日の現実を、過去の深みからつながるものに重ねて、かれら独自の想像力における共和国を建設しようとする意志があきらかであるからです。

そして大江は「日本文学はとくにこの三〇年間、いまあげた莫言や鄭義の野心的な、しかもいかにもリアルにかれらの土地と民衆に根をおろした表現をなしとげなかった。現実の国家に対置されるほどの規模の想像力の共和国を作り出してはこなかった」と自省するのである。

4　天安門事件とエミグラント文学

大学再開と第二次民主化運動

中国では文革末期には農村・都市全般にわたる国家経済の行き詰まりが顕著となっており、鄧小平体制はこれを解消するため、七〇年代末以来、対内的には経済改革、対外的には開放政策を実行した。大学など高等教育機関は、文革により壊滅的打撃を受けていたが、この改革・開放政策推進に必要なテクノクラート養成のため続々と再興された。

全国統一入試が再開されたのが一九七七年一二月、年が明けると上は反右派闘争で追われた世代から、下は飛び級で上がってきた一六、七歳の少年までさまざまな年齢層の学生が大学など高等教育機関に入っていった。再開第二回の統一入試は学年度末の七九年七月に行われて、全国で約四七〇万人が受験し、二七万五〇〇〇人が大学等への入学を果たしている。その後も順調に新しい青年知識層が量産されていくのだが、彼らはもはや共産党に信頼・忠誠を抱かず、むしろ西側資本主義諸国に憧憬を覚えていたのである。ちなみに過去の入学者数は一九四九年三万一〇〇〇人、五七年一〇万六〇〇〇人、六五年一六万四〇〇〇人である。

さて一九八九年二月、一〇年前の第一次民主化運動の際に投獄された魏京生の釈放を求めて文学者や研究者、ジャーナリストら三三人が公開書簡を発表した。これが口火となって再び民主化要求の気運が高まる。二カ月後、学生層の要求に比較的理解のあった胡耀邦元総書記が急逝すると、第二次民主化運動が勃発し北京では一〇〇万人デモにまで発展したのであった。それは改革・開放一〇年の後、共産党イデオロギーを脱したポスト文革世代のエリート知識階級が、民主化という自らの権利拡大要求を共産党に突きつけた集団行動であり、被支配者の文革および第一次民主化運動の精神を継承したものといえよう。毛文体を解体した鄧小平時代の新文学を読んで育った老木らの世代は、今や政治的な異議申し立てを行い、人民共和国のイデオロギーを否定し始めたのであった。

この運動を共産党は独裁体制を揺るがすものと敵視し、六月四日戦車を投入して市民・学生を殺害した。天安門事件（または「血の日曜日」事件、中国語では「六四」）の悲劇である。一九七六年四月の第一次天安門事件（中国語では「四五運動」）と並べて第二次天安門事件とも称される。

第二次民主化運動には、多くの文学者が参加した。そもそも三三人公開書簡の発起人が北島と老木であった。鄭義のように山西省大同から仕事の打ち合わせのために出てきた北京で民主化運動に遭遇して積極的に関与、ハンガーストライキ戦術を授けるなど、学生運動の相談役となった人もいる。

パリへニューヨークへ

同事件後は多数の文学者が地下に潜伏し、あるいは国外に亡命し、やがて彼らはパリとニューヨークを主な拠点として、エミグラント（移民・亡命者）文学を形成していく。事件前に出国していた北島が、エミグラント文学者たちを糾合し、一九九〇年八月よりノルウェーで復刊した第二次『今天』は、その中心の一つである。編集委員には新メンバーが多数加わり、その顔ぶれは北島、江河、顧城、多多らの詩人、高行健、阿城、劉索拉ら戯曲家・小説家、評論家で新興知識階級のイデオローグ劉再復（リウ・ツァイフー、りゅうさいふく、一九四一〜）などである。

復刊第一期を飾った高行健の戯曲「逃亡」は、第二次『今天』の中でも天安門事件に取材した数少ない作品であり、青年と中年の二つの世代および男女という二つの性とのあいだに横たわる越え難い溝を描き出しながら、「バス停」以来の逃げるために待つ、というテーマを突き詰めた高い結晶度を持つ作品である。北島も同誌に発表した作品を詩集『天涯にて』（一九九三）にまとめてオックスフォード大学出版社から刊行している。

鄭義は事件直後に当局より逮捕令が下ったため、地下に潜った。文革中の下放時代に覚えた大工仕事を職として山村をさすらう間にも、人民共和国体制を告発した自伝的中国現代史『中国の地の底で』を執筆、これら逃亡中に書きためた原稿を国外で刊行するため、九二年三月妻の北明（ペイミン、ほくめい、一九五六〜、本名は趙暁明、評論家）とともに香港に脱出、さらに翌年一月にアメリカに亡命している。

「血の日曜日」事件後の保守反動

事件後の中国文芸界では保守派の巻き返しがあり、ポスト文革後に活躍してきた多くの作家は沈黙を余儀なくされた。一九四九年の創刊以来、人民共和国文学の中心的存在として文芸界に君臨してきた雑誌『人民文学』は、八〇年代半ばに劉心武を編集長に迎え、共産党文芸政策の宣伝機関的存在からの脱皮を図っていた。しかし九〇年三月、劉は「社会主義文学の道からはずれた」という批判を受けて解任され、後任に保守派長老の劉白羽（リウ・パイユイ、りゅうはくう、一九一六〜）が選ばれた。この年の七・八月合併号の巻頭論文「九〇年代の召喚」は、「マルクス主義、毛沢東思想、中国共産党の政策を堅持せよ」と絶叫し、文芸に中共独裁体制賛美を要求した。合併号で新設された「読者の声」欄では、投書六通すべてが劉心武編集体制を非難するもので、しかもそのうち二通は莫言を名指しで批判している。こうして莫言の作品は事実上の発表禁止となった。

この保守反動に対し、中国の知識人、特に首都北京在住の人々は〝故意の空白〟でもって抵抗した。〝故意の空白〟とは事件以後、北京の新聞雑誌・映画は見ない読まない、いわんや寄稿しない、文章を発表するときは上海や広州など比較的統制のゆるやかな南方の都市のマスコミに送る、というもので知的サボタージュと言えよう。かつて反右派闘争、文化大革命の時代には、知識人は共産党への幻想とその独裁権力への恐怖のため、ほとんどなすすべもなく残酷な弾圧・粛清に翻弄されていた。しかし七〇年代末と八〇年代末との二度の民主化運動を経た現在、彼らは沈黙により抵抗し、暗黙の連帯を結んだのである。

一九九一年は胡適の生誕一〇〇周年そして魯迅の生誕一一〇周年に当たっていた。建国直前にアメリカに亡命した胡適は、この保守反動の逆流にあって中共の御用評論家たちから売国的全面欧化論の元祖と激しく批判された。そのような暴論が渦巻く中、北京魯迅博物館の学術雑誌『魯迅研究月刊』は、連続特集「魯迅同時代人の研究」と銘打って新発見の胡適書簡や、「魯迅、陳独秀、胡適の精神史的比較研究」、「胡適と周作人」などの論文を連載した。これは実質的には胡適特集号であり、学問的にも高い水準を示している。魯迅との同時代性において胡適を再評価しようとするこの特集号からは、改めて中国知識人のしなやかな知性、したたかな抵抗が窺えよう。

新旧文学者の活躍

中国国内に踏みとどまった文学者たちも屈服しなかった。芒克は〝第三世代〟の島子（タオツー、とうし、一九五六〜）らとともに一九九一年に季刊の民間雑誌『現代漢詩』を創刊している。事件後二年間も沈黙を強いられてきた莫言も『人民文学』九一年八月号には、改革・開放体制下で崩壊していく農村を黙示録的に描いた『花束を抱く女』を発表して復活した。この間にも、文壇には葉兆言（イエ・チャオイエン、ようちょうげん、一九五七〜）、余華（ユイ・ホワ、よか、一九六〇〜）、蘇童（スー・トン、そどう、一九六三〜）、格非（コー・フェイ、かくひ、一九六四〜）など若い世代の作家が誕生している。

通俗小説家王朔（ワン・シュオ、おうさく、一九五八〜）の流行も興味深い。彼の小説はもっぱら北京の若者のスラングを縦横に使いこなした会話により、ブローカーや美人局《つつもたせ》をする青年など、改革・開放路線とともに生まれてきたいわゆる「すき間産業」の風俗を扱っている。そして主な舞台となっている大都会とは、建国後一旦は巨大な村、荒涼たる収容所と化したのち改革開放路線下で都市として再生した北京なのである。七九年以来の改革・開放路線は大都市に再生をもたらし、都会人に脱イデオロギーの暮らしの軽快さを教えた。王朔はこの八〇年代の青年の軽やかというか薄っぺらな感覚を描いている。もっとも映画『太陽の少年』（原題：『陽光燦爛的日子』、一九九四）の原作「動物凶猛」のように、文革時代の解放軍将校団地の明るい少年時代を鄧小平時代に大変貌を遂げた北京という視点から喪失感を以て描いた佳作もあるのだが。

5

改革・開放の加速と上海のリバイバル

一九九二年に入ると、天安門事件の責任者である鄧小平自身が、再び改革・開放路線へと傾き始め（南巡講話）、同年一〇月の中共第一四回党大会、九三年三月の全国人民代表大会を経て、中国の政治・経済・文化の各分野での改革・開放の再加速が決定的になった。とりわけ鄧が経済成長政策の最後の切り札として上海再開発の号令を発した点は、文学史を上海・北京の二都物語として読んできた私たちとしては見落としてはなるまい。黄浦江をはさんで旧上海租界地区（浦西）の対岸三五〇平方キロ（旧租界の約一一倍）に、一大産業地帯である「上海浦東新区」の建設を決定したのは九〇年四月のことであり、その後の上海の急速な発展は周知の通りである。この時期には文化界でも同時期に巴金・夏衍・劉心武ら四〇名もの著名文化人のエッセーや談話を収めた『防「左」備忘録』が出版され、保守派への批判が行われている。

高度経済成長と文芸誌の衰退

鄧小平の南巡講話による改革・開放再加速以後、中国の市場経済化は急速に進み、国内総生産（GDP）成長率は一九九〇年代前半には毎年一〇％を越え、後半以後も二〇〇三年まで八％前後を保っている。二〇〇九年の一人当たりGDPは約三八〇〇米ドルに増加し、最も豊かな上海市や北京市では一万ドル台に達した（香港二万九八二六ドル、台湾二〇一〇年一万八六〇三ドル、日本三万九五三〇ドル）。

その一方、これまで「党の喉《のど》」として新聞・テレビなどと同様、厳しい国家統制と引き替えに手厚い保護を受けてきた文芸界は、市場経済化により大きな打撃を受けた。建国後の文芸誌は官立団体である作協（中国作家協会）が管理しており、各省市の作協支部が発行する総合的文芸誌は事実上各地の「文芸工作ニュースレター」であったが、市場経済の波に抗しきれず、たとえば上海作協機関誌で巴金を主編に戴く『収穫』は八〇年代最盛期の発行部数一二〇万部から九六年の一〇万部へと急減した。二一世紀に入ると「不景気な文芸誌は、大学にこれを肩代わりさせよう」という議論まで出る始末である（朱自奮 二〇〇二年一一月二九日）。その一方、北京・上海ではマイホーム、マイカー、旅行、健康の各ブームに関連する図書や雑誌の売り上げは絶好調なのである。

莫言の「小説カーニヴァル」

それでも莫言は乳房コンプレックスの金髪混血男性を主人公に、日中戦争から改革・開放が本格化する八〇年代半ばまでの山東省農村を描いて、共産党の農業政策の失敗を暴露した『豊乳肥臀』（一九九五）、義和団事件（一八九九）を背景とし山東省高密県を舞台としてドイツの侵略に抵抗する人々と、山東巡撫（省長）で大軍閥の袁世凱との間で苦悩する県知事らを描いた『白檀の刑』（二〇〇一）など傑作を次々と発表している。特に『酒国』（一九九三、台湾版一九九二）は日本や欧米でも「メタミステリに始まって、書簡体小説、そしてさまざまなスタイルの短編群からなる本書は、まさに〈物語の交響楽〉にして〈物語の酒宴／乱痴気騒ぎ〉なのである。いわば小説の無礼講＝カーニヴァル」（風間賢二 一九九七年三月）であり莫言的魔術的リアリズムの極北として高く評価されている。

王小波（ワン・シアオポー、おうしょうは、一九五二～九七）、『黄金時代』（一九九四、台湾版一九九二）は文革世代の荒唐無稽なる青春を描いており、ユーモア文学の傑作であった。「ぼくは二一歳の時、雲南に下放していた。陳清揚はそのとき二六歳、ぼくの下放先の医者だった。」と軽快なリズムで作品は始まり、ノッポの王二と北京医科大出身で美人女医の陳との間の奇想天外なセックスが展開する。それは文革の大混乱で大都市から辺境の山奥に送り込まれて自己を見失い、文字通りデタラメな青春の渦中にあったこの世代の不条理のようで思弁的な世界観を物語るものでもある。第三部は一九九〇年、「ぼく」は四〇にして不惑の歳だが迷いっぱなしの人生で、離婚も経験し不倫願望も続いている。そして文革中に飛び降り自殺をした元幹部の賀老人のことを時々思い出す。頭は見事に割れていたというのに、なぜあそこは勃起していたんだ、と。「一つだけ分かることは、賀さんの体にはまだたっぷりと生きる力があったんだ。ほかは何も分からない」という言葉は中国という不条理に満ちた世界にあっては確かなヒューマニズムとして響く。王はサリンジャー『ライ麦畑でつかまえて』や庄司薫『赤頭巾ちゃん気をつけて』に通じる作風を確立したといえようが、惜しむらくは一九九七年四月に心臓病で突然死した。

またルーツ文学の『小鮑荘』（一九八五）などにより上海文壇を代表する女性作家となった王安憶（ワン・アンイー、おうあんおく、一九五四〜）は、一九四六年ミス上海コンテスト第三位の女性が国民党高官の愛人となるのを手始めに、八〇年代までに五人の男と関わっていくのを描く『長恨歌』（一九九五）、上海の路地裏で暮らす母と娘の民国期から文革終息までの物語『桃の夭夭たる』（二〇〇三）など、オールド上海が終わり現代上海が始まるまでの長い暗黒時代を回想する物語を描いている。また北京の女性作家張抗抗（チャン・カンカン、ちょうこうこう、一九五九〜）も『赤い嵐』（一九九五、原題：『赤彤丹朱』）で、共産党の革命闘争に青春を捧げながら、革命に裏切られ屈辱と苦難の半生を過ごさねばならなかった父母の物語を娘の視点から描いている。父の思想工作により武装蜂起に参加し、建国後に父の冤罪に連座した「老戦友」は、文革時の拷問中、胸の内で「あんたに騙された……平等民主公平なる新社会とはこんなものだったのか？」と問い続けていたと語る。これは人民共和国の存在そのものを疑う、根元的な問いであると言えよう。

黙殺されたノーベル賞

このように九〇年代以後の高度経済成長が再加速された大転換期において、文革世代の作家たちは二〇世紀の中国を市民や農民の視点から回顧した優れた作品を発表してきたのである。高行健の二〇〇〇年ノーベル文学賞受賞作品である『霊山』（一九九〇）と『ある男の聖書』（一九九九）とはこのような回想的作品の仲間として位置づけられよう。後者は国家権力から逃亡し続ける知識人の女性遍歴をめぐる赤裸々な自伝的小説であり、前者は八〇年代に伝説的聖地「霊山」を探して中国奥地の山間部をさすらい続ける「私」と「おまえ」が見聞する少年や若い女、老人、野人に少数民族、そして伝説・神話など各種エピソードの一大集積である。

ちなみに一九二七年にスウェーデンの探検家へディンが魯迅をノーベル文学賞に推薦しようとした際、魯迅は「顔色が黄色だからといって、特別寛大に優遇しますと、かえって中国人の虚栄心を増長させてしまいます」と言って辞退している。高行健は中国語作家として初めての同賞受賞であったが（ただし一九九七年以後はフランス国籍）、天安門事件を批判してフランス亡命中であったため、中国ではマスコミ・出版界はこの吉報を黙殺した。これとは対照的に台湾では、それまでも高の作品を刊行し戯曲を上演してきたこともあり、陳水扁総統が祝辞を送り出版社が一週間ほどで各作を三万部増刷するなど、祝賀ムードに包まれていた。

中堅女性作家の中には池莉（チーリー、ちり、一九五七〜）、『水と火のもつれ合い』（原題：『水与火的纏綿』、二〇〇二）のように、鄧小平時代の大変革期を背景に、一九五八年生まれを主人公として、愛と理想を糧として生きるカップルの成長過程を描いた作品もある。また池莉の小説の多くがテレビドラマ化を前提にして刊行されるなど、商業性が特に顕著な点は、本章で紹介してきたいわゆる純文学系の作家とは些か異なっている。

鉄凝（ティエ・ニン、てつぎょう、一九五七〜）の長編小説『大浴女』（二〇〇〇）は、文革中に幼少期を過ごし、父の不在、母の不倫、その結果生まれた赤ちゃんを見殺しにしたことによるトラウマに苦しむ女性が、恋をし辣腕編集者として出版社副社長となり成長してゆく物語である。

6　ポスト鄧小平時代の社会と文学

独裁体制と市場経済

一九九七年二月一九日、「中国の最高実力者」と称された鄧小平が死去し、七〇年代末以来、約二〇年続いた鄧小平体制が名実ともに終焉した。天安門事件により解任された趙紫陽に代わって総書記に就任した江沢民（チアン・ツォーミン、こうたくみん、一九二六〜）は、九三年に国家主席に就任して五年の任期を二期務め、二〇〇三年には胡錦濤（フー・チンタオ、こきんとう、一九四二〜）が新国家主席に就任した。九七年以後の政治体制は江沢民期・胡錦濤期と呼ぶべきであろう。

だが鄧小平時代開幕時に敷かれた政治体制は共産党独裁、経済体制は改革・開放による市場経済化という二大路線は現在も継続している一方で、鄧死去の前後に中国の文化と社会が大きな変化を示している点に注目して、本書では九七年以後をポスト鄧小平時代と呼ぶことにしたい。ポスト鄧時代において、中国社会は大都市を中心に日本・欧米の先進国社会に追い付いたのであり、それを象徴する文化現象が村上春樹ブームなのである。

ポスト鄧時代の幕開けに際しては、香港誌のみならず中国の人文誌までが中国経済の厳しい状況を率直に語っていたのが印象的だった。たとえば北京・三聯書店発行のハイブラウな人文雑誌『読書』の一九九七年一月号。『農村公社、改革与革命』という翻訳書の長文書評は、帝政ロシア末期の改革を紹介してストルイピン改革と鄧の改革との相似を示唆しているかのようであった。土地私有化と資本主義的財産所有権の確立により、一九〇七年から一四年にかけてロシア経済は高度成長を続け、「ストルイピンの奇跡」と称されるが皇帝はもはや国民精神の支柱たり得なくなり、ペテルブルグのパン屋の売り切れがきっかけで一七年二月革命が突如始まり、ロマノフ王朝はあっけなく倒壊したのだ。「不公正な「改革」が引き起こした反改革の「革命」は、歴史上珍しいものではない」という評者蘇文の言葉には、ポスト鄧時代に対する切実な思いがこめられていたのではあるまいか。

『読書』はこの書評に続けて念入りにも「旧書新読」欄で、一九八三年中訳の英国人学者による『ソ連経済論戦中の政治的伏流』という長文書評を掲載している。評者の王躍生は旧ソ連圏の社会政治面での改革を回顧しつつ、中国の現在の深刻な状況を指摘する。国有企業の破産、労働者失業に耐える力が社会にないこと、財産権の多元化と市場化は人民の財産が官僚による個人化、私有化を意味すること、報道の自由のない社会は腐敗の氾濫を招くこと等々……中国の知識人は鄧小平の改革の行方に深い危機感を抱いているのである。

鄭義のエミグラント小説

この時期にはアメリカで亡命生活を送る鄭義が、長編小説『神樹』(一九九六)を台湾で刊行している。山西省の山村で樹齢四〇〇〇年の巨木が突如開花すると、村人の前には建国から現在に至るまで中国共産党の粛清や飢餓政策の犠牲となった父祖の怨霊が現れ、怨念を語り始める。この神樹こそは歴史の証人であったのだ。農民に歴史の記憶が甦るのを恐れた党中央は戦車師団を投入して神樹の伐採を図るが、闇夜の訪れとともにかつてこの村を根拠地にして日本軍と戦った八路軍の英霊たちが現れ、解放軍にゲリラ戦を挑む……。

改革・開放政策に湧く現代農村を舞台に、鄭義は幻想と現実、過去と現在とが自在に交差する恐るべき魔術的リアリズムの物語を語ったのである。

当時の中国では、農村の労働人口は全労働人口の五割を占めるものの、GDPに占める比率は一五%に過ぎなかった。雑誌『読書』の著者は国有企業の破産、労働者失業そして人民の財産の官僚による個人化、私有化の問題を指摘しているが、「三農(農業、農村、農民)」問題はさらに深刻であろう。鄭義が『神樹』で描く終末論的世界は、中国の危機を予見するものといえよう。

二〇〇三年一〇月、鄭義は日本ペンクラブの招聘で亡命先のアメリカから初来日し、W・i・P(Writers in Prison)獄中作家の日のシンポジウム「自由のために書く」において、大江健三郎と対談して、次のように発言している。

亡命生活はこのように非常に悲しい結末を迎えるかもしれませんが、私たちはロシア革命後の亡命作家よりは幸せかもしれない。それは、共産主義は必ず崩壊して、中国にも自由な社会が来ると確信しているからです。たしかに、亡命したことで私も代償を払いましたが、その中で多くのものも学びました。本当の人生、本当の芸術、愛と文学との関係を知ることができたのです。(鄭義・大江健三郎 二〇〇四年二月)

このようにポスト鄧小平時代の幕開け当時は、悲観的観測も少なくなかったが、江沢民政権は愛国心教育など内向きの政治経済ナショナリズムを発動する一方、二〇〇一年には世界貿易機関（WTO）に加盟して外資系企業を引きつけ輸出を増加、「民工」と呼ばれる農民労働者の都市への出稼ぎも増加させるなどして、高度経済成長を維持した。その結果、二〇一〇年には国内総生産（GDP）が日本を追い抜いて世界第二位となる一方で、中国社会には大変動がもたらされた。

〝単位〟崩壊と大学市場経済化

たとえば人民共和国独特の都市制度としての〝単位《タンウェイ》〟共同体の崩壊である。建国以来、都市民はすべて何らかの〝単位〟に属し、給与・住居・年金などはいっさい〝単位〟が供与し、誕生から死まで面倒を見ており、〝単位〟は共産党および国家の基本的組織となってきた。民国期までの伝統的大家族制度を大中小の工場・会社規模に拡大したものと想像すればよいだろう。この〝単位〟社会が、改革・開放政策による市場経済の浸透とともに、音を立てて崩れ始めたのが九〇年代なのである。

そして〝単位〟崩壊に伴いさまざまな社会変革が生じたが、その中でも学生や市民層に大きな影響を与えたのが、住宅と大学との市場経済化であろう。〝単位〟社会における住宅不足や住環境の悪化に対応するため、共産党政権は公有住宅の払い下げや一般商品住宅の建設・販売を促進する改革を推し進め、「住宅供給機能を国家および企業から切り離し、住宅を個人が貨幣で購入できる商品としてとらえ直し、商品化された住宅が取引される住宅市場を育成」したため、「商品住宅販売面積は一九九一年の二七四五万㎡から二〇〇〇年には一億六五七〇万㎡へと大幅に増加した（六・〇倍、年率二二・一%の増加）。とくに商品住宅販売の個人購入シェアは二〇〇〇年で八七%に達し」たという（熊谷直次 二〇〇二年七月）。かつては基本的に既婚者のみが所属〝単位〟から住居を配当されていたのだが、ポスト鄧時代には単身者や非婚カップルも住宅を購入したり賃借することが可能となったのだ。北京・上海などでも鄧時代まで続いた「巨大な農村」状況も、〝単位〟崩壊によりようやく解消され、都市が復活し始めたといえよう。

住宅市場経済化に続くのが大学市場経済化である。大学卒業者数は鄧時代当初の一九八二年には四五万人であったものが、二〇〇二年の一三四万人へと二〇年間で三倍増しているが、一九九九年の定員大幅拡大を受けて、二〇〇三年には一八八万人と前年比四割増し、二〇〇九年の五三一万人へとわずか七年間で四倍増した。大学進学率も約三〇年間で二～三％から二〇〇七年の二三％へと激増した（『中国統計年鑑』一九八八年、一九九八年、二〇一〇年、『中国教育統計年鑑』二〇〇八年）。これにともない大卒者の就職率は〇三年には六〇％へと急落し、初任給も大幅に下がり北京大学卒業生でも数年前の三〇〇〇～四〇〇〇元から半減したという（「大学初任給が下落」二〇〇四年六月）。

「美女作家たち」

このような社会変化を背景にして、文芸界に登場したのが「七〇後」（ポストセブンティーズ）と呼ばれる一九七〇年代生まれの「オルターナティヴ作家」あるいは「美女作家」たちである。棉棉（ミエンミエン、めんめん、一九七〇～）、衛慧（ウェイ・ホイ、えいけい、一九七三～）、周潔茹（チョウ・チエルー、しゅうけつじょ、一九七六～）など上海を中心に活躍した女性作家は、鄧小平時代という相対的安定期に成長し、復旦大学中文系卒業など高い教育を受けてきた世代である。多くが就職して数年後には会社を辞め〝単位〟社会から離れて自活しており、フリーター風の仕事ぶり、パンク音楽に傾倒し、あるいはドラッグを体験し、奔放な愛と性をテーマに自らの都市生活を作品化しているのだ。建国以来五〇余年の文学史を飛び越え、民国期の女性作家張愛玲に傾倒している。女性作家程青（チョン・チン、ていせい、一九六三～）に至っては、後輩の女性作家たちをモデルに、文化産業の中で勝ち抜いていく若者たちを温かく、時にユーモラスに描いたその名もズバリ『美女作家』（二〇〇一）という小説まで発表しているのである。

衛慧『上海ベイビー』（原題：『上海宝貝』、一九九九）は「ココ」という名の「わたし」が主人公。彼女は名門の

図6-4　衛慧（2005年）

復旦大学中文系を卒業して雑誌社の編集者となったものの、作家志望が高じて会社を辞め、カフェでウェイトレスのアルバイトをしていたところ、愛書家の常連客天天から「君を愛してる」というメモを渡され、親のアパートを出て彼が一人で住む高級マンションで同棲を始める。天天はスペインに出稼ぎに行った母親からの仕送りで好きな絵を描くなど高等遊民の暮らしを送っている青年だが、出稼ぎ先で父が原因不明の急死を遂げ、母がスペイン人と再婚したことにショックを受けインポテンツとなっている。ココはやがてとあるバーのパーティーでドイツ人のマークと知り合うや、女性トイレでファックするなど激しいセックスを繰り返す。天天とマークという霊肉二種の愛に挟まれながら、彼女は夜な夜なバーへパーティーへと繰り出し、昼間は出版のあてもない小説を書き続けるのだった……。

中国人男性は性的不能で、外国人男性がセックスでヒロインを魅了するという設定が保守派の怒りを買ったのであろうか、同作は中国では「性体験を売り物にする恥知らず」などとマスコミの集中砲火を浴び、一部地域で発売中止となった。その一方、日本・欧米ではかえって評判となり各国で翻訳されているが、それはもっぱら「性描写本」中国で物議」（『読売新聞』二〇〇〇年六月四日）という興味によるものであったろう。実際の作品はたとえば田中康夫『なんとなくクリスタル』（一九八〇）から毒のあるスノビズムを除去したような味わいであり、むしろ短編集『水中的処女』（二〇〇〇）収録の「衛慧みたいにクレージー」の方がむしろ深みがあろう。

「衛慧みたいにクレージー」は『上海ベイビー』より一年早い一九九八年に南京の文芸誌『鐘山』に掲載された。舞台は九〇年代後半のまだポケベルが最先端だった上海であるが、ポスト鄧時代幕開けで「天地を覆い隠すほどに十分な自由」を享受する登場人物たちにとって「結婚なんてものにはもはやなんの権威も」ない。阿碧《アーピー》という銀行の国際部で働く女性は学生時代から流暢な英語を話し、既婚男性たちとの不倫を重ねた挙げ句、コンピューター・ビジネスで億万長者にのし上がった老人と結婚してイギリスに移住する。上海市の国際部門に所属する媚眼児《メイヤール》という美青年は逆玉の輿をめざして「北欧の女性にうまく取り入る」のだが、その女性の前の恋人である黒人に刺し殺されてしまう。

こんな両極端の親友を持つ主人公の「私」は「小さな町」で育ったが、一〇歳のとき、すなわち改革・解放政策が始まったばかりの八〇年代初頭に父が汚職容疑をかけられて自殺している。そして母の再婚相手の継父には性的虐待を受け、一四歳で流れ者のギター弾きに狂ったように恋し裏切られたトラウマを負っている。今では、「記憶から逃れて」上海にたどり着き、北東部の墓地の跡に建つニュータウンの内装未着工の荒涼としたマンションで自伝的小説を書いているのだが……。単位社会が崩壊した上海は「白領階級《ホワイトカラー》」の街へと大変貌を遂げつつあり、衛慧はこのような若い現代上海の形成期を「私」の「クレイジー」な視点で描き出したといえよう。

それはともかく、大卒で雑誌記者といえば九〇年代までの中国では超エリートであったというのに、ヒロインが作家になるため雑誌社を辞めてウェイトレスとなり、ボーイフレンドと高級マンションで同棲するという物語がリアリティーを持つのは、まさに大学と住宅の市場経済化の賜なのである。これまで中国では婚外性交渉を描く小説とは、結婚が許されない学生の場合は夜の大学キャンパスのベンチであり、既婚者であれば配偶者外出中の〝単位〟社宅を舞台としていたのだ。

市場経済化は文芸界にも波及し、文学の商業性は日本や欧米と変わらぬ地平にまで至り、文学の自由化も着実に進んだ——天安門事件や少数民族問題などは相変わらずタブーではあるが。これにともない現代中国文学はいっそうの多様化を示している。九〇年代には文化大革命など中国共産党の失政、圧政を描いた莫言の『豊乳肥臀』が事実上増刷禁止処分を受けることもあった。しかしポスト鄧時代には、莫言が『生死疲労』（二〇〇六）で農村五〇年史を描いても、その叙情的な筆致が政治的弾圧を引き起こすことはない。

文革から現代までを描く『兄弟』

余華の長編小説『兄弟』（二〇〇六）は、文化大革命から現在まで、上海から一〇〇キロほど離れた小都市を舞台に、対照的な二人の兄弟を描く。上巻では夫を不名誉な事故で亡くした李蘭と、妻に先立たれた宋凡平とが再婚して幸せな一家となり、主人公の李光頭は七歳の時に一つ年上の宋鋼と義兄弟となる。だが文革が勃発し、博識のスポーツマンで街の人気者だった宋は残酷な赤色テロにより虐殺され、李蘭は旧地主の息子の妻としてリンチを受ける。やさしいが内気だった母が、いくら殴られても夫への愛を貫き通し、幼い兄弟があらゆるイジメにも屈することなく、助け合う姿は感動的である。

実は上巻第一章で、李光頭が生まれる日に父が公衆便所で女性の尻を覗き見して肥溜めで溺死し、一四年後に李も街一番の美女林紅の尻を覗き見して逮捕されるものの、目撃談を売り物にのし上がっていくようすが、予告的に描かれている。そして下巻は中国が文革から改革開放経済体制へと転じる中、李が小都市での廃品回収から始めて、日本での古着スーツ買い出し事業で大成功、さらに「全国処女膜オリンピックコンテスト」を開催するなど、金銭欲と性欲を全開させていく。

一方、正直で温厚な宋鋼は弟を裏切って林紅と結ばれるが、やがて勤務先の国有企業をリストラされ、豊胸クリームを売る詐欺師の仲間となり、路上宣伝用に豊胸手術を受けて没落していく。本書は上巻では悲劇のホームドラマにより、下巻ではグロテスクな経済喜劇により、現代中国四〇余年の暗黒部を暴いている。作者の余華は「新富人」とリストラ失業者という両極の階層を、秘かに深い同情と共感を抱きながら、ペーソスたっぷりに描きだしたのだ。

下巻一八章で自称作家の劉が「李光頭は魯迅先生の描いたある人物になった」と指摘するが、劉が思い出せないその名前とは「阿Q」である。清朝から中華民国への転換期に、魯迅が「阿Q正伝」により中国人の国民性を批判したように、余華もまた大変革期の人民共和国において、国民性批判の文学を成就したといえよう。ちなみに余華が同じく毛沢東時代の農村を描いた『活きる』(一九九二)は、一九九四年に張芸謀監督により映画化されカンヌ国際映画祭で審査員特別賞、主演男優賞を受賞したものの、中国国内では公開が禁止された。

ポルノ政治小説とエイズ村の物語

閻連科(イエン・リエンコー、えんれんか、一九五八〜)の場合は、文革期の解放軍師団長の若妻と当番兵とが不倫の果てに官邸内の毛沢東像を破壊し尽くすポルノ政治小説『人民に奉仕する』も、河南省の売血エイズ村を描いた『丁庄の夢』も共に二〇〇五年に発禁処分を受けている。

莫言、余華らが、小市民、小人物を主人公として人民共和国の半世紀を語るのに対し、大都市の青春の現在を描くオルターナティヴ派作家たちによる作品も興味深い。後述の『さよならビビアン』(原題:『告別薇安』、二〇〇二)でデビューした安妮宝貝(アンニー・パオペイ、アニー・ベイビー、一九七四〜)は、大都会から一人でやって来た重病の女性と心を病む男性とがチベットで出会い、共にヤルツァンポ河を旅しながら、愛と信仰、生命の本質を見つめなおす、という長編小説『蓮花』(二〇〇六)を発表して好評を博した。

田原(ティエン・ユアン、でんげん、一九八五〜)はロックグループのヴォーカルとしてデビューした時、まだ武漢市の高校生一六歳、しかも自作の歌詞はすべて英語であった。二〇〇二年には最初の小説『ゼブラの森』(原題:『斑馬森林』)を刊行、その二年後にはレズビアンの美少女役で映画界にも登場し、二〇歳を前にして歌手と作家、女優の三役を兼ねる中国文化界のヒロインとなった。『水の彼方 Double Mono』(原題:『双生水莽』、二〇〇七)は外国語系の名門、北京語言大学での自らの学生生活を題材にした小説で、暮らしは自由で物は豊かであっても、重い悩みを抱えこんで破滅していく学生カップルを、切ない筆致で描いている。

その田原が映画『ご機嫌』(原題：『高興』、阿甘監督、二〇〇九)で、大都会の西安で弟の大学進学のため性風俗業のマッサージ嬢となった農村出身の娘役を演じている。「高興」とは、農村で食い詰め西安に出稼ぎに来て廃品回収業者となった中年男のあだ名であり、二人の叶わぬ恋が映画のテーマである。喜劇ながら中国映画にしては珍しく「民工」(都市に出稼ぎに来た農民労働者)の苦難を描きだしているのだが、これは賈平凹(チア・ピンアオ、かへいおう、一九五二〜)の同名の小説を原作としている。

民工・失業者を描く「底層叙述」

中国では高度経済成長にともない、貧富の格差が極大化しており、「民工」たちが棄てた村、彼らが目ざす大都市の旧国有企業の失業労働者など、現代中国の底辺層を描く文学が二一世紀に入ってから続々と登場しており、二〇〇四年には「底層叙述」と称されるに至った。その代表的作家が曹征路(ツァオ・チォンルー、そうせいろ、一九四九〜)で、短編集『ナール』(原題：那児、二〇〇五)でリストラされた中高年労働者や荒廃する農村を描いて注目を集めた。その彼が二〇〇九年には、一九八〇年の経済特別区設置以来急成長した新興都市深圳を舞台に長編小説『闇の中で』(原題：『問蒼茫』)を刊行している。

深圳は「誰もが太陽となる街」という宣伝文句で内地から出稼ぎ農民を呼び寄せるものの、実は外資系の宝島社では六カ月の試用期間だけ低賃金で働かせたのち解雇して利潤を得ており、しかも求人に出向く会社幹部たちは、出稼ぎ志望の女子高生たちに「初夜権」を要求する始末。その一方で不動産業で潤う深圳地元の村では、村長は取締役会長となって大学教授をブレーンとして抱え、倒産した国有企業の労働組合書記長が外資系企業の労務担当として迎えられる。

主人公の一人で女性労働者の柳葉葉は、難航する労災補償交渉に絶望した親友の自殺に遭遇したり、良心的な会社幹部に慕情を抱き、彼の激励により夜間大学に通い、作詩を始めて「労働者文学」家としてデビュー、三度の工場ストライキを通じて成長していく。また宝島社の若い女性社長は、人民共和国建国時に上海から逃れたいわゆる台湾「外省人」の娘で、美貌を武器に強欲な経営を続けている。中国では二〇〇七年六月に労働者の権利保護を目的とした「労働契約法」が交付されている。『闇の中で』では資本家たちが日本に倣い人材派遣会社を作って同法をくぐり抜けようとする一方、柳葉葉らはこの新法を頼りに「公民代理」となって人権擁護に立ち上がるのである。本作はあらゆる価値観が激変する現代中国を描いた全体小説といえよう。

劉暁波とノーベル平和賞

余傑（ユイ・チエ、よけつ、一九七三〜）は天安門事件の勃発を四川省成都で迎えた。この「血の日曜日」には成都でも民主化を要求する市民の血が流れたという。『天安門の記憶』（原題：『香草山』、二〇〇二）は、余傑自身をモデルとする北京大院生評論家と、揚州にある香港系投資会社の有能なキャリア・ウーマンにして文学愛好家である読者とが、文通を通じて愛し合い結婚するまでを描く恋愛小説である。魯迅、郁達夫、蕭紅から王小波、芒克までの現代中国の作家たち、そしてシェリー、ラッセルからソルジェニーツィン、開高健まで東西の外国文学が議論され、愛と理想とが語られる青春小説でもある。また若きエリートの二人は、自らの家族史をひもとき、文化大革命などの残酷な言論弾圧を振り返り、現在の都市失業者や農民の悲惨な暮らしぶりに同情もしている。一部の中国作家が高度経済成長に酔いしれ、人権問題や弱者敗者の救済問題を忘れてしまっている昨今、主人公たちの正義感溢れる社会批判は新鮮である。

その後も民主化運動家として活躍している余傑に対し、共産党政権は二〇〇四年一二月には一晩拘留してパソコンを押収するという暴挙に出た。余傑は彼が尊敬する魯迅さえも受けることがなかった過酷な弾圧に耐えているのである。二〇〇一年に鄭義ら海外の亡命作家と、二〇一〇年ノーベル平和賞受賞者の劉暁波（リウ・シアオポー、りゅうぎょうは、一九五五〜）ら中国国内のリベラル派の作家とが協力して独立中文作家筆会《ペンクラブ》を立ち上げ、国際ペンクラブにも加盟したが、余傑も同会の副会長を務めている。また彼は熱心なキリスト教徒で、非合法の家庭教会の代表として二〇〇六年五月一一日にアメリカのホワイトハウスでブッシュ大統領と面会してもいる。

7 村上春樹チルドレン

東アジア・ポストモダンの原点

村上春樹は日本の現在を東アジアの時間と空間に位置づけた作家であり、東アジア共通の現代文化、ポストモダン文化の原点となった作家である。

実際に村上文学の主人公は東アジアの歴史の記憶を辿る大小の冒険を繰り返してきた。デビュー作『風の歌を聴け』(一九七九)の「僕」は、「ジェイズ・バー」のマスターに「上海の郊外」で「終戦の二日後に自分の埋めた地雷を踏ん」で死んだ叔父のことを語っている。その彼を「そう……。いろんな人間が死んだものね。でもみんな兄弟さ。」とやさしく受け止めてくれる中年の男のジェイは中国人である。実は彼は朝鮮戦争とベトナム戦争という中米両国激突の時代に在日米軍基地で働いていたのだが、そんな暗い過去を明らかにするのは、「僕」とその親友の「鼠」が満州国の亡霊と対決する『羊をめぐる冒険』(一九八二)であった。ちなみにこの冒険物語の前作『一九七三年のピンボール』(一九八〇)で、「鼠」はジェイの住む港街を後ろ髪を引かれる思いであとにしている——「ジェイ……。/何故彼の存在がこんなに自分の心を乱すのか鼠にはわからない」と。

このように村上春樹のいわゆる青春三部作(一九七九~一九八二)とは「僕」とその分身「鼠」、そして二人よりも二〇歳年長である中国人ジェイの三人が語りあう歴史の記憶なのである。これに続く『ねじまき鳥クロニクル』(一九九二年初出、九七年文庫版で完結)はノモンハン事件と満州国の記憶を辿る物語であり、「中国行きのスロウ・ボート」「トニー滝谷」などの短編小説群は中国への贖罪の意識、歴史忘却への省察であり、『海辺のカフカ』(二〇〇二)や『アフターダーク』(二〇〇四)はたとえば香港では「内心に潜在する暴力の種を反省するよう日本人に呼びかける」作品として読まれている。

中国語圏での村上受容

中国語圏で村上春樹が最初に翻訳されたのは一九八五年のこと、台湾の雑誌『新書月刊』八月号で頼明珠（ライ・ミンチュー、らいめいじゅ、一九四七〜）が村上小特集を組んで短編小説を紹介したもので、これは村上文学の世界最初の翻訳でもある。翌年には中国の雑誌がこの小特集をそのまま借用して掲載したため、村上は中国でも注目を集めた。

続いて『ノルウェイの森』が日本でベストセラーになると、台湾・中国・香港でも合計六種類もの翻訳が刊行され、多くの村上文学翻訳家が出現した。香港の博益出版は当初から繁体字中国語版の版権を取得、葉蕙（イエ・ホイ、ようけい、一九五三〜）訳で同作と『羊をめぐる冒険』『ダンス・ダンス・ダンス』の三作を刊行したものの、中国・台湾では海賊出版が慣習化していたため、同じ村上作品に幾つもの翻訳が刊行されるという事態が生じたのである。

このように中国語圏における村上受容の歴史は、四半世紀も前から始まっており、その間に二度の大きな転換期を迎えている。一度目の転換期は著作権法の整備が進んだ九〇年代で、台湾では一九九四年に時報出版が村上春樹から繁体字版中国語訳の版権を取得、以来現在に至るまで三〇点以上を刊行し、主に頼明珠が翻訳を担当してきた。これにともない香港・博益出版は版権を失った。

中国では九八年ごろに桂林市の漓江出版社が簡体字版版権を取得して新装版『ノルウェイの森』を刊行して、中国における第二次村上ブームのきっかけとなり、二〇〇〇年に同社の版権契約が切れたのちには、上海の上海訳文出版社が新たに版権を取得、翌年から続々と村上作品を刊行し、〇六年『東京奇譚集』、〇七年『雨天炎天』に至るまで三〇点以上の作品を出版してきた。漓江・上海訳文両者とも中国海洋大学外国語学院教授の林少華（リン・シャオホワ、りんしょうか、一九五二〜）に翻訳を依頼していた。こうして中国語圏では九〇年代末までに、二種の中国語字体に基づく二種の版権により、村上文学出版における二社寡占化が進み、頼明珠と林少華という二大翻訳家による〝競訳〟体制が確立したのである。ちなみに中国では字体を簡略化した漢字である簡体字が、香港・台湾では繁体字と称される正字が常用され、外国語著作の中国語版権は、繁体字・簡体字両版に別個に与えられるのが一般的である。

村上現象四大法則

このような中国・香港・台湾における村上受容現象からは、四つの法則が見いだされる。「村上春樹現象」は第一に台湾→香港→上海→北京と時計回りに展開し、第二に台湾であれば八九年、上海であれば九八年と各地で高率の経済成長がほぼ半減する時期に発生している。また中国語圏では（韓国も同様だが）八〇年代末に民主化運動が勃発しており、無血の改革により民主化を実現した台湾と、あの悲惨な一九八九年六月四日天安門事件で民主化の展望を失った中国と明暗を分けた。それでもこの民主化運動が各地の村上受容に、濃淡の差はあれ強い影響を与えている。これらはそれぞれ「時計回り」「経済成長踊り場」「ポスト民主化運動」の法則と呼べるだろう。

そして第四の法則が「『森』高『羊』低」である。日本では『ノルウェイの森』（一九八七）をきっかけとして村上ブームが起きたが、英訳はむしろ『羊』が先行して一九八九年にアルフレッド・バーンバウム訳が出ており、『森』は二〇〇〇年の刊行である。『羊』高『森』低の傾向はフランス、ドイツ、ロシアでも同様で、それぞれ『羊』の一九九〇、九一、九八の各年刊行に対し、『森』のほうは一九九四、二〇〇一、二〇〇三の各年と四年から一〇年遅れで刊行されているのだ。『ねじまき……』『海辺の……』も欧米では高い評価を受けており、世界文学において村上とは東アジア史をめぐる日本人の記憶を欧米人に語る作家とも位置づけられよう。

これに対し台湾・香港や韓国での村上ブームは、一九八九年に「一〇〇％純情率直」（台湾版のコピー）と称される『森』翻訳版の大ヒットから始まった。その一方で『羊』の翻訳は遅れて、台湾では頼明珠訳が一九九五年に、中国では林少華訳が一九九七年（韓国語訳も同年）刊行と『森』よりも数年あと回しにされたうえ解説も省略されるなど、冷遇されている。

　中国語圏の村上受容には四大法則が共通する一方で、明らかな相違点も見いだせる。台湾ではお洒落なカフェ「ノルウェイの森」や「海辺のカフカ」が若者の人気を集め、高級マンション「リッチ村上」が中年層の購買意欲をそそるなど、村上ブームは文学の枠を超えて社会現象となっている。香港ではウォン・カーウァイ（王家衛、一九五八～、上海生まれ）が『森』を読んで名作『恋する惑星』を撮りアート系監督へと脱皮するなど、映画界への影響が顕著である。

中国の村上チルドレン

　そして中国では村上チルドレン作家が活躍している。衛慧『上海ベイビー』のココ、天天、マークという三角関係は、『森』のワタナベと直子・緑の関係をほぼ踏襲しつつ男女の性を転倒させて成り立っているといえよう。安妮宝貝『さよならビビアン』の短編群は、その文体といい、上海の「小資《プチブル》」として豊かだが孤独で物憂い暮らしを送る登場人物たちといい、登場人物名を漢字ではなくローマ字で表記するなど、村上春樹の影響が色濃い。

　もっとも衛慧と安妮に村上文学の影響を問うたところ、二人とも否定的で、たとえば安妮は二〇〇一年の上海転居後に短編小説集『象の消滅』を読んでおもしろいと思ったが、『森』などほかの村上文学は読んでいない、と私のインタビュー（二〇〇六年一二月）に答えている。ただし彼女は一一年春に自ら主編となって『大方』（玄人という意味）という華麗な文芸誌を創刊した際には、前年夏の村上ロング・インタビュー（『考える人』二〇一〇年夏）の中国語訳を全文掲載しただけでなく、村上春樹を写した『考える人』の表紙をそのまま『大方』の表紙に採用しており、次第に村上文学への関心を深めているようすである。

　前述の「ポスト民主化運動の法則」のとおり、中国でも天安門事件直後に刊行された林少華訳の『森』により、第一次村上ブームが生じているが、版元の桂林・漓江出版社はカバーに女性が着物を腰まで脱ぎかけたセミヌードを採用し、「第六章　月夜裸女（月夜のヌード女性）」など怪しげな章題を付すなど、『森』をほとんどポルノ小説として売り出すのである。

中国で本格的な村上ブームが生じるのは、天安門事件から一〇年近くが経過した一九九八年、ポスト鄧時代を迎えた上海における『森』のブレイクによる。住宅や大学の市場経済化により上海の青年層が『森』の登場人物たちの都会生活に共感を覚えると共に、高度経済成長が踊り場にさしかかると同時に、急速な経済成長で失ったものを振り返り始めたことが、この第二次ブームの原因であろう。

衛慧と安妮宝貝という「七〇後」世代、すなわち鄧小平時代育ちの女性作家が村上の影響を認めていないのに対し、「八〇後（ポストエイティーズ）」と呼ばれる一九八〇年代生まれ、高校・大学時代にポスト鄧時代と第二次村上ブームとの到来を体験した作家たちが、村上の影響を積極的に語る点は興味深い。前述の田原は高校時代から『森』や『ねじまき鳥クロニクル』『海辺のカフカ』そして『1Q84』までを読んでおり、村上を通じて日本文化に関心を抱き新しいジャズや料理を知ったのです、と私のインタビューに答えている。

男性作家韓寒と郭敬明

「八〇後」には二人の個性的な男性ベストセラー作家がいる。韓寒（ハン・ハン、かんかん、一九八二〜）は上海生まれで、一九九九年新概念作文コンクール高一部門で優秀賞、翌年中国版『ライ麦畑でつかまえて』ともいうべき中学生活を描いたユーモア小説『上海ビート』（原題：『三重門』）がベストセラーとなるが留年したため高校を中退し、歌手、カーレーサーとして活躍しながら時代小説なども発表、二〇一〇年には文芸誌『独唱団』を主編し創刊したが、鋭い社会批判のため当局の圧力を受けたのであろうか続刊を断念させられた。同年には天安門事件の影が色濃いペーソスに溢れた小説『1988』を刊行している。

郭敬明（クオ・チンミン、かくけいめい、一九八三〜）は四川省自貢市の生まれ、二〇〇三年に青春期の愛と悲しみ、孤独と怒りを簡潔な文体で綴ったファンタジー小説『幻城』でデビュー、若者、特に一〇代の女性から絶大な人気を得た。『悲しみは逆流して河になる』（二〇〇六）、『小時代1・0折紙時代』（二〇〇八）などのミリオンセラー小説により〇七、〇八年二年連続で中国作家長者番付のトップとなり、二〇〇九年には『小時代2・0虚銅時代』が『人民文学』（第六〇〇期）に掲載された。これらの「八〇後」男性作家と村上春樹との影響関係も興味深いテーマである。

二〇〇九年には楊炳菁（北京外国語大学副教授）と張明敏（台北・清雲科技大学助理教授）とが相次いで博士論文を書き上げ、両論文はそれぞれ『ポストモダン・コンテクストの村上春樹』（北京・中央編訳出版社）と『村上春樹文学の台湾における翻訳と翻訳文化』（台北・聯合出版）として刊行されてもいる。また尚一鷗（中国・東北師範大学専任講師）も同年に論文『村上春樹小説芸術研究』で同大学で博士号を授与されており、中国語圏で最初の村上文学博士が同時期に三人も誕生したのである。今後の世界の村上研究は、このような若い世代の人たちがリードしていくのであろう。

コラム6
婁燁監督が描く天安門事件
——『天安門、恋人たち』

一九八九年、中国の出版社が村上春樹をポルノ小説として売り出したことがある。中国語版『ノルウェイの森』は表紙を着物姿のセミヌード女性で飾り、本文に「第六章　月夜裸女（月夜のヌード女性）」「第七章　同性恋之禍（レスビアンの不幸）」といった原作にはない怪しげな章題名を付すものだったのだ。しかし刊行直前に北京で勃発したある政治事件が、このようなポルノ・イメージを吹き飛ばし、中国の若者に『森』を喪失と転向の文学として受容させた。その事件とはリベラル派の胡耀邦元総書記の急逝をきっかけに始まった学生・市民による民主化運動に対し、中国共産党が人民解放軍戦車部隊を投入して数百人とも一万人とも言われる人々を虐殺した天安門事件（中国語では「六四」）である。

　鄧小平は事件後に胡耀邦と並ぶリベラル派の趙紫陽（チャオ・ツーヤン、ちょうしよう、一九一九〜二〇〇五）総書記を自宅軟禁、その後任に江沢民を据える一方で、一九九二年からは市場経済化を提唱して改革・開放に拍車をかけ、現在に至る高度経済成長路線を確定した。持続する経済成長に共産党は独裁の〝合法性〟を求めたといえよう。そして天安門事件はタブーとなった。

　そのため事件を学生や市民の視点から描いた小説も映画も皆無であったが、二〇〇六年に婁燁（ロウ・イエ、一九六五〜）監督がこのタブーを破って映画『天安門、恋人たち』を製作したのである。この映画は、事件二年前にヒロインの余虹《ユイホン》が中国と北朝鮮との国境の街図們の雑貨店で北清大学の入学許可の郵便を受け取る場面から始まる。父の店を手伝う彼女は図們出発前夜、ボーイフレンドで郵便配達夫の暁軍《シアオチュン》と初めてのセックスを体験する。なお北清大学とは北京の西北郊外にある名門校北京大学と清華大学とをモデルとしているのだろう。

　辺境の小さな街から上京した余虹は、北京での新生活に対する感激と違和感を日記に綴る。中国の大学は全寮制で、四人部屋のルームメートはマザコンの冬冬《トントン》はじめ、入学早々に彼氏を作り自分のベッドで戯れる朱瑋《チューウェイ》、これに立腹するまじめ学生かと思いきや、図書館蔵書の窃盗常習犯の宋萍《ソンピン》と多士済々である。もっとも当時の実際の学生寮は六人部屋が標準で、修士大学院で四人部屋、博士大学院で二人部屋だった。

　余虹は超然として屋外で一人タバコを吸い続け、そんな彼女に芸術家の李緹が好意を示し、恋人がベルリン留学から一時帰国した際に彼の親友でハンサムな秀才周偉《チョウウェイ》を紹介する。四人で会食しバーやディスコに行くうちに、余と周は恋をして、週末地元学生が帰宅した李緹の部屋で結ばれ、大学付近の名園頤和園《いわえん》の広大な湖にボートを浮かべるのだった。たしかに八〇年代後半の北京では、外国人駐在員や留学生を顧客とするバーが現れ、そこに中国の若い詩人や芸術家たちも出入りして芸術論を戦わし、詩を朗読したものである。

　だが余虹の激しい気性に周偉は息苦しさを覚え、ほかの女学生と付き合うこともあり、余虹もほかの男の誘いに応じるため、二人の関係は幾度か危機を迎える。やがて八九年の春が巡り来て、恋の苦しみに政治の季節が覆い被さり、若者は悩み叫び歌いながら、学生寮から天安門広場へと出陣していく。そのような狂乱の中で周偉と李緹がセックスをしたところ、今回は密告されたのか大学警備員に捉えられてしまう。恋人と親友とに裏切られた余虹が精神的混乱の頂点に達した時、突如天安門事件が勃発、図們から駆けつけた暁軍が彼女を救い出して故郷に連れ帰り、映画の前半部が終わる。

学生にとって（その数は現在の一〇分の一以下で超エリートであった）民主化運動とは青春を謳歌し苦悩する祝祭の場でもあったことを、婁燁監督は巧みに描き出している。そしてそんな若者の祝祭が突然銃声により吹き飛ばされてしまう恐怖をも。

後半では大学を中退して長江中流部の大都市武漢で公務員となった余虹と、李緹をベルリンの恋人の元に送り届けてそのまま居残った周偉との、事件後十余年にわたる後日談が展開する。武漢の余虹は既婚のホワイトカラーと不倫をして妊娠中絶し、さらに若いブルーカラーと愛し合い求婚されるが、どうしても周偉のことを忘れられず、一人長江上流の大都市重慶へと移っていく。一方、周偉もベルリンでフリーターとして暮らし、中産階級の妻となった李緹と不倫をするが、余虹を思い続けて重慶へと帰って行くが……。

『天安門，恋人たち』（2006年）

余虹と周偉は重い喪失感を抱いて、中国内外を漂泊し続けたのであろう。事件最大の当時者である鄧小平は一九九七年に死去して江沢民時代が始まり、二〇〇三年に胡錦濤が国家主席に就任したからには、それ以後は胡時代と呼ぶべきかもしれない。だが高度経済成長に背を向けるようにして、喪われた愛を追憶し、失うがために新たな恋を求める余周両人にとって、鄧小平時代のあとにはポスト鄧時代が続くばかりなのである。

余虹が日記に書き留めた言葉に「欲望は軽んぜられ、行動は阻まれる」という一句がある。恋する自分に誠実であろうとして余虹と周偉は天安門事件後の中国、特にバブル経済の病状を示すポスト鄧時代からドロップアウトしていったのだろう。交通事故後の病院で名前を聞かれた余虹が、「余計の余」と答える時、私たちは周偉の名も「周囲」と同音であることに気づかされる。高度経済成長の周縁には余計者の恋人たちが生きているのだ。

村上春樹の『森』は一九八七年にジェット機でドイツのハンブルク空港に着陸した「僕」が、一八年前の大学紛争時代に経験した三角関係を回想する物語である。婁燁監督は事件後の十余年間に余虹が体験する多くの三角関係を描いており、ヒロイン余虹とは『森』の直子と緑とを一身に兼ねたような女性といえそうだ。映画『天安門、恋人たち』とは、まさに中国ポスト鄧小平時代の『ノルウェイの森』なのである。

第7章 香港文学史概説

1 アヘン戦争から第二次世界大戦まで——「周縁文化」の時代

イギリスの割譲

アヘン戦争後に結ばれた南京条約の結果、清朝がイギリスに香港島を割譲したのは一八四二年のこと。その後も一八六〇年香港島の対岸九龍半島先端部の九龍地区割譲、さらに一八九八年深圳河以南の新界租借を経て香港の領域は一〇〇〇平方キロを越すまでに拡張された。ちなみに割譲された香港島および九龍地区の面積はそれぞれ七六平方キロと九・六平方キロで、香港島の大きさは東京都のJR山手線の内側程度の面積に過ぎない。香港島の人口は当初わずか五〇〇〇であったが、約六〇年後、二〇世紀初頭には人口は約二八万に増加しており、ロンドン留学の途中寄港した夏目漱石は、香港島北岸の目抜き通り皇后大道《クイーンズ・ロード》に「傑閣」が建ち並び、ヴィクトリア・ピークには「満山ニ宝石ヲ鏤メタルガ如」き夜景が展開するのを目撃している(『漱石日記』、一九〇〇年九月一九日)。

南京条約では香港島割譲とともに、沿岸五都市の開港が決められており、その中でも長江下流域に位置する上海が最も繁栄を謳歌して東洋一の国際都市へと成長し、人口は一九三〇年には三二四万（そのうち欧米人約三万、日本人約二万）へと膨張していた。一方、華南の珠江流域を商圏とするローカル都市香港の人口は一九三一年でも八五万、上海の三分の一以下であり、駐留イギリス軍には上海租界防衛の任務が与えられるなど、香港は上海の弟分格であったのだ。それでも九広鉄路（広州〜九龍間一七九キロ、中国では広九鉄路という）が一九一一年に開通しており、一九三六年六月の粤漢鉄道開通により、香港〜広州〜武漢〜北京が鉄道で結ばれるに至った。

広東からの出稼ぎの街

戦前の香港は中国人にとって永住の地ではなく、主に広東からの出稼ぎ者の街であった。香港在住中国人の男女比は一八七二年（人口約一〇万）で七対二、一九三一年でも四対三であったという（Norman Miners, 1987）。このような香港の文化状況について、長らくハーバード大学などアメリカで現代中国文学を講じていた李歐梵は「香港文化の「周縁性」・序説」という論文で、次のように指摘している。

香港は上海と密接な姉妹都市の関係を形成していたが、上海が主人の地位にいたのだ。同じく租界港でありながら――あるいは香港がイギリスに割譲され、本当の植民地となっていたからであろうか――香港は文化及ばぬ地、周縁の周縁となった……一〇〇年来香港は上海に「隷属」してきたのであり、しかも植民地主義支配の下では、文化的アイデンティティを作り出せなかったのであった。（李歐梵 一九九七）

李はさらにエリート主義を継承していた大陸の近代知識人は、先端意識と中心意識に凝り固まっており、「香港のような周縁地区に興味を寄せることなどいっそうあり得なかった」とも述べている。李によれば日本占領下の上海で「戦場の恋」など香港の物語を書いた張愛玲も異国情趣の文学であり、その世界からは「香港が一つの「他者」として現れて、上海人の「自我」の逆さの影となり、しかも上海という相当に欧化した大都市によりさらに伝奇的色彩を加えられていることを見ることができる。現在の「ポスト植民地主義」の言説を用いるなら、植民地文化のイメージ」であると論じた。

実は香港の知識階級もかつてはこの従属的地位に甘んじ、もっぱら大陸の新文学を紹介し、模倣する傾向が強かった。中国の香港文学研究者趙稀方は二〇世紀初頭に清末革命派が香港で「新小説」系統の文芸誌を創刊したものの「これらの香港で創作された文学のテーマは、香港を表現することではなく、革命派の関心は完全に大陸にあり、文化宣伝の目的は満州族の清王朝打倒にあった」と指摘している（趙稀方 二〇〇三）。

日中戦争期の香港

さて香港新文学の萌芽を、香港の文学研究者鄭樹森、黄継持、盧瑋鑾の三教授は一九二七年に求めている。この年の二月に魯迅が来港して文化界保守派を批判し、新聞でも口語文が浸透し始め、そして最初の新文学文芸誌と称される『伴侶』が翌年に創刊されているからである（鄭、黄、盧 一九九八）。この時期には一九歳で香港に帰ってきたアメリカ華僑の魯衡（ロウハン、ろこう、生没年不詳、本章では香港人の中国語音は原則として広東語を表記する、以下同）、九龍生まれの侶倫（ロイロン、りょりん、一九一一～八八）らが香港を舞台に佳作を書いており、特に侶倫は八〇年代まで作家として活躍した（袁良駿 一九九九）。

一九三七年日中戦争が始まると、中国は沿海部から内陸部にかけての主要都市を日本軍に占領されたため、上海に代わって香港が中国最大の流通窓口となり、中国貿易高の五〇％を占めるに至る。戦争景気に沸く香港には、本土からの難民一〇〇万が押し寄せ、人口は一挙に倍増して二〇〇万を越えている。上海の商工業や富裕層も大量に香港への移動を開始した。かくして四〇年代を迎えたとき、香港は兄貴分の上海と肩を並べるほどの大きな弟へと成長していたのである。

このような日中戦争前半期（一九三七～四一）には、香港は占領区から移動する大陸文化人の寄寓先、さらには抗日の拠点として重要な文化都市に変身してもいる。許地山、茅盾、蕭紅など著名作家らが続々と香港をめざして南下し、抗日戦争文学に健筆を振るったのだ。もっとも趙稀方は「この時の香港とは中国の大後方にすぎず、そのすべての文化活動は国内の戦争をめぐって進行していた。ここで生み出された文芸名作は、中国現代文学と言うべきであり、香港ご当地文学とは言えない」と指摘し、香港の浮浪児が大陸に渡って八路軍に参加する物語『蝦球伝』（香港紙連載 一九四七、単行本 五七）のような香港生まれの黄谷柳（ウォン・コッラオ、北京語ホワン・クーリウ、こうこくりゅう、一九〇八〜七七）による小説さえも、後には中国抗戦期国民党統治区の文学に分類された、と述べている。

しかし四一年一二月八日、太平洋戦争が勃発、日本軍は開戦と同時に香港に猛攻を加え、二週間余りでイギリス軍を降伏させて香港を占領したため、これらの大陸文化人は大挙して大陸の国民党支配区へと逃れていった。香港に留まった戴望舒（北京語音はタイ・ワンシュー、たいぼうじょ、一九〇五〜五〇）と葉霊鳳（北京語音はイエ・リンフォン、ようれいほう、一九〇四〜七五）の二人は、日本軍の抗日言論弾圧により逮捕され獄中に繋れたこともあったが、戦時中の閉塞状況下で香港の歴史・民俗研究も行った。これがのちに述べる香港アイデンティティの萌芽となる。

戦時中の一九四三年一月、日本は南京の汪兆銘・国民政府に対し租界の還付、治外法権の廃棄を宣告する。そしてアメリカ・イギリスもその直後に重慶の蔣介石・国民党政権にほぼ同様の宣告を行ったので、少なくとも条約上ではアヘン戦争以来三五カ所にも上った租界は消滅したのだが、イギリスは唯一の例外として香港に執着した。一九四五年八月に日本が降服すると、イギリスは主権を主張する国民党政権に先んじて香港を再占拠し、植民地支配を復活させたのである。

上海の繁栄を継承する

その後香港は驚異的な復活を遂げ、日本占領下で六〇万に減少した人口は、四七年には一八〇万となっている。さらに国共内戦を経て四九年に共産党が大陸を統一し支配権を確立すると、大量の難民が押し寄せ、二年余りで人口は五〇万以上も増加した。この難民の中には、上海から移住してきた資本家、技術者、熟練工、そして文化人および黒社会《やくざ》の組織員が多数含まれたといわれる。こうして五〇年代には香港はこれまでの中継貿易港という顔に加え、工業都市・金融都市という相貌を備えるに至り、かつての上海の繁栄を継承したのであった。

一方、戦後の香港文壇では、国共内戦を背景として国共両派の対立抗争という新しい局面が展開する。国共内戦から人民共和国建国にかけて共産党支配から逃れて香港に亡命・移民してきた知識人を、香港では「南下文化人」と呼ぶ。その多くは共産党によって滅亡の危機に追いやられていた伝統的中華文化を「文化砂漠」の地、香港で継承し復興しようと願い、古典を重視した保守的・ノスタルジックな学風を築いた。香港政庁も大陸からの影響を最小限に抑えようとして教育・文化行政においては「積極的不関与」政策を執行し、「南下文化人」の学風を採用したという。これに対し共産党政権にとって香港は大陸の対外宣伝工作の窓口でもあり、アメリカの「竹のカーテン」と称される封じ込め政策の時代には、文化工作者が西側社会に出るための経由地であった。『大公報』など大陸系の新聞社も残されていた。

このような伝統文化擁護派と革命派とが対立する中で、香港に留まった葉霊鳳は自らのジャーナリスティックな姿勢を崩すことなく左右両派とも交流を続け、香港文化界で独自の立場を作り上げていった。また上海・聖ジョーンズ大学卒業生の劉以鬯（北京語音はリウ・イーチャン、りゅういちょう、一九一八〜）は、三〇年代上海新感覚派を継承しつつ意識の流れの手法で売文業で暮らす「南下文化人」の苦悩と孤独を描いた小説『酒徒』（一九六三）で、高い評価を受けている。

図7-1　劉以鬯

2　文革から香港返還まで――香港アイデンティティの萌芽と詩人也斯

一九六六年に中国本土で文化大革命（～七六）が始まると、これに連動して香港でも左派系の扇動によるゼネラル・ストライキの嵐が荒れ狂ったが、これに対し香港政庁は六七年以後、とりわけマクルホース総督時代（一九七一～八二）に高層住宅の大量建設や地下鉄建設などの社会改革に力を入れた。こうして香港の経済的躍進は続き、八四年には国民一人当たりのGNPは六三〇〇米ドルに達して中国本土に二〇倍もの差をつけ、準先進国の経済力をつけた。こうして香港では一〇〇年以上も続いた「上海への隷属」意識から解き放たれ、自立への基礎固めが成されたのである。ちなみに同年の日本が八一九五ドル、イギリスが八五三〇ドル、中国が三一〇ドルである。

中国への返還という悪夢

その香港を一九八四年に巨大な悪夢が襲う。香港の中国返還である。九龍地区北方に広がる新界は中国からイギリスが九九カ年間租借した土地であり、一九九七年には返還されねばならなかった。香港の九割以上の面積を占める新界は、香港島と九龍にとり水・食糧などの重要な供給地であり、これなくしては自らの存続発展は考えられない。八〇年代に入ると、九七年問題が香港人の視界に大きく浮上して、深刻な政治不安が広がり、経済活動も半パニック状態になった。一九八二年九月に始まった中英交渉は難航したが、八三年末にはイギリスが全面譲歩して一括返還を決め、翌年一二月、北京にて香港問題に関する共同声明の正式調印式が行われ、九七年七月一日を期して中国への香港返還が決定された。共同声明では香港の資本主義体制など現行制度は返還後も五〇年間変えないとし、香港を「高度の自治権」を持つ特別行政区とするいわゆる「一国二制度」が定められた。九〇年四月には返還後香港の小憲法となる「香港特別行政区基本法」が中国全国人民代表大会で採択されたものの、返還後の立法機関である立法会（六〇議席）の直接選挙議席数は九八年の第一回選挙で二〇（任期二年、第二回選挙以後は任期四年）、二〇〇四年の第三回選挙に三〇の議席となることが確定され、最大でも過半数には及ばない。なお二〇〇七年中国の全国人民代表大会常務委員会の決定を経て、香港はようやく二〇一七年に行政長官を、二〇二〇年に立法会議員を直接選挙で選出できることになった。

また基本法には「香港で動乱が起きた場合、全人大が非常事態を宣言」（一八条）、「中央政府の転覆や国家機密を盗む行為を禁止」（二三条）などの条項が入っており、香港市民は「港人治港（香港人による香港の政治）」の原則に不安を募らせた。

香港からの脱出

その結果、もともと共産党政権を忌避して大陸から逃れてきた人が多数を占める香港市民は、「一国二制度」構想を空手形と見て移民に走る。八〇年から一二年間に三八万四〇〇〇人が香港を去ったのだ。あの悲惨な一九八九年天安門事件の翌年には六万二〇〇〇もの人が移住している。

その一方で、七〇年代に入ると香港で育ち香港で高等教育を受け、自らを香港人と考える戦後世代が現れていた。比較文学研究のかたわら創作活動を行っている也斯（ヤーシー、北京語音はイエスー、やし、本名は梁秉鈞、一九四九〜二〇一三）は、その代表者の一人である。彼は一九四九年の生まれで原籍は広東省新会県、幼少より香港で育った。バプティスト学院（現在の香港バプティスト大学）英文系を卒業後、一九七〇年から八年間ジャーナリズムで仕事をして、コラムや詩・小説を書いたのち、七八年から八四年までアメリカに留学、カリフォルニア大学サンディエゴ校で比較文学を学んで博士号を取り、香港大学比較文学系の高級講師を経て現在は嶺南大学教授である。

図7-2　也斯（2003年）

『記憶の都市・虚構の都市』（一九九三）は也斯が一〇年の歳月をかけて執筆した自伝的小説だ。留学生の「私」が、ニューヨークやサンフランシスコ、そしてパリ、台北での出会いを通じて七〇年代世代の「私」は考える——文学・芸術とは重い記憶ではないのか、それは忘却してはならぬと人を呼び覚ますのだ。複雑錯綜とした都市生活者の私たちに、物事がなぜこうであるのかと考える手がかりを与えてくれるのだ。それならば辺境の都市、文化砂漠の香港、飛行機を待つ都市にあって文芸とはいったい何であるのか、と「私」は問い続けているのである。あとがきで也斯はこう述べている。「香港で成長した世代が、異文化との接触を通じていかに自己成長の過程を反芻するか、外で何を学び取り、帰港後いかに急激な現実の変化に対応するのか、私はそんなことを書いてみたかったのだ」。

一九七七年「香港文化」誕生の年

香港紙『華僑日報』は一九四八年以来一九九五年までB5版サイズの『香港年鑑』を刊行しておりその「第二篇　香港全貌」には「概説」から始まって、「一年来の香港政治」「一年来の香港財政」……と政治・経済・商業・教育・マスコミからなんと「香港牧畜」「香港鉱業」に至るまで三〇数項目が並んで百数十頁に及ぶ。それは万華鏡のような香港社会のあらゆる局面を網羅せんとして、まさしく「香港全貌」を私たちに見せているようである。

しかしこの「香港全貌」は久しく「一年来の香港文化」という項目を欠いており、同年鑑に「香港文化」が登場するのは実に創刊以来三〇年後の一九七七年のことであった。ちなみに初回欄「一年来の香港文化」では、「香港芸術センター」「第四回芸術祭」「博物館事業の拡大」などが紹介されている。そして二年後の同欄は早くも小見出しのトップに「今日の香港はもはや文化砂漠にあらず」を掲げて、次のように記しているのだ。

「文化砂漠」と称されていた香港も、最近では多方面において発展し、次第にこの名称は取り外されつつある。香港総督マクルホースは一九七九年一月三日に尖沙咀文化娯楽館のくわ入れ式を主催した際、過去五年間に香港の芸術活動は空前の拡張を遂げたと語った。

こうして見ると、少なくとも『香港年鑑』では七〇年代末から八〇年代初頭にかけて、突如「香港文化」が登場し、「文化オアシス」として自らを誇るに至ったといえよう。この香港文化の出現とは香港政庁が六七年以後、とりわけマクルホース時代の社会改革の一環として演出されていたのである。このように一九七七年に「誕生」した香港文化とは、イギリス香港政庁主導のものであったが、それと同時に香港市民自らによる香港アイデンティティ模索の動きも始まっていた。

3 『香港短編小説選』で辿る戦後香港文学史

『香港短編小説選』全五巻は、戦後五〇年間に香港文学が生みだしてきた秀作短編を、一九五〇年代から九〇年代まで一〇年単位で各一巻にまとめたもので、香港大手出版社の天地図書から返還の年である九七年から翌九八年にかけて刊行された。

一九五〇年代の巻

『五〇年代』の巻は香港文壇の長老とも言うべき劉以鬯の編集だが、収録作品からは香港という個性をうかがうことはできない。短編群には香港の風景が描かれることもなく、地元の地名さえ登場しない。いわば〝無国籍〟の中国語小説であり、そこでは香港は不在なのだ。印象深い作品を強いて挙げれば張愛玲の「五四遺事」であろうか。しかしこの一九二〇年代の新文化運動期に青年男女を熱狂させた恋愛革命の結末を皮肉たっぷりに描く作品は、舞台を杭州市としている。すなわち香港滞在歴のある女性作家の作品ではあっても、香港を描いた作品ではないのである。

五〇年代の香港では左右両派がそれぞれ中国とアメリカとの支援を受けながら文壇を形成しており、その谷間で「南下文化人」は食べるために小説やエッセーを大量生産しなくてはならなかった。しかしながらイデオロギー宣伝にせよ粗製濫造にせよ、秀作に乏しいとは考えられない。たとえば娯楽映画では中国を脱出した張愛玲が香港経由でアメリカに亡命した後、『情場如戦場』（一九五七）、『南北一家親』（一九六二）のような秀作喜劇の脚本を書いているからである。前者は香港ブルジョワの豪邸を舞台としており、ブルジョワ子弟の華やかな恋愛物語を軽快なタッチで描いている。この映画に登場する考古学者でヒロインのお嬢さんを争ってブルジョワ青年と大立ち回りをする何教授の滑稽な名演技は忘れられない。戦後間もなく貧しい暮らしを送っていた香港市民はこの豊かな舞台で展開される愛の戦争を見て、日々の辛さを忘れていたのであろう。

一九六〇年代・七〇年代の巻

『六〇年代』の巻を編集した也斯は序文で五〇年代文学との差異を、もはや左右の政治的対立という「冷戦モデル」では説明できないこと、それは戦後香港生まれの世代が成長して欧米の影響が増加し、矛盾が増大する香港社会に不満を抱いてはいても文革中国にアイデンティティを持てなくなっていたこと、香港政庁の主導により中国人とは異なるアイデンティティが生みだされつつあったことなど、社会的・文化的に複雑な状況を指摘した上で、崑南（クワンナム、こんなん、一九三五〜）「携風的姑娘」、緑騎士（ロッケシー、りょくきし、一九四七〜）「礼物」などの中国への距離感を指摘している。本巻には劉以鬯の六七年左派暴動をゴミ箱や催涙弾、死体といった街頭の物体の視点からスケッチ風に描いた作品「動乱」（一九六八）も収めている。

也斯は本巻の編集方針として「小説の芸術性を主とし、さらにこの選集を通じて、六〇年代と当時の社会文化との関わりを検討し理解できることを望んでいる」と述べてもいるが、相変わらず傑作と評価できるような作品は少ない。

だが香港アイデンティティの形成が進んだ『七〇年代』の巻（編者は馮偉才）ともなると、手堅い作品が散見される。たとえば海辛（ホイサム、かいしん、一九三〇〜）の「緑の黒髪」は美容院の職人が美しい髪の少女と十数年後に尼寺で再会する物語で、少女は親の決めた縁談を嫌って駆け落ちしたのち、相手の男にも失望し出家してしまったのだ。これは自由恋愛の追求あるいは「ノラの家出」という五・四新文学以来の伝統的テーマを継承したものであるが、先に紹介した張愛玲の「五四遺事」と同様、未婚のノラによる家出は必ずしも理想の実現をもたらさないという厳しい現実をしみじみと描いている。そもそも出家により自由恋愛という大きな課題を超越するという解決方法は些かご都合主義的ではあるが、「五四遺事」の自由恋愛追求から妻妾同居の旧式大家族制に戻ってしまうという出口のないやるせなさよりは、まだしも読者に好感を引き起こしたことであろう。旧制度に対する個人の挑戦が成功しないまでも、完全には失敗しないというこの物語は、高度経済成長が始まり香港ドリームが現実のものとなり始めた六〇年代香港の社会意識を反映しているのであろうか。

蓬草（フォンツォウ、ほうそう、一九四六～）の「わたし達のナイアガラ」は十数年前に大学を卒業して夫と共にカナダのトロントに移民した香港女性の根無し草の暮らしぶりをペーソスたっぷりに描いている。八〇年代以後急増する海外移民の先駆けであるが、移民先の北米に安住し「わたし達のナイアガラ」と連呼できるというのも、香港アイデンティティがまだ稀薄であった七〇年代の特徴といえよう。七〇年代には香港を風物誌風に描き出した西西（サイサイ、北京語シーシー、さいさい、一九三八～）の小説『わが街』（原題：『我城』、一九七九）も刊行されている。

佳作に富む一九八〇年代

梅子編の『八〇年代』の巻には佳作が目白押しである。鍾暁陽（チョン・ヒウヨン、北京語チョン・シアオヤン、しょうぎょうよう、一九六二～）の「翠秀」は上海出身で五〇歳近くになる中年資産家の後妻となった三〇前後の上海女性の不倫を描いており、香港版『ボヴァリー夫人』といった趣だ。これは作者が一九歳の時の作品で、やがて香港を代表する流行作家となる彼女の早熟な才能を披露している。

黄碧雲（ウォン・ピッワン、北京語ホワン・ピーユン、こうへきうん、一九六一～）「太平の恋」は大陸から来た女子大学院生と大学専任講師との恋愛結婚の破綻を描き、張君默（ツアン・クアンマッ、ちょうくんもく、一九三九～）「玉玦」は不法移民の若い大陸女とこれを助けた初老の男性との奇談である。その一方で也斯「島和大陸」は香港知識人の中国への屈折した思いを淡々と描き出す。

文革後の七〇年代末から八〇年代初めにかけて、当時の香港人口の一〇%近い四〇万人もの合法非合法の「新移民」が大陸から渡ってきた。また香港人も香港・大陸間を頻繁に往復するようになり、その数は一九八五年の一年間だけで延べ約一一〇〇万人に上った（野村総合研究所香港有限公司編 一九九七）。香港人にとって大陸人がきわめて身近な存在となったのだ。ここで取り上げた作品群は、大陸人を他者としてさまざまな角度から描きだしているといえよう。多くの作品において大陸人は香港人と比べて経済面あるいは社会性において未成熟であるが、自らの欲望・情念・論理に忠実であり、周囲の香港人を超えていくのである。香港の作家たちはこのような周縁＝他者としての大陸人を発見することにより、改めて香港市民を直視し香港人を発見していったのである。このような他者と自己との発見の過程は、言うまでもなくこの時期に顕著となった香港アイデンティティ形成の一翼を担っている。同時代の香港映画と比較すれば、アイデンティティ形成のプロセスはさらに詳細に解明できることであろう。

4 李碧華『臙脂扣』——路面電車と芸者の幽霊

路面電車と地下鉄

香港島北岸の中心街を走る路面電車が開業したのは一九〇四年のことであり、現在では営業距離は延べ一六キロに達する。「五年に一度は風景が変わって」しまう香港（『臙脂扣《ルージュ》』）にあって、この時速一〇キロという緩慢な速度で走る二階建ての路面電車はまさに香港近代史の生き証人といえよう。香港島金鐘と九龍半島観塘とを結ぶ香港最初の地下鉄観塘線がようやく開通したのは七六年後の一九八〇年二月のことであった。ちなみにこの時にも電車は毎日三六万人もの乗客を運んでいた。

李碧華（レイ・ピッワー、北京語リー・ピーホワ、りへきか、生年不詳）の一九八五年の小説『臙脂扣』はこの地下鉄開通から二年後の香港を舞台としており、当初存続が危ぶまれていた路面電車も冒頭で主要な舞台として登場する。語り手で新聞社広告部副主任の袁永定は、ある日の夕暮れふしぎな若い女性客如花の来訪を受け、帰宅の路面電車にも再び如花が現れる。車内で旧劇の名前を列挙する如花の昔語りを聞くうちに、袁は彼女が自分と同じ犬年とはいえ一九五八年ではなく一九一〇年の生まれであり、五〇年前に死んだ幽霊であることを知って恐怖におののき「僕は平凡な小市民で、歴史については何も知らないんだ。昔の統一試験でも僕は歴史でH（最低の評価）を取ったんだ」と口走る。

この一場面から名妓の亡霊が歴史に無知な現代香港人に五〇年前の香港を講釈するという『臙脂扣』の主題の一端が読みとれよう。しかもそこで語られる歴史とは政治史でもなく経済史でもなく、わずか二二歳の若さで心中した芸者の低い視線から見渡される香港の風景であり風俗なのである。

図7-3　李碧華『臙脂扣』（1998年，香港，第19版）

それにしても現代人の袁永定が五〇年前に心中した如花と共有していた記憶とはほとんど唯一路面電車のみであったというのは興味深い。『臙脂扣』とは、電車のよさを記憶する時間さえ失った多忙で不安な袁の日常に女幽霊が突如として現れて語る古きよき香港の悲恋物語、とも言えるだろう。叶わぬ愛のために若旦那十二少と心中し、地獄で五〇年も待ち続けたのち十二少恋しさのあまり来世の命を犠牲にして再び現世に戻ってきた如花――彼女のひたむきな愛に感動した袁永定とその恋人で同じ新聞社で芸能記者を勤める凌楚娟とは、全力を尽くして十二少探しに協力することになる。その結果、「歴史については何も知らない」袁が図書館まで赴き、『香港百年史』をはじめ娼妓史などを調べ、古道具屋で古新聞の山から如花自殺を伝える記事を見つけ出し、十二少がその期に及んで怯むのを恐れた彼女がアヘンを食べさせる前に酒に睡眠薬を混入していたため、かえって十二少は一命をとりとめた事実を明らかにしている。

それればかりか袁は図書館の帰りに如花を伴ってかつて十二少の実家が大きな薬舗を構えていた古い問屋街の文咸西街を訪れてもいる。薬舗の中年男に誰かに用かと問われた袁は、とっさに「私の祖父はアメリカ産朝鮮人参の売買をしていて……陳さんという姓で、名前は振邦とか言いまして……」と取り繕う。陳振邦とは十二少の本名である。かくして袁は「平凡な小市民」のルーツ探しをする郷土史家へと変身しているのだ。香港の教育体制から考えれば、袁が中学・高校で学んだ歴史とはイギリスや中国の歴史であった。その意味で彼は如花と出会って初めて香港の歴史を、しかも植民地支配者や共産党の視点からではなく、商家の若旦那や芸者といった社会の中層下層の視点から見始めたといえよう。

そもそも袁永定自身の名前の最初の二文字「袁永」は逆転すれば永袁＝永遠となり、また「袁」を「縁」に読み換えれば、袁永定とは「永い定めに縁《よ》る」となり、彼は歴史家にふさわしく命名されているのである。

五〇年後の帰還

それにしてもなぜ作者は四〇年後ではなく五〇年後に如花を香港に返したのか。一日中、香港の街をあてどもなくさまよったのち、如花が袁と凌のカップルに「街のようすはすっかり変わってしまって全然分からない、通りはとっても賑やかなの。わたしたちの頃は車なんて全くなくて、みんな歩くか人力車に乗ってたの」と語りかけると、凌が悪い冗談で応じる。「〔一九九七年は〕私たちの寿命よ。……その時には私たちも一緒に旗袍を着て、通りを歩き、人力車に乗ってアヘンを吸い、これが運命と諦めるしかないのよ。理想は実現のしようもなく、恋に夢中になるしかないのよ。すべてが五〇年あと戻り。あんたはその時来るとちょうどよかったのに。上手く適応できるから。」

『臙脂扣』は一九八二年の物語として設定されており、イギリスのサッチャー首相が訪中して鄧小平との九七年問題をめぐるトップ会談に臨んだのはこの年九月のことで、香港には深刻な政治不安が広がって株価は最盛時の三分の一に、香港ドルもそれまでの最低に暴落した。袁と凌の二人が一九九七年以降に悲観的になっているのも無理は無かろう。やがて八三年末に至ると、ついにイギリスは一転して全面譲歩、一括返還を決め、そして『臙脂扣』もこの決定直後に刊行されているのである。

中英共同声明では資本主義制度と生活様式は五〇年間不変とする「一国二制度」の構想が定められていたが、この五〇年不変について社会学者のターナーは「いかなる社会も「五〇年間変わることなく残される」ことなどない」のだから、「社会的変化はどのようにして合法化されるのか。香港の将来に関する合意の核心部には曖昧な新表現が置かれており、それはほとんど何も意味していないと解釈できよう」と指摘している（Matthew Turner, 1995）。そもそも過去の五〇年間香港の「生活様式」にはどのような変化が生じてきたのか。その変化の大きさを男女の愛のあり方を通じて如実に示すのが一九八二年のこの世に帰ってきた如花なのであった。

「通俗」小説と香港アイデンティティ

アイデンティティと文化との関係は密接だが脆弱な香港の状況下において、李碧華は路面電車によって繋がれた五〇年前の過去からヒロインを召喚し、香港の地でかつて展開された命がけの恋を語らせた。愛のために死に愛のために五〇年間待ち続けた如花の変わることのない真情と美貌とは、アヘン中毒者となった十二少の老醜落剝と対照的であり、愛＝理想を追求する者こそ美しく、臆病に生きる者には辛く醜い余生が待つばかりであると読者に語りかけているようだ。

そしてこのような市民的倫理が香港においてすでに半世紀の歴史を持つこと、そのような愛のため、自由と独立のために命を賭ける香港人の伝統にアイデンティティを見いだすことにより、香港市民は大きな変化が予想される「一国二制度」下の五〇年を生き抜こうと『臙脂扣』は語りかけているのではあるまいか。そしてこれに対する広範な香港市民の共感がこの小説をベストセラーへと押し上げ、映画へバレエへとジャンルを超えて改作させていったのであろう。もっとも香港の批評家の中には、芸者の自由恋愛に対し違和感を抱く人もいる。たとえば李焯雄は次のように述べている。

作中ではしばしば如花／十二少と凌楚娟／袁永定との愛情が対比され、いたるところ昔の方がよかった……当時の塘西（妓楼街）にのみ真の愛があったかと読者に思わせている。……この種の埋没した風俗への哀惜は、香港自身の歴史に対する覚醒ではなく、背景の複雑な歴史現象（娼妓）を圧縮して興味本位の遊覧に供しているのだ。（李焯雄 一九九一）

だが中国では一九四〇年代まで女性は基本的に屋敷の外に出ることは許されず、自由恋愛ができたのは大学など高等教育を受けられたごく少数の女性であった。一九三〇年の統計に拠れば恋愛予備軍とも言うべき中等学校の女子学生数でさえ全中国でわずか九万人にすぎない。三〇年代の香港で若い男女の出会いがあり恋が語られる場とは妓楼がその中心であったのだ。

5　一九九七年中国への返還前後

圧巻の一九九〇年代

再び『香港短編小説選』に戻ってみると、『九〇年代』の巻はまさに圧巻である。同巻「序」で編者の黎海華は同書編集に際し「誰のため、何のため、読者がこれによりこの街の世紀末的存在の座標と明暗を探し当てられるのだろうか」と問わざるを得ないと記す。「歴史（時間）・都市（空間）に対し、我らが作者は確かに「虚構」「ねじれ」「創造」の工程に参与している」と断言する黎海華は、本書の読書が「迷宮のような香港の心腹」へと導くこと、もっとも「都市とは本来狭い籠」であること、興亡生死は「都市のリズム、メロディー」であることを指摘する。

たしかに収録作品は香港という時空の座標としていずれも不足がない。たとえば董啓章（トン・タイチョン、北京語トン・チーチャン、とうけいしょう、一九六七〜）「永盛街興亡史」は、一九八九年天安門事件の年に両親とカナダに移民した青年が四年後再び単身で香港に戻り、少年期と学生時代に過ごした祖母の古い家に住み着いて、地図から消えた幻の町永盛街と一家の記憶から消されようとしている祖父母との歴史を探る物語である。アヘン窟や賭場を経営していた母方の曾祖父、広東から移民してきた祖父などを調べるうちに明るみに出される先祖たちのさまざまな生き様、その中でも歌姫で祖父の妾であり青年が唯一親しい記憶のある祖母の姿は、この古い家で同棲中のカラオケバーのホステスと二重写しになっていくが……。

家の歴史を小説化しようと思い立った青年は独白する。「植民地が終わりつつあるとき、僕たちは自分の頭が空っぽだということに突然気づき、急いで自分の身分を確認したくなったのだが、小説のほかには、フィクションのほかには、僕たちには頼るべきものはないのだ。歴史の記録が小説の一種に変形すると、だれも自称、純粋な資料整理という偽装を堅持はできない」。かつて大陸からの移民の街であった香港が、今や北米大陸への移民が自らのルーツ探しに帰ってくる故郷へと変じたのである。

ここで私たちは『臙脂扣』の一節を思い出してもよいであろう。袁永定は幽霊の如花を伴ってかつて彼女の恋人の実家が大きな薬舗を構えていた文咸西街を訪れ、誰かに用かと問われると「――ええと、私の祖父はアメリカ産朝鮮人参の売買をしていて、……その後、一家で移民し……イギリスに行きました。今度私が帰ってきたのは、祖父に替わって昔の知り合いを訪ねるためなんです」と取り繕っていたのである。

『臙脂扣』と「永盛街興亡史」との間には、次のような対称性と対応性とを指摘できそうだ。遠くから帰って来る女と男、香港の記憶の発掘、過去の恋と現在の恋。その意味で、「永盛街興亡史」とは一〇年前に発表された『臙脂扣』に対するアンサリング・ノベルといえよう。しかも董の作品はアイデンティティ探求を主題として正面に据えており、小説こそがこのアイデンティティ探求の唯一の手段であると宣言している点が新鮮である。『臙脂扣』において「通俗文学」として秘かに試みられた小説によるアイデンティティ形成は、九〇年代半ばには、公然としかも純文学として認められるに至っているのだ。

『ヴィクトリア倶楽部』と『狂城乱馬』

そのほかに中国への返還前夜の香港の狂騒ぶりを誇張、荒唐無稽、諧謔の手法で描いた心猿（サムユン、しんえん）の傑作『狂城乱馬』（一九九六）、返還から一年が経った一九九八年七月一日、台北の夜道で銃撃されて死ぬ香港人事業マネージャーの空しい放蕩の半生を内省的に回想する香港文化界の才人陳冠中（ツアン・クンチョン、北京語チェン・クアンチョン、ちんかんちゅう、一九五二〜）の『何もなかった』（原題：『什麼都沒有発生』、一九九九）などの長編が注目される。また陳慧（チャン・ワイ、北京語チェン・ホイ、ちんけい）『拾香紀』（一九九八）は連家の夫婦と子ども一〇人の愉快な人生を末っ子の十香嬢が全一一章で語る小説で、一九九六年の長男大有のカナダへの出国で終わる。香港返還という大事件が生じた九〇年代は香港文学の黄金時代であったといえよう。

台湾人作家の施叔青（シー・シューチン、ししゅくせい、一九四五〜）は一九七七年から九四年まで香港で暮らしており、香港物の代表作に『ヴィクトリア倶楽部』（一九九三）がある。一九八一年二月一一日、香港最古の歴史、最高の栄誉を誇るヴィクトリア倶楽部で、上海人で仕入係主任の徐槐が収賄罪で逮捕されるという事件を語りながら、繁栄と腐敗、希望と欲望の街香港に生きる中国人とイギリス人、そして混血たちの過去と現在を描き出し、台湾、中国、欧米の視点から〝世紀末香港〟の全体像を浮かび上がらせようとしている。

また也斯も食物をめぐる風景を借りて、愛し合いながらも溝深き男女や複雑な国際政治をユーモアとペーソスで描く「食景詩」（原題：『食事地域誌』、"Foodscape"）や短編小説「ポスト・コロニアルの料理と愛情」（二〇〇〇）などを発表し続けている。二一世紀に入ってからも、香港文学は着実な成熟を遂げており、たとえば董啓章『天工開物』（二〇〇五）は、一九三〇年代から現在に至るヴィクトリア市三代の家族の物語を描き出し、香港返還後の最高傑作と評価されている。

6　広東語と香港映画および武侠小説

遅れた義務教育制度

ベネディクト・アンダーソンが『想像の共同体』で指摘しているように、一八世紀から一九世紀にかけてヨーロッパ諸国が国民国家を形成していく際に、出版資本主義と称される印刷業・出版社そして新聞・雑誌など活字メディアが大きな役割を果たした。その中でも、文学は〝想像の共同体〟であるところの国民国家を人々に想像させるのに強力に作用したのである。一九世紀後半の日本、二〇世紀前半の中国も同様にして国民国家を形成した。しかし香港の場合は、アイデンティティ形成が一九六〇年代から始まり八〇年代に本格化したため、文学に加えてテレビと映画が強い影響力を持っている点が特徴といえよう。

しかも大陸からの大量難民の流入が続き義務教育制度が遅れたために、六〇年代でも小学校の就学率は五四・一％とわずかに過半数を超えるに過ぎず、文盲率は二五・四％にも達していたという（小井川広志 一九九七）。香港における初等教育の無償義務教育化は一九七一年に実現して、その四年後には児童入学率は九八％に達した。ちなみに中等教育の無償義務教育化は一九七八年に実施され、入学率は一九六一年の一六・一％から七九年には九七％に達している。このような悪条件の六〇年代にあっては、映像メディアが特に大きな影響力を持ったのである。

言文不一致

識字率・就学率の低水準は過去のこととしても、香港では今も話し言葉と書き言葉が異なるという言文不一致の問題を辻伸久「香港の言語問題」は次のように指摘している。

植民地開設(一九世紀半ば)以前から、大都市広州の〈地域共通口語〉(Lingua Franca)であり、かつ嶺南地方広域に通用する広東語が存在したことは、香港に多大な利点をもたらしている。広東語は、香港人人口の九〇%以上を占める中国系住民(Ethnic Chinese)が、出身地方言や国籍を問わず共通に用いる言語として普及を遂げ、特に近二〇年来、実質的に香港の共通口語として定着している。この意味で、香港中国系社会は、既に多方言社会から広東語社会に移行したといえよう。……広東語および、それに近似し同系統とみなされる方言群は、〈粤語〉と総称される。中国語諸方言の使用者数は、一般に定かではないが、粤語の場合、第二、第三言語として話す人々をふくめて、使用者人口は五〇〇〇万人程度と推定される。(辻伸久 一九九一)

ところが書き言葉は大陸における一九一〇年代の文学革命を契機に創り上げられた北京語に基づくものであり、民国期には「国語《クオユイ》」と称し、人民共和国時代に入ってからは「普通話《プートンホワ》」と称される。広東語と北京語との二種の言語間には文法から語彙・発音にいたるまで大きな違いがあり、それはいわば英仏両国語間の差にも等しいという。そして香港では小学校から大学に至るまで英中二カ国語で教育を行っており、この場合、中国語とは広東語を指している。そのため香港人は広東語で思考しながら北京語の文章を書いているのだ。その言語状況はいわば日本人が句読点も訓点もついていない白文の漢文を書いたり訓読したりするのに近いであろうか。

このような言文不一致の二重言語性が明確に現れるのが映画の台詞と字幕のズレであろう。一般に現在の香港映画では台詞は広東語で語られ、これに北京語の字幕が付されているのだ。話し言葉と書き言葉、文章表現と映像表現との差異は逆に相互批評の関係を生じさせているとも言えよう。

香港文化で映画と共に世界の流行文化市場に広く流通しているのが武侠《ぶきょう》小説である。中国の〝侠〟の概念は古く、戦国時代の思想家韓非（?～紀元前二三四?）の著作とされる『韓非子』にすでにその言葉が現れている。秦の始皇帝が愛読したというこの法家の書は、その徹底した法治主義の立場から「儒は文を以て法を乱し、侠は武を以て禁を犯す」と儒者と並んで侠客《きょうかく》を法治の妨害者とみなし、その壊滅を図るべしと論じた。

これに対し漢代の司馬遷（紀元前一四五～八六）は侠の信義を高く評価して『史記』の中に「遊侠列伝」を立てた。以来、任侠の風は中国文学の伝統となり、唐代には李白が「殺人、草を剪《き》るが如く」（白馬篇）と詠み、侠客小説が出現、宋から明にかけては『水滸伝』の英雄像が形成されていく。二〇世紀には近代出版市場の確立とともに侠客の文学はますます栄え、現在に至るのである。

中国近代文学史家として著名な陳平原は、武侠小説論『千古文人侠客夢』（一九九二）で「侠客の基本的な姿は大部分が文学伝統の推移により決定されるのであり、作家による完全に独立した想像物でもなく、いわんや現実社会のスケッチでもない。……侠客のイメージとは作家と読者の〝英雄夢〟の投影なのである」という視点を提示して、次のように述べている。

太平な天下に游侠の存在価値がないというのでは決してなく、乱世に際し民衆が侠客に正義を守って欲しいと願う気持ちがいっそう強烈となり、しかも倫理道徳が廃れ秩序が乱れるほどに、侠客の活動の余地は広がるのだ。これも乱世の詩人が好んで侠客を詠い、武侠小説が好んで乱世を背景とする原因である。

日中戦争に続く国共内戦、そして毛沢東時代の赤色テロという乱世の中国大陸から、小康状態の植民地香港に逃れてきた人々が、武侠小説を好んだとしてもふしぎはあるまい。「南下文化人」が異郷のエミグラント生活のために、香港で乱立していた新聞などにチャンバラ小説を連載したのも、無理からぬことであったろう。戦後香港で濫作され読み捨てられていった武侠小説の中で、台湾、東南アジア華僑、そして鄧小平時代の改革・開放経済体制下の中国の読書市場で圧倒的な成功を収め、日本・韓国などの外国市場でも大成功したのが金庸（チン・ヨン、広東語カムユン、きんよう、本名は査良鏞、一九二四〜）である。

彼は浙江省海寧県の出身で、その先祖には明代末期の文人、査継佐、清代初期の詩人、査慎行らがいる。外交官を目指して中央政治学校に入学するが舌禍事件により退学させられ、戦後は上海の有力紙『大公報』の記者となり、やがて同紙香港支社に派遣されて四九年の人民共和国建国を迎える。一時北京に行き外交官を志望するが叶わず、父が反動地主として逮捕されたため香港定住を選択した。一九五五年に武侠小説第一作の『書剣恩仇録』を発表して一躍人気作家となる一方、五九年に独立して『明報』紙を創刊、経営のかたわら社説と小説を毎日執筆した。七二年断筆宣言を行い、その後一〇年を費やして過去の作品を改訂し、八二年に一四編の長中短編をまとめて『金庸作品集』として刊行、中国大陸だけでも四〇〇〇万部売れたと言われ、日本・韓国でも翻訳されている。魔術的リアリズムの作家莫言は、長編『酒国』の登場人物の一人である「莫言」に、「全く荒唐無稽というのに、どうして夢中になってしまうのでしょうか。武侠小説は大人の童話であると言った人がおりますが、その通りです。適当に一冊でっちあげるのはやさしいことですが、金庸の域に達するのは大変なことです」と語らせている。

二一世紀の香港文学は、今後どのような展開を見せることであろうか。それは香港映画、そして香港アイデンティティ、民主的な香港社会の発展とも密接な関係を有しているのである。

コラム7

香港映画と村上春樹
――ウォン・カーウァイ監督『欲望の翼』ほか

ウォン・カーウァイ（王家衛、一九五八～、上海生まれ）監督は、『恋する惑星』（一九九四）、『花様年華』（二〇〇〇）から『２０４６』（二〇〇四）に至るスタイリッシュな映像で世界の映画ファンを虜にしてきたが、地元香港では「映画の村上春樹」と称されている。たとえばカーウァイの初期作品『欲望の翼』（原題：『阿飛正伝』）（一九九〇）は、レスリー・チャン（張国栄）演じる金持ちの不良少年が、マギー・チャン（張曼玉）演じるサッカー場の清涼飲料水の売り子をナンパする、次のような場面から始まっている。

「僕の時計を一分だけ見てごらん……一九六〇年四月一六日三時一分前、君は僕と一緒にいる、二人はこの一分間を忘れないだろう、今から僕たちは一分間の友だちだ、この事実は君にも変えられない、もう出来てしまったことなんだから。」

気怠い香港の午後に、不良のヨディ（旭仔）が売店の蘇麗珍を口説く言葉はなんと変わっていることだろう。だがそのルーツは村上春樹『ねじまき鳥クロニクル』の冒頭の怪電話にあるのだろう。失業中の主人公「僕」が妻を勤めに送り出した後、台所でスパゲティーをゆでていると、突然かかってきた電話で、女が「十分だけでいいから時間を欲しいの。そうすればお互いよくわかりあえることができるわ」と語り出して事件が始まるのだ。

村上のカーウァイに対する影響は、一九八九年に始まる香港村上ブーム以後の作品である『欲望の翼』と、ブーム以前のカーウァイ映画とを比べるとよく理解できよう。村上ブームの一年前の監督デビュー作『いますぐ抱きしめたい』（原題：『旺角卡門』、一九八八）は、「ちんぴらの美青年、義理と人情に殉じるタフガイで、暴力シーンでは盛大な流血を見せて盛り上げるというパターン」化されており「香港ノワール物でのお決まりのイメージ」（野崎歓 二〇〇五）に留まっていた。

これに対し、村上ブーム以後の作品『欲望の翼』は、四つの男女三角関係と二つの男同士の友情から成り立つ物語である。主人公のヨディは六〇年代香港の反抗する青年であり脱出願望を抱いているものの、養母から生活費を貰って遊んで暮らす不良にすぎない。ある日、コーラを買うついでに売り子の蘇麗珍（スー・リーチェン、広東語ではソウ・ライチャン）をナンパし、自分のアパートに連れ込むが、蘇が結婚したいと言うので彼女を棄て、替わりにナイトクラブのダンサー、ミミ（咪咪）をイヤリングで誘惑してアパートに連れ込む。これが第一の三角関係だ。

　ところがヨディの弟分のサブ（歪仔）がミミに一目惚れしてしまい、第二の三角関係が派生する。一方、蘇はヨディと仲直りしようとしてアパートを訪ねるが、ミミとじゃれ合っていたヨディに冷たく断られ、夜間巡邏中の警官タイド（超仔）に失恋の苦しみを訴える。タイドは彼女に好意を寄せ、話したくなったら自分の担当地域にある公衆電話に電話を掛けたらいいと告げ、毎晩巡邏のたびに公衆電話の前にたたずむ。こうして第三の三角関係が生まれる。

　ナイトクラブを経営するヨディの養母は彼が自分を棄てて出て行かないように生母の居場所を隠す一方、ヨディは養母の愛人たちを目の敵にして排除するなど、二人は互いに拘束しあい反発しあっていたが、養母はついに結婚してアメリカに渡ることになり、生母の住所をヨディに明かす。生母がフィリピンにいると知ったヨディは、車をサブに与えミミには何も告げずに香港を去ってしまう。ヨディと養母と生母とのあいだにも、一種の母子三角関係を読み取れるだろう。

『欲望の翼』（1990年）

　タイドは病母が亡くなり蘇への思いも叶わぬため警官を辞めて船員となりマニラに寄港したところ、生母に面会を拒まれて傷つき、酔いつぶれて身ぐるみ剥がされたヨディを助けることになり、二人の間にヨディとサブとの友情に続けて第二の男の友情が生まれるが……。

　『ノルウェイの森』の森の字が、三本の木から成り立つ点に注目しながら、この小説を「僕」・キズキ・直子、そして緑・「僕」・直子、さらにレイコ・「僕」・直子という「僕」をめぐるさまざまな三角の形の「愛」の葛藤を描いたもの」と解読したのは川村湊であった（川村湊 二〇〇六）。香港における『森』ブームの直後に『欲望の翼』を製作したウォン・カーウァイは、『森』のさまざまな三角関係という構成を引き継ぎながら、新たに息子と養母・生母という親子の三角関係を加え、さらに二つの男の友情をも描いたのだ。家族と友情というのは五〇年代以来、香港映画の重要なテーマであり、このような『森』の変容はいかにも香港らしいといえよう。

ウォン・カーウァイは青年男女の三角関係を素材に、喪失と孤独な探求という村上風のテーマを描き、極端に数字と年代にこだわることにより自らの世界を確立して、『2046』に至るのである。カーウァイこそ香港映画界、いや世界映画界における最大級の村上チルドレンといえよう。

ちなみに香港脱出を願っていたヨディが、フィリピンでは生母に面会を拒まれ、偽造パスポートでアメリカに渡ろうとするもののギャングとの抗争で重傷を負い、香港人の友人に抱かれて絶命するという物語は、香港人は香港を棄ててはならない、という決意を逆説的に語っているかのようでもある。ヨディは死ぬまで飛び続ける「足のない鳥」の伝説を繰り返し語るが、足のない鳥でも生きるためには香港に着地しなくてはならないのだ。

『欲望の翼』とは一九八〇年代を通じて形成されてきた香港アイデンティティを、八九年天安門事件後に、「香港人」登場期の六〇年代に遡って改めて問い直そうとした映画といえよう。その際にカーウァイが手がかりとしたのが、村上春樹の『森』における記憶と時間というテーマであり、さまざまな三角関係という構成であったのだ。

第8章 台湾文学史概説

1 オランダ統治期と鄭氏統治期

初期の外来政権

台湾には古くからオーストロネシア語系の先住民が住んでおり、一六世紀以後になって中国大陸の福建・広東両省から漢族が移民してきた。そして一六二四年にオランダ東インド会社が台南地区に貿易と統治のための機構を置き、最初の外来政権として三八年間君臨したのである。陳紹馨はオランダ統治期の台湾の漢族人口を約一〇万、そのうちオランダ統治下の漢族人口を一六六一年の時点で三万四〇〇〇人と推定している（陳紹馨 一九九七）。

オランダ人は先住民にキリスト教を宣教するため教会と学校を設立したので、一六三八年には四つの村の学校に総計四〇〇名の学生が在籍し、先住民言語である新港語をアルファベットで表記して教理を学んでいたという。さらに一六五七年には先住民牧師養成のため定員三〇の神学院が設立され、オランダ語も教育されていた。一六五六年には統治下の先住民一万一〇九人中六〇七八人が教義を理解し、二七八四人が祈禱以上の教義を理解していたという（台湾省文献委員会 一九九三）。このオランダによる宣教教育の試みも、一六六一年に鄭成功（チョン・チョンコン、ていせいこう、一六二四〜六二）の漢族軍二万五〇〇〇の攻撃によるオランダ統治の終焉とともに終わりを告げる。

鄭成功は満州族の征服王朝である清朝に滅ぼされた明朝回復を図り、台湾を反清復明の基地とし移民を奨励したので、漢族人口は一六八〇年には二〇万人に達したと推定されている（陳紹馨 一九九七）。教育制度も社学・府学・学院とピラミッド状によく整備されていたとする研究者（汪知亭 一九七八）と、「学校教育よりも軍備の拡充と政治、経済の安定を重要視していた」とする研究者（李園会 一九八一）とに分かれる。ともかくも鄭一族による台湾支配は三代二二年で終わり、一六八三年には台湾は清朝の版図に入った。

オランダ統治期と鄭氏統治期にはそれぞれ宣教教育と科挙教育による文化政策が試みられたものの、ともに統治期間は二〇年余りから四〇年足らずの短期間であったため、後続の清朝・日本・国民党の三代の外来政権のように、その後の台湾住民のアイデンティティ形成に決定的な影響を与えることはなかったといえよう。

2　清朝統治期の科挙文化体制

漢族の急増と先住民との通婚

清朝統治期は人口の急増期で、陳紹馨の推計に拠れば一六八〇年から一八一〇年までに漢族人口は一八〇万人増加して二〇〇万人となったが、その後一八九〇年までの清朝期最後の八〇年間には五〇万人の増加に留まり、一年あたりの増加率は一・八％から〇・三％に急減した。台湾内部の反乱対策と、一九世紀後半の諸外国の台湾進出対策のため、清朝の地方行政機構も整備が進み、初期の台湾西南部に設置された一府三県から、一八八五年の台湾省独立時の三府一一県三庁一直隷州へと発展し、全台湾を網羅するに至った。

漢族男性移民の多くは先住民女性と通婚したため混血が進んだとも言われている。台湾では朱真一(一九九九)、林媽利(二〇〇一)などDNA分析による混血関係の研究が進んでいる。

また一九世紀には漢族移民は、祖先を祀る祖祠に中国大陸の祖先である「唐山祖」ではなく、台湾での血縁集団の基礎を築いた祖先である「開台祖」を祀るような宗族組織を形成し始めた。初期には大陸からの出身グループ別に「分類械闘」と呼ばれる武力抗争を行っていたが、やがて宗族間による対立へと変化してもいる。大陸出身の社会グループが再編成され、台湾に根をおろした漢族社会組織の成熟が進んでいったのである。陳其南はこのような漢族移民の台湾への定着化すなわち「土着化」の進行と、統治体制の整備において、一八六〇年代がおおよその分岐点にあたると考えている(陳 一九八七)。

清朝統治期の科挙については尹章義の研究が詳しい。一六八七年から一七二五年にかけて一府三県に府学・県学が相次いで設立され、総定員は六四となり、本土に籍がありながら本土の府学・県学に入学できぬ者が台湾籍と偽り、これらの台湾に新設された学校に入学しようと渡台するなど、科挙社会グループの流入が盛んとなった。その後も台湾の経済発展と人口増加および行政機構の整備に伴い、一八九〇年までに府県学数は一三、入学者総数は一五五名に達しており、嘉慶年間(一七九六―一八二〇年)には台湾籍の者が大陸籍と偽って大陸の府県学に入学するという逆転現象が生じたという(尹章義 一九八九)。

科挙合格者台湾枠の拡大

一方、中央政府側も科挙合格定員の政策的調整により台湾と中央との関係をより強化しようと努めた。一六八七年には甘粛・寧夏に倣って辺境台湾からの受験者には福建省の郷試合格者である挙人定員が一名割り当てられたのを皮切りに、徐々に台湾枠が拡大され、一八五四年から五八年にかけては太平天国軍討伐のための軍事費を台湾紳民が大量に献金したため、挙人の台湾枠は七名になった。また挙人の受験生から進士を選抜する科挙の実質的最終試験である会試に関しては、一七三九年に台湾人受験生一〇名に対し進士一名の枠を設けることとなり、一七五七年には最初の台湾人進士が出現した。その後は一八五〇年代の台湾人挙人枠の拡大に助けられ一八二三年から九四年までの七一年間に二六名もの台湾人進士が誕生しているのである（尹章義 一九八七）。

科挙制度が台湾の内地化・儒教化を進展させる一方、土着化していく科挙社会グループは、先住民所有地保護を目的とする清朝法体系に従った先住民との契約など農地開発にも大きな貢献をして、自ら移民開拓社会の指導層を形成した。また郷試・会試に赴く受験生に便宜を図るための資金提供・会館整備等を行い、これに受験のための長い「巡礼の旅」が加わって台湾島内の科挙社会グループの交流を促す一方、中央・周縁関係を強化したという。さらに尹は、台湾移民とほぼ同時期に漢族による移民が始まったフィリピン、インドネシア、シンガポールと異なる道を台湾が歩んだ原因を、科挙制度に備わる政治・社会・文化および経済的条件に求めるのである。

少数エリートとしての科挙社会グループ

ところで尹章義は台湾の科挙受験者が、清朝統治末期の光緒年間（一八七五〜一八九五）には約七〇〇〇人に達していたと推計している。だが清朝統治末期の漢族人口が二五〇万であり、科挙受験者の年齢が一〇代から六〇代にまでに及んでいたことを考えると、七〇〇〇人という受験者数は決して多くはなく、むしろ台湾の少数エリートであったといえよう。

また李園会や汪知亭が指摘する通り府学県学というのは毎日授業を行う学校ではなく、月一〜二回の月課という詩文の指導を行い、孔子廟の祭典を行う教育行政機関であった。類似のものに私立の書院がある。これに対し実際の教育機関としては義学・民学または書房があり、文語文による読み書きと算盤が教えられ、これに科挙受験のための経書の講読が行われていた。教育語には中央政府の官僚間の共通語である北京官話ではなく台湾語が用いられた。

日本統治開始後にも書房は存続しており、植民地化直後の一八九八年には書房数一七〇七校、教員も同数の一七〇七人、生徒数は二万九八七六人という統計が残されている。これらの数値はその後三年間は減少し続けたのち、一九〇三年にほぼ同数に回復したものの再び減少し、翌年には生徒数二万一〇〇〇余となって総督府が設置した台湾人向け初等教育機関である公学校生徒数に追い抜かれ、一九一九年には三〇二校一万一〇〇〇弱となり、一九四一年には七校二五四人とほぼ絶滅した（台湾教育会編 一九三九、復刻版一九八三。鍾清漢 一九九三）。以上の数値から清朝統治末期の書房学生数は約三万人で、その中の成績優秀な上級者と書房卒業生が科挙受験生七〇〇〇名を構成し、識字率は一〇%未満であったと推定されるのである。

日本統治末期には人口五六八万（一九四一）に対して、台湾人小学校生徒数約七四万四〇〇〇（ただし一九四二年統計。鍾清漢 一九九三）、それに中学（五八九五）・高等女学校（三三五四）・農林学校（一八五四）、工業学校（九九八）、商業学校（一六七五）、実業補習学校（九一四一）、師範学校（四九七）など中等教育機関在学者数二万三三五四人が存在し、日本語理解率は五七%に達していた。これと比べると、清末台湾は科挙社会グループを核とした文化圏を形成していたものの、それに参与していた人々はごく少数であったといえよう。

3 後進的メディア環境と台湾民主国の挫折

「新聞渴望」

このようなエリート科挙社会グループは、どのようなメディア環境を築いていたのであろうか。台湾メディア史研究者の李承機によれば、鄭氏統治期には木版印刷の技術が台湾に導入されていたと推定されるものの、漢字活字印刷は清朝統治末期でも導入されることなく、劉銘伝が一八八六年から発行した官報の『邸抄』さえ木版印刷であり、一八六〇年代以来、開港につれて商品経済が盛んになり「新聞渴望」（news hunger）状況が生じていたと推定されるものの、新聞・雑誌は発行されていなかったという（李承機 二〇〇四）。これに対し中国本土では、キリスト教宣教師の編集により『遐邇貫珍』（香港、一八五三創刊）、『六合叢談』（上海、一八五七創刊）など漢字雑誌が早くから刊行され、日本では一八七〇年には『横浜毎日新聞』が創刊されている。台湾でも大陸でも識字率は共に一〇％程度であったと推定されるので、一八六五年の時点ですでに人口六九万人に達していた上海（鄒依仁 一九八〇）、一八七二年の時点で中国人総人口約一〇万の香港と、一八九六年でも人口約四万七〇〇〇人に留まっていた台北との居住者数の差が新聞出現の有無に大きな影響を与えていたことであろう。

台湾内部の交通手段も未発達であった。清末でも市街と周辺の村落とをつなぐ幅三〇センチほどの小道があるばかりで、人々は歩行か一輪の手押し車、あるいは轎《かご》に乗って移動していた。台湾島西部の港町はもっぱら船により福建省の泉州や漳州と交易しており、近代的交通路はほとんど未開拓であった。このため台北で一石五円三六銭の米が南部の嘉義では三円二〇銭、逆に嘉義で一〇〇斤一円の石炭は台北では三四銭という異様な物価状況であった（鶴見祐輔 一九六五～一九六七）。日本の九州ほどの面積でありながら、全島的な市場が形成されていなかったのである。

清朝統治末期においても低い識字率に留まり、近代的出版メディアを欠如し、鉄道などの交通網が未発達であった台湾社会は、社会学者J・ハーバマスの説くところの公共圏（ハーバマス 一九七三）からはほど遠い地平におかれていたといえよう。このような旧来の科挙文化体制は清朝統治期にはそれなりに有効に機能していたにせよ、台湾の人々が世界的近代史において自ら進路を選び取ろうとするときには、大きな障害となって立ち現れてくる。一八九五年に台湾が清朝より日本に割譲された際に建国された台湾民主国を振り返ってみよう。

黄昭堂の研究によれば、一八九五年の下関条約により対日割譲が決まると、土着の有力者らが清廷から派遣されていた台湾巡撫府の官僚たちと結び、自分たちの従来の権益を守り、遼東半島のみに向けられていた三国干渉を台湾にも誘致して日本統治を覆そうとした（黄 一九七〇）。彼らは独立宣言で「すべての国務を公民によって公選された官吏を以て運営する」ことを謳い、台湾を国家領域とする旨を明確にして最初の建国運動を敢行したのであった。台湾民主国の副総統になった邱逢甲が「台湾はわれわれ台人のものであり、なんで他人が勝手に授受できようか……。清廷はわれわれを見棄てたが、われわれはどうして自分自身を棄てられようか」と叫ぶなど、一部の識者には台湾を範疇とする台湾人意識がめばえていた。

国民兵の不在

だが在台清軍は大陸の広東兵であり、台湾に上陸してきた日本軍とほとんど戦うことなく崩壊して暴徒と化し、都市民は日本軍到来による治安回復を期待する始末であった。民主国のために戦う国民兵が不在であったのだ。無理矢理に総統に担ぎ上げられた広東人の唐景松も兵士と同様、台湾住民とは言葉が通じなかったのであろう、建国後わずか一〇日ほどで大陸に逃亡している。その一方で独立宣言が高らかに民主国の理念を歌い上げていたもののこれを印刷し公布する活字印刷も新聞も存在せず、木版印刷で数百部を刷れたとしても、それを運ぶ鉄道はわずかに基隆・新竹間一〇〇キロを劣悪な技術で施設されているばかりで、徒歩や船で中南部に運ばれたとしても、これを読める人は一〇〇人に一人ほどしかいなかったのである。

およそ六カ月にわたって対日抵抗戦を戦い抜いたのは、一般住民の地方的組織であった。黄昭堂は台湾民主国が火蓋を切った台湾攻防戦を「台湾人意識の形成の起点」と評価する一方で、「それは各地で日本軍の侵入に反撥してほとんど自然発生的に起こったが、組織そのものはまだ未熟な小集団が多かった。台湾民主国政府と武力抵抗はむしろ日本に対する伝統的な蔑視と、上陸してきた日本軍の行為に対する反感によって惹起されたものが多く、必ずしも民主国政府の指導によるものではなかった。一般住民のなかに頑強に日本軍に抵抗したものがいた反面、抗戦に関心のない人びとも多く、日本軍に協力するものさえ少なくなかった」と総括している。

清朝統治期は二一〇年間ほど続き、初期から科挙文化体制を打ち立てようと意図していたが、それが識字層を中心に中華共同体意識および台湾人意識を抱かせるに至るのは科挙で進士が一二名も輩出した同治（一八六二〜七四）および光緒の清末三〇年ほどのことであったといえよう。一九世紀に台湾への土着化を果たした移民の子孫たちは、清朝より与えられた科挙文化体制を主体的に受容しながら台湾支配層としての科挙社会グループを形成し得たものの、日本への割譲という台湾の危機に際し、台湾民主国を建国するだけの近代的台湾アイデンティティ形成からはいまだ遠い地点に位置していたといえよう。

4　日本統治期の日本語国語体制

詩社と新聞と鉄道

張我軍（チャン・ウォーチュン、ちょうがぐん、一九〇二〜五五）は一九二四年に、清朝統治期台湾の旧文学をめぐって「台湾の文学は詩のほかには、ほとんど他のジャンルの文学はなかった」と指摘している。小説や戯曲が書かれなかったのは、読書市場が狭小である一方大陸貿易が盛んで、古典俗文学書はもっぱら福建省等から移入されていたためであろう。

科挙社会グループのイデオロギーは、もっぱらグループ内の官僚や大地主らの宴席等における詩の応酬で形成されていたものと想像され、詩の応酬を制度化したものが詩社であった。葉石濤は詩社の始まりを鄭氏統治期に沈光文が創設した東吟社とするが（葉 二〇〇〇）、黄美玲は清朝統治末期に唐景松が邱逢甲らと牡丹詩社を設立してから詩社の習慣が広まったと指摘している（黄 二〇〇〇）。科挙文化体制が成熟期を迎えてようやく詩社も増えたのであろう。この詩社が日本統治初期に流行しており、連雅堂（リエン・ヤータン、れんがどう、一八七八〜一九三五）も一九二四年に「台湾詩薈発刊序」で「滄海劫火の余《のち》、始めて吟詠の楽を以て、其の抑塞《よくそく》せる磊落《らいらく》の気を消さんとす。一倡すれば百和、南北競い起こり、吟社の設けらるること、且《ほと》んど七十」と述べるなど、一九三四年の詩社数は九八社を数えたという。

清朝統治期の遺産とも言うべき詩社が、日本統治期になってから盛んになった原因として、第一に日本人が台湾各地で初めて創刊した日本語新聞の影響を指摘できよう。たとえば一八九八年創刊の『台湾日日新報』は漢文欄を併設し、「詞林・文苑」欄で日台読者の漢詩を掲載した。二〇世紀初頭の文芸読者の数は二〇〇〜三〇〇人と推定されており（島田謹二 一九九五）、連雅堂のような代表的文化人も一八九九年以来、しばしばこれらの日本語新聞漢文欄の主筆を務めている。ごく少数の裕福で著名な士大夫だけが、生涯にせいぜい数冊の詩集を各数百部刊行していた科挙文化体制の時代と異なり、日本統治期になって初めて台湾に導入されたニュー・テクノロジーの活字印刷による新聞は、わずか数日前に作詩された漢詩を連日数首から十数首も掲載し、その発行部数は一九二〇年には約一万から二万部に上っていたのである。作詩から発表までに要する日数の急激な短縮化と、作品の流通範囲の大幅な拡大化という、漢詩応酬に関わる時間と空間の大変化に、旧科挙社会グループは驚喜したことであろう。彼ら漢詩人たちは大量の作品を生産して、反日も含めたさまざまな論理と情念を語りつつ、日本人経営の新聞に媒介されて清末時期を遙かに凌駕する広範囲で結集しえたのである。連雅堂は一九〇五年頃の作品である五言古詩「招侠」（侠を招く）で、次のような亡国の怨みを語っている。

四顧風雲急／蒼茫天地秋／莫説江山好／有国無人謀
贈君一神剣／為君一狂謳／願君学大侠／慷慨報国仇

四顧すれば風雲急に／蒼茫たり天地の秋／説《い》う莫《な》かれ、江山好《よ》しと／国有れど人の謀《はか》る無し／君に贈る一《いち》神剣《しんけん》／君に為《つ》くる一狂謳《いちきょうおう》／願わくは君、大侠に学び／慷慨して国仇に報いよ

また葉石濤は「台湾に来た日本の官吏や幕僚で詩文を解するものが多かった」ために、旧士紳懐柔策として漢

詩が動員されたと指摘している。たしかに台湾総督児玉源太郎と総督府ナンバー二である民政長官後藤新平は、一九〇〇年に詩会である揚文会を開催し、後藤が「日新之学、文明之徳」普及を提唱している。この時の招待者一五一名とは、当時の新聞漢詩欄の主要投稿者を網羅していたことであろう。しかもその半数近くが台北に結集し、将来の定期的大会・分会を計画し得た背景には、後藤新平民政長官による道路網と縦貫鉄道の建設があった。後藤は一八九八～一九〇六年までの八年の在任期間中に幅員一間（一八〇センチ）の道路五六〇〇キロ、一間以上の道路二九〇〇キロ、三間以上の道路八〇〇キロ、四間以上の道路八〇キロを建設している。一八九九年に着手した旧鉄道線改良と新線建設は一九〇八年に完工し、台湾縦貫鉄道が基隆・高雄の全長三九五キロを結んでいる（北岡伸一 一九八八）。

揚文会はその後ほとんど活動しなかったものの、一九〇二年台中に櫟《れき》社、一九〇九年台北に瀛《えい》社と台南に南社など有力詩社が各地に設立され、一九二一年に瀛社が主催した全島詩人大会には一〇〇名を越す漢詩人が結集したという（葉石濤）。このように台湾各地の日本語新聞漢文欄と鉄道・道路網に支えられて、清朝統治期の科挙文化体制の遺産である詩文は日本統治も四半世紀が過ぎた一九二〇年代初頭に最盛期を迎えたのである。

日本語理解者の急増

日本統治期には日本語を理解する台湾人を「国語解者」と称したが、本書ではこれを「日本語理解者」と呼ぶことにしたい。日本語理解者率を総督府関係の資料などによって整理すると図8-1の通りである。

一九二〇年の台湾には、人口の三％弱とはいえ一〇万人近い日本語理解者がいたのである。書房の衰退を考えあわせると、おそらくこの時期には古典中国語の識字層と日本語理解者層とは、質量においてほぼ拮抗していたのではあるまいか。

年	台湾人総数 (1万未満切り捨て)	理解者数	指数 (1905を1とする)	理解者率
1905	309万(但し1907)	11,270	1	0.38%
1915	341万	54,337	4.82	1.63
1920	353万(但し1919)	99,065	8.79	2.86
1930	440万	365,427	32.42	8.47
1931	437万	893,519	79.28	20.4
1933	461万	1,127,509	100.04	24.5
1937	510万	1,934,000	171.60	37.8
1940	552万	2,885,373	256.02	51.0
1941	568万	3,239,962	287.48	57.0

＊1905年から1930年までは台湾総督府『台湾現勢要覧　昭和十五年版』(1940年)および『台湾経済年報昭和十六年版』(1941年), 1931年から1937年までは同『台湾事情　昭和十四年版』(1939年), 1940, 41年は鍾清漢『日本植民地下における台湾教育史』(東京・多賀出版, 1993年)による. 1931年の人口が前年よりも減少しているのは, 典拠資料間の相違による.

図8-1　台湾における日本語理解者率

佐藤春夫の「女誡扇綺譚」

精神の根底に「強烈な詩と批評との共存」がある「前衛芸術家」……日本に現れた最初の「二〇世紀作家」(『すばる』一九九五年一月号)と中村真一郎がかつて激賞した佐藤春夫の訪台は一九二〇年夏のこと、そして代表作の小説「女誡扇綺譚《じょかいせんきだん》」を発表したのはその五年後のことである。——語り手の「私」が台湾人の友人世外民の案内でとある廃港を訪れ、往時の富豪の娘の幽霊が出るという噂の豪邸に立ち入ったところ、若い女の「どうしたの? なぜもつと早くいらつしやらない……」という声が聞こえる。世外民の幽霊説に対し台南の新聞社で記者を務める日本人の「私」は、廃屋で恋人を待っていた生身の女の声と推理し廃屋を再訪すると、寝室に残されていた扇子には「夫に再娶の義有るも、婦に二適の文無し」と書かれていた。この女性の再婚を戒める言葉は婦徳を説いた『女誡』の一句であり、同書は『漢書』の撰者班固の妹班昭の著である。やがてこの廃屋で若い男の縊死体が発見され、「私」は「女誡」の扇を手がかりにこの事件を解いていくのだが……。日本人に抗して恋のために自殺していく台湾人男女を探偵小説風に描きながら、佐藤は台湾ナショナリズムの誕生を逆説的に宣告しているのである。「女誡扇綺譚」は大正文学の傑作とされるが、台湾日本語文学の源流とも言えるであろう。

日本の植民地支配下で台湾の知識人は植民地体制に抵抗し、大陸で一九一〇年代後半に始まる五・四新文化運動以後の国民国家建設の革命運動に共感を寄せる者もいた。頼和（ライ・ホー、らいわ、一八九四～一九四三）、張我軍らの知識人は大陸の標準語および口語文体の形成に関心を示し、同じ口語文による新文学運動を展開、魯迅・胡適らの作品を紹介する一方で自ら創作を試みたが、頼和の作品の多くは習作の域を出るものではない。また大陸の口語文の基礎となった北京語は、台湾方言とは発音・語彙などにおいて著しく異なっており、国民市場を形成しつつある大陸から切り離されていた台湾人にとり、大陸の口語文学の受容は難しかった。

日本語創作の本格化

その一方で、植民地台湾は着実に日本経済に組み込まれていった。これに加え植民地当局は同化政策、日本語教育の普及を図ったため、一九三三年には小学校就学率は三七％、日本語理解者率は二五％となっている。こうして日本語による創作も本格化して、プロレタリア文学の作家楊逵（ヤン・クイ、ようき、一九〇五～八五）の「新聞配達夫」（一九三四）が東京の文芸誌『文学評論』に入選し、龍瑛宗（ロン・インツォン、りゅうえいそう、一九一〇～九九）の「パパイヤのある街」（一九三七）が当時日本の代表的総合雑誌『改造』懸賞小説に入選するなど次第に成熟度を高めていった。

一九三七年の日中戦争および四一年の太平洋戦争の開戦により日本の南方進出が本格化すると、台湾総督府は台湾人を南進の先兵に動員するため冠婚葬祭の日本化から兵役にまで及ぶ皇民化運動を提唱した。その結果、日本語理解者率と小学校就学率は一〇年足らずの間に倍増してそれぞれ六割と七割に達し、日本語読書市場が三二〇万人規模にまで急成長し、そこに総督府は皇民化宣伝のための皇民文学を登場させている。その一方、統制経済という名の計画経済は軍需関連産業の急成長を図ったため、三九年には工業生産が農業生産を上回り、台湾は工業化社会へと突入した。一九四〇年から四一年にかけては台北で相次いで部数三〇〇〇の文芸誌二誌が創刊され、文芸市場の激しい争奪戦が展開されている。こうして植民地台湾にもハーバマスの言うところの「公衆と公共圏」が登場したのである。

張文環（チャン・ウェンホワン、ちょうぶんかん、一九〇九～七八）、呂赫若（リュィ・ホールオ、ろかくじゃく、一九一四～四七）、王昶雄（ワン・チャンシォン、おうしょうゆう、一九一六～二〇〇〇）、周金波（チョウ・チンポー、しゅうきんは、一九二〇～九六）らがこの時期に活躍している。周金波に対しては従来、「親日路線に走った」（葉石濤）皇民作家と批判がなされてきたが、一九九〇年代以後は「引き裂かれたアイデンティティの苦しみを訴え」ていたという再評価が行われている（垂水千恵、一九九五）。

巫永福（ウー・ヨンフー、ふえいふく、一九一三～二〇〇八）は一九三二年明治大学文芸科に入学して横光利一・小林秀雄らの指導を受け、台湾における最初期のモダニズム小説「首と体」（三三）を発表、さらにプロレタリア文学のテーマも取込み「眠い春杏」（三六）を発表したが、戦後は後述の二・二八事件以降北京語学習を中止した。

台湾皇民文学とは、非日本人でありながら日本人と対等であり、しかも新たに日本の占領地となった民衆に対し優越するという台湾の人々の論理と情念を描いたものといえよう。このような論理と情念は文芸誌などを媒体として読書市場に流通し、読書→批評→新作→読書……という生産・消費・再生産のサイクルを高速度で繰り返しながら台湾公衆に共有されていったのである。台湾公衆は読書を通じてこのような論理・感情に共感し、自らが一個の共同体に属すると想像していったといえよう。B・アンダーソンはナショナリズムの生成を論じて「国民とはイメージとして心に描かれた想像の政治共同体である」と述べている（アンダーソン 一九九七）。おそらく戦中期の台湾公民は台湾皇民文学を核としてナショナリズムを形成していた、あるいはナショナリズム形成の一歩手前まで迫っていたと考えてよいであろう。

日本は〝大東亜戦争〟開戦に際し戦争目的として「大東亜共栄圏建設」を掲げた。「大東亜共栄圏」とは実際には、中国への侵略および欧米植民地であった東アジアの日本植民地への転換を意味しており、東アジア諸民族に解放をもたらすものではなかった。一方台湾においては、戦争の進行と共に誕生した公衆が主体的に台湾ナショナリズムを形成していたのである。

また教育体制について現代の研究者である陳培豊が次のように指摘している。

〔台湾人は〕国語教育を通して近代文明を摂取する一方、その結果によって台湾人自身による自発的な近代化の遂行へ向かう原動力が台湾人の中に芽生え、育まれていたのである。台湾における日本の植民地統治は、文化上の強制、拒絶、抑制、抵抗、崩壊とは別の径路で、近代文明をめぐる付与、受容、希求、拒絶、自立、抑止の駆け引きの歴史を刻んでいったのである。（陳培豊 二〇〇一）。

日本の国語体制が成熟したのは植民地支配半世紀の後半約三分の一の時期に相当する一九三〇年代中頃以後のことであり、日本語理解者が二四・五％に達した一九三三年が一つの分水嶺となりえよう。ちなみに翌年九月台中で創刊された『台湾文芸』は中日文半々の体裁ではあったが、実際には日本語による寄稿が多く、三五年四月号の編輯後記は「〔中国語の〕白話文が少いのに対して原稿を制限したのではないかとお叱りを受けて居りますが、決してそんなことはありません。あまり少ないので困つてゐるのです。」とほかならぬ日本語で述べているのは示唆的である。

5 旧国民党統治期の北京語国語体制

太平洋戦争における日本の敗戦の結果、台湾は中国に復帰し、一九四九年に大陸が共産党により統一される前後には、国共内戦に敗れた蔣介石国民党政権とともに一〇二万の大陸各省の人々が大量移民して来た。この〝外省人〟の数は当時の台湾の〝本省人〟人口の約六分の一に相当する（若林正丈 一九九二）。大陸とは異なった近世史・近代史を歩んできた本省人の間には、外省人に対する違和感が存在した。これに国民党の失政が加わって反国民党、反外省人の感情が高まり、一九四七年には本省人による反国民党蜂起「二・二八事件」が勃発、国民党軍の武力鎮圧により、一万八〇〇〇から二万八〇〇〇もの本省人が虐殺されたという。

二・二八事件から民主化まで

「二・二八事件」における台湾人の果敢な蜂起に対しては、戦時中に形成されていた台湾ナショナリズムも大きな影響を与えていたものと思われ、事件後には台湾独立運動がねばり強く展開されるのであった。国民党による大弾圧に加えて、日本植民地体制下で育った作家には北京語を基本とする「国語」での表現が困難であったために、本省人の文学は沈黙の時代を迎えた。たとえば一九四九年に逮捕され一二年間もの長期にわたり火焼島の監獄に入れられた楊逵。彼が監獄で「国語」の修行を積み、北京語で文筆活動を行えるようになったのは出獄した六〇年代のことである。かくして五〇年代には国民党の御用作家と、大陸への郷愁を訴える外省人文学が幅を利かせたのであった。

このような劣悪な環境にあっても、独裁体制に抵抗した作家もいる。柏楊（ポー・ヤン、はくよう、本名郭衣洞、一九二〇〜九六）は瀋陽で反共新聞を刊行したのち、四九年台湾に逃れ、六〇年柏楊の筆名で台北紙に社会批判や国共内戦ものの小説を執筆、蔣介石・蔣経国（チアン・チンクオ、しょうけいこく、一九一〇〜八八）親子を諷刺

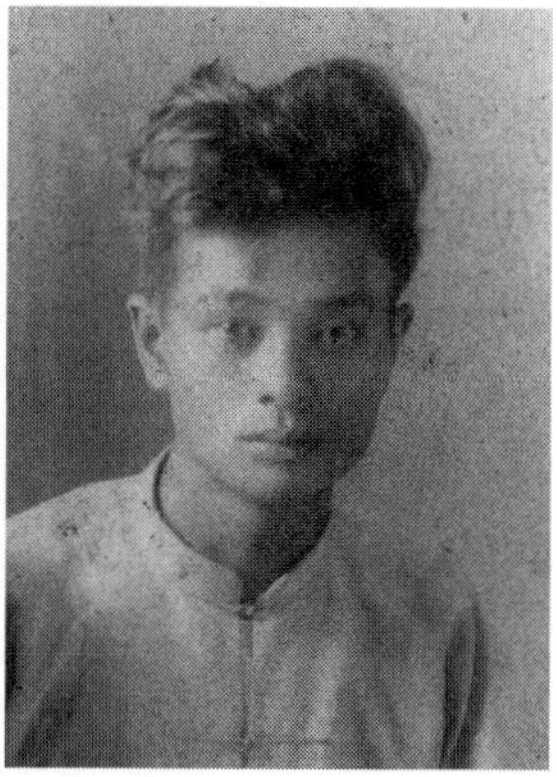

図8-2　楊逵

したため六九～七六年投獄された。八五年国民性批判のエッセー集『醜陋的中国人』（邦題：『醜い中国人』）は海外でもベストセラーとなった。

　日本統治期に日本語作家としてデビューしながら、旧国民党統治期に北京語作家として再出発した作家もいる。葉石濤（イエ・シータオ、ようせきとう、一九二五～二〇〇八）は台南州立第二中学校を卒業後、台北文壇の中心的作家で日本人の西川満（一九〇八～九九）の書生となって文芸誌『文芸台湾』の編集を手伝い、作家修業を始めていたが、戦後は国民党の苛酷な弾圧を受けながらも、小学教師を務めながら北京語を習得して小説・評論を発表、六五年頃から台湾文学史研究を開始し、『台湾文学史綱』（邦訳：『台湾文学史』、八七）を発表した。

　客家《はっか》人の呉濁流（ウー・チュオリウ、ごだくりゅう、一九〇〇～七六）は戦後には日本語創作作品を自らで中国語訳して発表しており、日本統治期から戦後の二・二八事件に至るまでの台湾社会を描いた自伝的長編『無花果』（一九七〇）は翌七一年に発禁処分を受けたため、新たに『夜明け前の台湾』（一九七二）に収録して日本で出版している。同じく客家人の鍾理和（チョン・リーホー、しょうりわ、一九一五～六〇）は日本統治期の私塾で古典中国語教育を受け、同姓の恋人と自由恋愛を貫くため満州国へと駆け落ちし、四一年北京で中国語創作活動を始め、四六年に帰台した。

　鄭清文（チョン・チンウェン、ていせいぶん、一九三二～）は旧制中学在学中に終戦を迎えた「戦後第二世代」で、銀行勤務のかたわら一九五八年に作家デビューしている。李喬（リー・チアオ、りきょう、一九三四～）も戦後に新竹師範学校を卒業、一九五九年に作家デビューし、清末から日本統治終焉までを描いた大河小説『寒夜』（一九七九〜一九八一）などを発表している。

国民党は一九四九年に国共内戦で惨敗して台湾島に逃げ込む前後に、通貨改革と農地改革を断行して経済安定の契機をつかむ。さらに翌年六月の朝鮮戦争勃発後は共産党の台湾攻略阻止へと政策転換したアメリカの大量援助を受け、六〇年代半ばには大胆な外資導入を行い、ベトナム戦争特需を梃子として高度経済成長を実現した。台湾では経済発展が確固たる地歩を固めると、これを追って八〇年代半ば以来、政治の民主化が急速に進んだ。八六年に野党結成が合法化され、八七年七月には三八年ぶりに戒厳令が解除、翌年一月父蔣介石の死後国民党主席を務め、政府総統に就いてきた蔣経国が死去すると、本省人である李登輝（リー・トンホイ、りとうき、一九二三〜）が新総統に就任した。李総統の下で、九一年に国民大会（総統選出機関）、翌年に立法院（国会）各議員、そして九六年には総統を台湾島民自身が選ぶ初の直接選挙が相次いで行われ、民主化が完成されている。

現代文学と郷土文学

高度経済成長の一九六〇年代に台湾社会は転機を迎えた。東西冷戦構造の定着と共に、台湾は政治経済文化の各方面においてアメリカの強い影響下に入り、大陸とはっきりと切り離されたのである。テレビ放送が始まり、新聞ジャーナリズムが姿を現し、アメリカ映画が全島を席巻した。この時期、台湾大学の学生であった白先勇（パイ・シエンヨン、はくせんゆう、一九三七〜）、王文興（ワン・ウェンシン、おうぶんこう、一九三九〜）など外省人の子弟や、陳若曦（チェン・ルオシー、ちんじゃくぎ、一九三八〜）らがカフカやカミュの影響下で芸術至上主義的な現代文学派を形成している。また陳映真（チェン・インチェン、ちんえいしん、一九三七〜）、黄春明（ホワン・チュンミン、こうしゅんめい、一九三九〜）ら本省人の新世代作家が登場し、郷土文学と呼ばれる現実主義的な社会派文学を形成した。

この時期には大衆小説の大流行も始まっている。戦後上海から移住してきた瓊瑤（チョン・ヤオ、けいよう、一九三八〜）は六三年に教師と女子高生との師弟恋愛を描いた自伝的小説『窓外』を出版して一躍名を知られ、七〇年代半ばにかけて「瓊瑶ブーム」を巻き起こし、ブームは八〇年代後半以後には中国に伝染した。香港生まれの古龍（クーロン、こりゅう、一九三八〜八五）は一九五〇年から台湾に定住し、五七年淡江英語専門学校（現・淡江大学）夜間部英語科に入学したのちダンサーと同棲、暮らしのために武侠小説を書き始め、吉川英治『宮本武蔵』など外国小説からも多くを学び、常に新趣向を凝らした。

七〇年代に入り台湾経済の安定化および社会構造の激変にともない、文化界では台湾本土主義が芽生える。それは急激な産業化、欧化に対し自らの足元を見つめ直そうとする運動であった。本土主義の台頭にともない、七〇年代後半ともなると現代文学派と郷土文学派との間で、「郷土文学論争」とよばれる激しい論争が交わされている。

清朝統治期と日本統治期とのあいだに、詩文（中国文語文）による科挙文化体制と日本語による国語体制という大きな断絶があったように、日本統治期と国民党統治期とのあいだにも、北京語国語体制への転換という大きな変化が生じている（黄英哲 一九九九）。国民党は日本統治期にほぼ義務教育化と高い中等学校進学率を達成していた学校教育制度を利用し、台湾人教師に北京語教育を施し、小学校から大学に至るまでの教育施設や新聞・雑誌・放送局などマスコミ機関を接収して、短期間に北京語国語体制へと移行したのである。

日本統治開始から四〇年以上も詩文がマスメディアで使用されていたのに対し、国民党は台湾進駐後一年あまりで新聞・雑誌での日本語使用を禁止するなど遙かに厳しい言語政策を取った。それは清朝統治期の詩文・古典口語文よりも日本語が公用語として六倍もの普及率に達していたためでもあろうが、その日本語を普及させる原動力となった旧政権の学校制度やマスコミ産業を、国民党は北京語普及に最大限に利用したのである。ここにも外来政権間における文化遺産継承の現象が見られるのである。

戦後一五年ほどを経た六〇年代には新体制下で新国語教育を受けた本省人青年がアマチュア作家としてデビュ

ーし、一九八二年には李昂が『夫殺し』を発表、一九八七年のドイツ語版を皮切りに、日欧米の各国語に翻訳され、世界的に高い評価を受けている。それはあたかも一九三〇年代前半に日本語作家が先ず同人誌で作品を発表し始め、まもなく続々と日本の中央文壇に進出した状況を彷彿とさせるといえよう。

6 美麗島事件の衝撃と〝台湾意識〟の噴出

政治意識の覚醒

台湾の北京語文学が中国の一地方文学としてではなく、「台湾文学」として国際的認知を受けるには、台湾および台湾文学というアイデンティティ形成が必要であった。美麗島事件（一九七九年一二月）は国民党による民主化弾圧の政治的事件で、台湾民衆はこの悪辣な事件をきっかけとして台湾意識の要求に目覚めていく。

美麗島事件の被告には王拓（ワン・トゥオ、おうたく、一九四四〜）、楊青矗（ヤン・チンチュー、ようせいちく、一九四〇〜）という郷土文学派の二人の作家が含まれており、台湾人文学者も強い衝撃を受けた。台湾文化研究者、蕭阿勤の論文「一九八〇年代以来の台湾文化民族主義の発展」（一九九九）は、台湾人文芸界の変化を一九六四年に創刊され、ほとんどの本省人作家・詩人を結集していた『台湾文芸』と『笠詩刊』を中心に論じたものである。

蕭阿勤によれば両誌には本来、〝台湾意識〟はほとんど見られず、むしろ中国人の血、中国大陸の文学の一部分を強調する〝中国意識〟が濃厚であった。『笠詩刊』は外省人詩人による詩の欧米化に抵抗する姿勢を見せており、これに加えて北京語による表現能力に劣る台湾人詩人が題材を身辺に求めたため、たまたま「郷土精神」を提唱する郷土文学派に近いと思われていたに過ぎなかった。そしてほかならぬ郷土文学派も日本統治期台湾人作家の「郷土文学」とはほとんど系譜的関わりを持たず、中国ナショナリズムに深い共感を抱いていたという。

葉石濤さえもその記念碑的文学史論である「台湾的郷土文学」(一九六五)等で台湾の歴史・社会・文化の特殊性を強調する一方、台湾の地方的アイデンティティと中国民族アイデンティティの両者が共存可能であると語っていた。もっともその背景として国民党統治期の言論弾圧、白色テロの苛酷さに対し自己防衛の意識が働いた点も考慮する必要があろう。

だが美麗島事件は文学者にも強烈な政治意識を覚醒させた。たとえば小説家の李喬(リー・チアオ、りきょう、一九三四〜)は事件から九年後に「私もかつては、芸術は現実から独立しており政治とは関わらないなどと放言していた……(しかし)現在の台湾作家にとっては政治なき文学とはニセ物である」と語り、小説家宋沢莱(ソン・ツォーライ、そうたくらい、一九五二〜)も同様に「事件以後、我々は突如変わった。一夜にして別の人間となったのだ……人類の真相とはここに露呈しており、すべての歴史の真相とはこういうことだったのだ」と述べたという。

こうして台湾人文学者たちは二・二八事件以来の反共戒厳令下で、民族/国家アイデンティティの問題などを、時に隠微な、時に明白な手法で語り始め、国民党統治に異議を唱え始めたのである。李喬は葉石濤らの理論を踏まえて、台湾文学とは「四〇〇年来の大自然との闘いと共存の体験、反封建・反迫害の体験、さらには政治的経済的植民地主義に反対し自由民主を勝ち取る体験」を描くものであると、定義するのであった(『台湾文芸』一九八三年第六・七期)。

「資産」としての植民地体験

台湾人文学者たちが外省人とは異なる自らの歴史体験と集団記憶を語ろうとするとき、日本統治期が抵抗を通じて台湾文学土着化の基礎固めが行われた時代として再評価され、植民地体験が「負債」ではなく「資産」へと転換していった。さらに一九八六年に結党された民進党が、八九年前後に福佬(閩南《みんなん》語人)系色を薄め他の族群《エスニック・グループ》にも支持層を拡大しようとして「四大族群(福佬・客家、新住民、先住民)」による相互平等な運命共同体形成を唱え始めた。そして台湾運命共同体のイデオロギーとして台湾文化民族主義が提唱されていき、葉石濤の名著『台湾文学史綱』(一九八七)が刊行されていく。

九〇年代に入ると、神話・伝説・歌謡など数千年の歴史を持つ先住民の文学と、強烈な地方色を持つ漢族民間文学を援用して「台湾文学は中国文学に帰属させられるべきではない」という議論が登場し、台湾文学の独立が語られ始めている。さらには北京語の官製国語ではない台湾語(特に福佬語すなわち閩南語)で書いてこそ、台湾民族文学は自らの表現道具を所有するのだという議論へと発展している。以上、美麗島事件後に登場した「台湾民族」の概念がこの二〇余年間、台湾文化民族主義と台湾民族文学の議論を活性化しているというのが、蕭阿勤論文の要旨である。

美麗島事件は現代台湾の政治のみならず文学の原点でもあるといえよう。

7 百花繚乱の現代文学

王徳威編「現代小説家シリーズ」

王徳威(ワン・トーウェイ、おうとくい、David Wang、一九五四〜)は台湾大学外国文学部を卒業後アメリカに留学し、コロンビア大学教授を経て現在はハーバード大学教授として現代中国文学を講じている。王は中国語圏では文芸批評家としても著名で、九〇年代後半には台北・麦田出版から彼の主編で「現代小説家シリーズ」二〇冊が刊行された。このシリーズは台湾・中国・香港の作家を対象とし、一作家一冊で各作家の九〇年代の代表作ないしは代表的短編群が収録されており、巻頭には王による長編批評が置かれている。この二〇冊のうち、一一冊が台湾人作家であり、批評家王徳威により選択は現代台湾文学に関する一つの信頼できる基準であるといえよう。本節ではこの王徳威による台湾作家論を紹介したい。なおこのシリーズ巻頭作家論は『現代小説二〇人』（原題：『跨世紀風華——当代小説二〇家』、二〇〇二）として一冊にまとめられている。

①朱天文（チュー・ティエンウェン、しゅてんぶん、一九五六〜）

父は小説家で一九四九年に国民党軍と共に台湾にやってきた朱西寧、母は台湾人で日本文学翻訳家の劉慕沙、妹は次項②で紹介する朱天心という文学一家の出身である。台北の軍人村（眷村）という外省人の軍人・役人ために国民党政府が建設した公務員宿舎街で育った。戦後の台湾では北京語国語体制が敷かれたものの、四九年五月の戒厳令施行後は、魯迅を筆頭にほとんどの民国期文学は禁書となった。国民党は台湾人に日本語に代わって北京語を国語として強制したにもかかわらず、この国語を創り出した現代中国文学のその父ともいうべき魯迅の読書を禁じたのである。その中でほとんど張愛玲のみが例外的に出版が許されており、朱天文も彼女の恋愛小説を愛読した。また戦時中には張愛玲の愛人となり戦後は日本に亡命した胡蘭成（フー・ランチョン、こらんせい、一九〇六〜八一）が、台湾に講義で招かれ朱一家と親しく交際しており、彼女は胡の東洋美学論などからも大きな影響を受けている。淡江大学英文科入学後には三三書房を設立し、エッセーや小説集を刊行、八〇年代には映画監督の侯孝賢（ホウ・シャオシエン、こうこうけん、一九四七〜、広東省梅県生まれ）の依頼で、『悲情城市』などの映画脚本も手がけている。

代表作『荒人手記』（一九九四）はゲイの主人公がかつて性的交渉を持った八人の恋人たちを回想する手記、そのうち二人は女性役、六人が男性役で、これらのゲイはダンサーや舞台監督、作家など芸術家たちである。批評家の施淑女（施叔青・李昂姉妹の長姉）が「台北都市部の新人類、新部族、それに付随する雑多なサブカルチャーが次々と姿を現す……この作品は今も台湾文化の周辺に追われている女性官能の経典であり、現代科学技術に基づく権力構造下における感性宣言といえよう」と高く評価する一方、批評界の大家であった姚一葦（ヤオ・イーウェイ、よういちい、一九二二〜九七）は、日本・ローマ・ベニス・ナイル河・インドと錯綜とする舞台に、レヴィ＝ストロース、フーコーらの理論や美学が引用されており、あまりに錯乱した構成であると厳しく批判している。

②朱天心（チュー・ティエンシン、しゅてんしん、一九五八〜）

朱天文の妹で、台湾大学歴史系在学中に姉と共に三三書房の設立に参画、一九七七年にエッセーや短編集を刊行し学園小説風の作家としてデビューした。その後短編集『記憶のなかで……』（一九八九）で作風が一転して、台湾ナショナリズムと四大族群をめぐる社会状況に関心を強めた。一九九七年刊行の短編集『古都』は、トーマス・マン『ベニスに死す』など海外の名作をいわば本歌取りして、現代台北に生きる女性の内面を描いたものである。表題作の「古都」は言うまでもなく川端康成の京都を舞台にした小説を下敷きにしており、学生時代の同性の親友（アメリカ在住）に京都まで呼び出された中年の外省人系女性が、異国の古都を歩き回るうちに少女期から青春期を過ごした古都としての台北に回帰していくという物語である。川端の名所案内記風の小説を見事に換骨奪胎して、現在から過去へと巡礼する魂の物語に仕上げたといえよう。短編「古都」が書かれたのは、首都台北で民進党の陳水扁が市長に当選し、本省人の李登輝が初の民主的直接選挙で総統再選を果たして、台湾ナショナリズムが空前の高まりを見せていた時期で、八〇年代までは特権的、支配的立場にいた外省人が急速に中心的位置を失いつつあった。朱天心は外省人二世世代の立場から、このような歴史の書き換えが進む台北をめぐるわが記憶を書きつづったのである。

王徳威は『記憶のなかで……』以後の作品における時間・記憶と歴史に対する終わることのない内省を指摘した上で、「古都」が自らの文学が歩んできた道のりに対する巡礼であること、彼女の以前の作品において重要なシーン――重慶南路から西門町、中山北路から淡水街――が再び彼女により歩き通されている、と述べている。

③平路（ピン・ルー、へいろ、本名は路平、一九五三〜）

原籍は山東省で生まれは高雄。アメリカ・アイオワ大学で統計学の修士号を取得後、しばらくアメリカの会社で働き、一九八二年から文学活動を開始した。王徳威はテーマの発掘やパロディ風の語りの巧みさを認めながらも、後述する李昂の政治とセックスに対する露わな描写や朱天文の世紀末的な過剰さと比べると、平路の文章は平淡であると指摘しており、このような成熟した語り口が彼女の特徴と言えるかもしれない。

短編「奇跡の台湾」は台湾の経済成長に魅了されたアメリカで、国会議員が議場で殴り合いを始めたり、民衆が仕事をさぼって株式投資や宝くじに血道を上げ、エンパイア・ステート・ビルの屋上にマッサージ店「文化城」が違法に増築されるなど急激に台湾化するアメリカを、不安な思いで見守る台湾人特派員の目で描いた壮大なパロディ小説である。一九九〇年の発表当時にはアメリカ経済はいまだ八〇年代不況を引きずっていたのに対し台湾経済は絶好調で、アメリカでも「台湾の奇跡」が話題になっていただけに、妙にリアリティーがある一方、バブル経済に酔う台湾人に対する痛切な皮肉ともなっていた。

王徳威は「平路は書き始めにはあるいはアメリカの角度から厳しく台湾を批判していたかも知れないが、最後には意識するとせざるとにかかわらず、台湾の立場からアメリカを批判せざるを得なくなった。台湾の「奇跡」の有害さという結果は、地球全体のアメリカ化という物語の続編として理解されねばならない」と指摘している。知米派作家をよく知るのは知米派研究者ということなのであろう。一九九四年の長編『天の涯までも』（原題：『行道天涯』）は、中華民国の国父・国母である孫文と宋慶齢とのスキャンダラスな私生活を、品よく暴き出した小説である。

外省人二世作家の活躍

以上の三人はいわば「外省人二世」である。先に述べたように、美麗島事件後の八〇年代文壇は本省人作家がいっせいに政治意識、族群意識に目覚め、郷土文学をさらに発展させていたが、九〇年代に入るとむしろ朱姉妹や平路、王の著書では特に章を立てては論じられなかったがやはり重要な作家でポストモダン、マジックリアリズムの影響を受けた張大春（チャン・ターチュン、ちょうだいしゅん、一九五七〜）ら「外省人二世」の活躍が目立つ。張の影響を受けた作家に駱以軍（ルオ・イーチュン、らくいぐん、一九六七〜）がいる。

朱天文の短編「エデンはもはや」（一九八二）は、軍人村育ちの女子大生がテレビスターにのし上がっていくものの、有力ディレクターとの不倫の果てに自殺する物語であるが、このヒロインの軍人村以来の親友に一足先にテレビスターを止めてしまう女子大生がいる。この米姫という女性は阿冬という父親の工場を手伝う青年と結婚するのだが、この本省人とのギャップは次のように描かれている。

阿冬と彼女はまったく別の世界の人間だ。出会ってまず米姫ががまんできなかったことは、彼がまったくお粗末な標準語で彼女に恋をかたろうとしたことだ。阿冬は寿司を食べ、刺身にはわさびをつけ、日本酒を飲む。ひどいことに孫中山（孫文の号）先生が広東の中山県出身であることもよく知らない。米姫はものすごくあきれて軽蔑していた。

かつてはテレビ三局も『中国時報』『連合報』の二大新聞も、すべて国民党・外省人がその経営を牛耳っており、北京語国語体制への順応度の高い外省人とその子女がディレクターや俳優、記者などの職を占めていた事情を、「エデンはもはや」は巧みに伝えている。政界・官界はもとより外省人の天下であり、本省人は中小企業を経営して経済力を養っていた。彼らが北京語国語体制に食い込もうとすれば、文芸で台湾の現実を描くことが最も確実な方法であったのだ。だが八〇年代末の民主化により政官界からマスコミ、タレントの世界が本省人にも開かれた。作家の王拓が民進党の立法委員（日本の衆議院議員に相当）となり、「台湾優先」のニュースを掲載する『自由時報』が創刊され、テレビ放送言語規制が撤廃されて台湾語、客家語の放送が隆盛し、民間資本によるケーブル・テレビが国民党系三局を追い上げたため、本省人がメディアで活躍する場が急増し、文芸はその選択肢の一つになったのである。

これに対し、朱姉妹が勃興する台湾ナショナリズムに紛れ込んだ粗暴な要素に異議を申し立てたように、外省人二世たちが記憶と空間をめぐる内省的物語を紡ぎ始めたのではあるまいか。

李昂のフェミニズム文学

④李昂（リー・アン、りこう、一九五二～）

李昂は台湾西海岸中部にある彰化県鹿港（ルーカン、ろっこう）の生まれで、本名は施淑端。鹿港は一八世紀末に、台湾米を大陸の福建省に移出するために開かれた台湾でも有数の港町であったが、急流の鹿港渓が運び込む土砂により、二〇世紀初頭にはすでに廃港になっていた。李昂の少女時代、廃屋の並ぶ鹿港の薄暗い路地にはいたるところ幽霊が出ると噂されたという。そして商業港として栄えた港町には、大陸や日本と往来していた船乗りたちにまつわる数多くの伝説が残されていた。

早熟な作家であった姉たちの影響で、李昂も中学二年で小説を書き始め、高一の作品「花の季節」が新聞文芸欄に採用されて少女作家としてデビューした。ちなみに李昂の二人の姉である施叔女、施叔青はそれぞれ評論家、作家であり台湾文壇の「施家三姉妹」として知られている。一九七〇年、李昂が台北の文化大学哲学部に入学して首都にやってくると、彼女は故郷の人々を主人公とした『鹿城物語』シリーズを書き始める。大学卒業後の一九七五年、李昂はアメリカのオレゴン州立大学演劇コースの大学院に留学、七八年台湾に帰国したのちは旺盛な創作活動のかたわら、新聞・雑誌のコラムニスト、テレビ評論家として幅広く活動して現在に至っている。

『鹿城物語』は主に一九四〇年代から六〇年代までの台湾高度経済成長以前の地方都市を描く。そこでは土俗的な習俗や規範が人々を呪縛し折に触れ暗い情念が噴出している。同シリーズの主要作である『夫殺し』の舞台は一九四〇年代とも一八九〇年代とも判別できない鹿港。主人公は林市という没落した読書人一家の末裔の娘。

彼女の幼児期に父がなくなり、母親は飢えのため行きずりの兵士に身を任せたため、一族により川に沈められた。林市は年頃になるや吝嗇な叔父により小量の豚肉と交換で屠夫の陳江水のもとに嫁に出される。陳が林市に加える嗜虐的な陵辱、隣家の妖婆、豊満な肉体を持つ娼婦金花との情交など凄惨な場面が続いたのち、飢えと恐怖と絶望とにより精神錯乱に陥った林市は屠場用の刃物で夫を殺し、死体を切り刻んで海に流してしまう。

　中国では『金瓶梅』の潘金蓮を典型として、女の夫殺しは姦通のため、と描かれてきた。これに対し李昂は虐待に耐えかねて夫を殺す女、あるいはその夫による虐待を容認する社会制度への反逆として殺人を犯す女を描いたのである。この女性差別の描写を通じて、妻を暴力で抑圧する夫やその周辺の人々も、伝統社会にあってはみな孤独な悲しい存在であることをも見事に浮き上がらせている。

　『迷いの園』（一九九二）は、台湾の旧家に生まれ日本とアメリカで学位を取った現代女性を主人公として、日清戦争後の植民地化から戦後国民党の強権的支配を経て七〇年代に高度資本主義化社会に至るまでの台湾を描いた長編小説である。フラッシュバック、三人称体と一人称体との混用文体などの手法が注目されるとともに、大胆な性描写も話題を呼んでいる。短編集『人みな香挿す北港の炉』（一九九七）では、国民党独裁政権に対する抵抗、国民党と共に支配層を形成していた外省人に対する本省人の権利回復要求という革命運動も、革命党派内部に深刻な性差別を抱え込んでいた、と政治とセックスの問題を大胆に提起している。

図8-3　李昂（2004年）

女たちの集団記憶『自伝の小説』

　そして『自伝の小説』（二〇〇〇）は『夫殺し』『迷いの園』と並んで鹿城三部作を構成する。主人公の台湾共産党女性指導者の謝雪紅（シエ・シュエホン、しゃせっこう、一九〇一～七〇）は台中県彰化街の生まれで本名は阿女、一一歳の年に両親を亡くしその葬儀代を出すため台中市の洪家に童養媳《トンヤンシー》（息子の嫁用に幼いときに買われて結婚までは下女として働かされる女児）として売られた。しかしその後神戸で日本語と北京語の読み書きを学び、上海で社会主義運動に参加し、モスクワ東方大学への留学を果たし、氷雪の天地で赤い経典を学んだことを記念して謝雪紅と名乗るのである。一九二七年上海での台湾共産党結成と日本領事館警察による検挙、翌年台北での第一回台共中央会議開催と中央委員への昇格、路線闘争に破れての除名、総督府警察による逮捕と一三年の刑、日本敗戦後には反国民党蜂起の二・二八事件（一九四七）で台中市で人民政府成立宣言、大陸亡命後は台湾民主自治同盟主席に就任、反右派闘争（一九五七）での失脚、そして文化大革命中に〝大右派〟として紅衛兵のリンチを受けて一九七〇年肺癌により死去――謝雪紅はこのような波瀾万丈の人生を過ごした。その間に彼女の成長を助けたのが三人の愛人たちであった。

本書には謝雪紅とは別にもう一人の主人公がいる。彼女は謝と同郷で同世代の伯父を持つ語り手「私」である。儒教的家父長制に忠実で滑稽なほどに男尊女卑主義を振りかざす伯父は昔語りを好み、彼の子どもや甥姪たちに謝雪紅がいかに禍々《まがまが》しく恐ろしく、しかも英雄的な女であったかを繰り返し語り続けた。小説はこの「私」による伯父の突然死の記憶から始まり、謝の波乱万丈の物語が展開していく過程でもしばしば「私」による伯父の昔語りが回想される。

『自伝の小説』とは「母国」日本と「祖国」中国とのあいだで「台湾人のための台湾」を模索する台湾、そしてその台湾において伝統的儒教体制から共産主義運動に至るまで連綿と続く家父長制の中にあって格闘する女たちの集団的記憶なのである。

李昂はその後も短編集『人みな香挿す北港の炉――貞操帯を付けた魔鬼シリーズ』（二〇〇二）、『鴛鴦春膳』（二〇〇七）、長編小説『七世姻縁之台湾／中国情人』（二〇〇九）と健筆を揮っている。

赤ワインと世紀末

⑤施叔青（シー・シューチン、ししゅくせい、一九四九〜）

高校時代に短編小説でデビューしてから、台北の大学進学、アメリカ留学まで、李昂とほぼ同じコースを三年ほど先にたどっていた施叔青が、香港物を手がけるようになったのは、銀行員であるアメリカ人の夫の香港支店赴任にともないこのイギリス植民地都市に渡ってからのことである。香港物語の代表作『ヴィクトリア倶楽部』については本書第7章を参照していただきたい。

彼女が二〇年近い香港暮らしを切り上げ台北に居を移したのが一九九七年のこと、そして一九九九年に刊行した帰還後最初の長編『微醺彩妝《びくんさいしょう》』で話題を呼んだ。『微醺彩妝』は九〇年代末の貿易自由化と高度消費化にともないフランス産赤ワインが大流行した台湾の物語である。財閥の王宏文の利き酒会でワインに目覚めた新聞記者呂之翔が、ワインビジネスを始めた早々に嗅覚を失って病院に飛び込むところから話は始まる。呂の周辺にはじり貧の台湾外交を見限りビジネスで最後の花を咲かせようとする元外交官のウェリントン・唐、唐と組んでワイン市場に殴り込みをかける南部商人の洪久昌、呂の主治医で妻と家庭内離婚寸前の楊伝梓、ワイン・テイスターの美女ロリータらが配され、酒色の海ではバブル経済が膨張していく。何といっても九七年だけで人口二一〇〇万の台湾に三〇〇〇万本もの赤ワインが輸入されているのだ。

王徳威は、中国の莫言『酒国』が数十年続いた禁欲的社会主義の果てに爆発した飲食性愛の欲望を描いているのに対し、本書は登場人物の合従連衡を通じて世紀末台湾の文化社会に対する諦観を語るものだと述べている。書名の四文字とはほろ酔い加減と彩り豊かな化粧を意味しており、台湾の世紀末感覚をズバリと言い当てた言葉といえよう。

以上の作家たちのほかにも、台湾内外で高く評価されている多くの作家がおり、作品がある。たとえば白先勇は戦後国民党とともに渡台した外省人を主人公とする短編集『台北人』（一九七一）などで著名だが、彼には七〇年代台北の夜の新公園（現・二二八和平記念公園）を舞台に男性同性愛者たちを描いた長編小説『罪の子』（原題：『孽子』、一九八三）もある。一九九四年には邱妙津（チウ・ミアオチン、きゅうみょうしん、一九六九〜九五）がレズビアン小説『ある鰐の手記』（原題：『鱷魚手記』）を発表して台湾の同性愛小説に大きな影響を与えたが、彼女は台湾大学心理学系を卒業し、新聞記者を務めた後、留学先のパリで自殺した。

舞鶴（ウーホー、ぶかく、一九五一〜）は九〇年代半ばにデビューした作家で『余生』（原題：『餘生』、一九九七）などで注目を集めた。九八年にデビューしたネット作家の蔡智恆（ツァイ・チーホン、さいちこう、一九六九〜）は『アイリッシュ・コーヒー』（原題：『愛爾蘭咖啡』、二〇〇三）という台北を舞台とする爽やかな恋物語を刊行している。幾米（ジミー、一九五八〜）は癒やし系の絵本作家で、若者のすれ違いの恋を描く『君のいる場所』（原題：『向左走向右走』）、視覚障害者の少女の旅立ちを描く『地下鉄』（二〇〇一）は中国、日本でも好評を博し、映画化されている。SF作家では張系国（チャン・シークオ、ちょうけいこく、一九三七〜）が著名で、アメリカの大学でコンピューター・サイエンスを講じながら、短編集『星雲組曲』（八〇）などを刊行している。

日本語から中国語へと跨がった「跨語世代」を代表する詩人には陳千武（チェン・チエンウー、ちんせんぶ、一九二二〜二〇一二）が、外省人詩人には日本占領下の上海で作詩を始めたモダニストの路易士（または紀弦、一九一三〜歿年?）、南京生まれの余光中（ユイ・クアンチョン、よこうちゅう、一九二八〜）らがいる。また紀絃のモダニズム、イェイツのロマン主義の影響を受けた楊牧（ヤン・ムー、ようぼく、一九四〇〜）、情欲と料理と政治を厳粛にして諧謔に語った詩集『完全強壮レシピ』（原題：『完全壯陽食譜』）の詩人焦桐（チアオ・トン、しょうとう、一九五六〜）などがいる。

8　クレオール文化としての台湾文学

南洋渡来の熱帯文学

南洋とは南シナ海に広がる南方地域であり、この地域には二〇〇〇万人を超す華人が住んでいる。この南洋にあってマレーシアとシンガポールは、かつてイギリス植民地支配を受けながら中国における近代文学誕生とほぼ歩みを同じくして北京語文学の歴史を刻んできた。マレーシアの面積は約三三万平方キロメートルで日本の約〇・九倍、二〇〇九年現在の人口二八三一万人のうち中国系は約二五％の七〇〇万人で、残りはマレー系六六％、インド系約八％という（外務省 二〇一一）。

このような南洋マレーシアの青年華人が、五〇年代末より台湾の大学や大学院に留学、やがて文学活動を開始して、今日では「台湾馬華文学」という独自のジャンルを形成し、日本では「台湾熱帯文学」とも称される。李永平（リー・ヨンピン、りえいへい、一九四七〜）はボルネオ島生まれで、高校卒業後台湾に渡り、六七年台湾大学外国語文学系に入学、白先勇、陳若曦とともに雑誌『現代文学』を創刊した。代表作『吉陵鎮ものがたり』（原題：『吉陵春秋』）は、架空の華人の町の物語である。黄錦樹（ホワン・チンシュー、こうきんじゅ、一九六七〜）はジョホール州に生まれ、台湾大学中文系に留学して作家となり、マレーシアの歴史と地理を背景に華人の孤独を描いている。

先住民作家と日本語文学

先住民作家の活躍もめざましく、パイワン族の詩人モーナノン（莫那能、漢名は曾舜旺、一九五六〜）、蘭嶼島出身のヤミ（またはタオ）族のシャマン・ラポガン（夏曼・藍波安、漢名は施努来、一九五七〜）、タイヤル族のワリス・ノカン（瓦歴斯・諾幹、漢名は呉俊傑、一九六一〜）、そして医者でもあるブヌン族のトパス・タナピマ（拓抜斯・塔瑪匹瑪、漢名は田雅各、一九六〇〜）らがいる。

日本語歌人の孤蓬万里（クーフォンワンリー、こほうばんり、本名は呉建堂、一九二六〜九八）は台北に生まれ、一九四五年旧制台北高校在学中に犬養孝より短歌を学び、のちに台北帝国大学医学部を卒業、六八年台北短歌会を発足して歌誌『台北歌壇』を創刊、八七年『台湾万葉集』を出版した。同書は主に日本語教育世代の台湾人の生活感覚を詠む素朴ながら写実的な歌風を特色とし菊池寛賞を受賞している。また黄霊芝（ホワン・リンチー、こうれいし、一九二八～）は国江春菁などの日本語名をも筆名としながら、日本語で短編小説集『宋王之印』（二〇〇二）などの創作を続けている。

二一〇年間の清朝統治期においては最後の三〇年ほどが科挙文化体制の成熟期であり、半世紀の日本統治期おいては最後の十数年が日本語国語体制の成熟期であった。民主化以前の旧国民党統治期は三〇余年続き、その後半には北京語国語体制の成熟期を迎えて、今日に至っている。台湾人はそれぞれの外来政権が持ち込んだ文化政策を主体的に受容することにより、台湾アイデンティティを熟成させて各政権下で成熟期を迎えてきた。そして一九九〇年代以後は台湾に民主的な国民国家を実現したのである。

それでは台湾アイデンティティによる国民形成後、はたして国語はどのように変化していくことであろうか。そして国語意識の変化は、すでにクレオール的性格の色濃い台湾文学にどのような発展をもたらすことであろうか。村上春樹あるいは哈日族《ハーリーツー》（日本大好き族）といった外国文学・文化の柔軟な受容は、台湾文化のクレオール性に促されたものでもあり、またその主体的受容行為を通じて、現代台湾のクレオール性も変容していくことであろう。

コラム8

歴史の記憶とメルヘンの論理

――魏徳聖監督『海角七号』

二〇〇八年、台湾映画史上空前のヒット作となったのが魏徳聖（ウェイ・トーション、ぎとくせい、一九六九〜）監督の『海角七号《かいかくななごう》』である。阿嘉《アガ》は台北でロック歌手を志望したものの失敗し、南部の故郷に帰ってきた郵便配達夫。町興しのため招く日本人歌手の前座となる速成楽団に加わり、小学生と八〇歳の老音楽師、そして先住民の警察官らからなる団員たちと、時に喧嘩をしながら稽古に励み、やがて日本側マネージャーの友子と恋に陥る。その一方で、彼は植民地時代の日本人教師が元教え子の女性に宛てた六〇年以上も昔のラブレターを、誰も知らない「海角七号」という住所を頼りに配達しようと、バイクで街を駆け回るが……。

現代台湾の美しい海辺の街の恒春を舞台に、現在と過去との二組の日台カップルをめぐる、はじめはおかしくやがて悲しく、そしてハッピーエンドで終わるラブ・ストーリーである。阿嘉役の歌手范逸臣《ファンイーチェン》が最初はふて腐れた現代台湾青年を、友子役の日本人女優田中千絵が異郷の地で仕事が捗らず怒り散らす横暴な日本女性を好演し、その他個性的な台湾の本職俳優や老音楽師が脇役を固めている。

そして日本の敗戦により恋人を捨てざるを得なかった教師と現代日本の人気歌手を、中孝介が一人二役しているのも興味深い。彼は日台の間にある島、奄美大島出身なのである。

それにしても青春に挫折し帰郷せざるを得なかった阿嘉だけでなく、恒春の街中の人達が不幸というのもふしぎである。町議会議長は両家の子どもに遠慮して阿嘉の母と再婚できない一方で、中孝介ライブを企画した外地資本リゾートホテルに地元バンドを起用せよと強要し、「趣味はケンカ、殴り合い、人殺し、放火。最大の願いは、この恒春すべてを焼き尽くし、すべての若者をこの村に呼び戻し新たに出発させること」と凄味を利かす。郵便配達員の茂《ボー》じいさんは月琴の名手で、舞台に立ちたい一心で地元即製ロックバンドに自分を強引に売りこんだが、タンポリンを宛てがわれてふて腐れている。労馬《ローマー》は先住民の警察官で民謡からロックまでこなす音楽愛好家だが、台北の元特殊部隊に勤務中に逃げられた妻が忘れられない。馬拉桑《マラサン》は同県隣町の客家系本省人で先住民の地酒「マラサン」販路開拓にやって来たセールスマンだが、議長らの排外的愛郷心のため酒は全く売れない。水蛙《カエル》は外省人二世のバイク修理工でドラム狂いの一方、店長の奥さんで三つ子の母への片思いに甘んじている。大大《ダーダー》は地元の教会でピアノ伴奏をしていた女子小学生で、議長に才能を認められバンドのキーボードとなるものの協調性に欠けており、彼女の母でホテル掃除婦の明珠は、「心はとっくに死んでるわ」と日本人への憎しみを抱きながら、一人で娘の大大を育てている。

　そして日本統治期台湾の日本人教師は、日本敗戦により一九四五年一二月に台湾人教え子で恋人の小島友子を港に置き去りにしたのち、引き揚げ船で悔恨の手紙七通を書いていた。このように呪われた街恒春には、小島友子から阿嘉に至るまで敗者が徘徊しており、怒れる今の友子は容易には入っていけず、映画冒頭で彼女と欧米人モデルらを載せたマイクロバスは、街の入り口の小さな西門に進入を拒否されてしまうのだ。また三八式歩兵銃を右手で撃たねばならない国民皆兵の時代の日本人教師が左利とは、これまた非現実的である。

『海角七号』（2008年）

　そんなふしぎな街の恒春の敗者たちを癒やしてくれる場が海辺である。とりわけ作曲に苦しんだあげく海に飛び込んで仰向けで浮かぶ阿嘉の姿は、母の子宮に帰った胎児のようだ。そんな阿嘉を友子は、遊んでばかり、と怒るが、彼の額に残った海塩を舐める行為とは、阿嘉と一体化していく通過儀礼のようでもある。実際、友子も泥酔して仮死状態となり、阿嘉に水を飲ませてもらって再生し、愛を回復していくのだ。

　再生した友子は愛や富を象徴する先住民の首飾りをバンドマンたちに贈り、友子から「勇士の玉」で祝福された阿嘉が、白馬の騎士のようにバイクにまたがり、橋を渡り誰も知らない海角七号へと愛と悔恨の手紙を届けに行く――そう、海角七号とはネバーランドであり、そこに住む魔女のような小島友子の呪いが解けることにより、呪われた敗者の街、恒春が愛の街へと再生するのである。映画『海角七号』とは、敗者の死と再生を描く海辺のメルヘンといえよう。

『海角七号』ではメルヘンの論理と並んで、歴史の記憶も重要なテーマとなっている。恒春では一八七一年に漂着した宮古島島民が先住民に殺害され、日本が出兵するという宮古島島民遭難事件（牡丹社事件）が起きており、友子のマイクロバスを拒絶した恒春古城の西門とは、当時日本軍の攻撃に備えて建設されたものなのである。

また小島友子と明珠とが一九四五年と九〇年代とに日本人男性に裏切られたという体験は、植民地統治の終焉と一九七二年の日中国交正常化に伴う日台国交断交という政治史を想起させるものでもある。「行くな！　行くなら一緒に」という阿嘉のプロポーズを、今の友子が受諾するのは、日台の人々の歴史的和解とも言えるだろう。

『海角七号』は一八九五年から半世紀続いた日本による植民地統治と、戦後の日台関係という長い歴史の記憶を、メルヘンの論理で描き出した見事なエンターテインメント映画なのである。

藤井省三　魯迅と日本文学　漱石・鷗外から清張・春樹まで　四六　二八〇〇円

四方田犬彦編　李香蘭と東アジア　A5　四四〇〇円

前野直彬編　中国文学史　A5　三四〇〇円

前野直彬　中国文学序説　A5　三二〇〇円

代田智明　魯迅を読み解く　謎と不思議の小説10篇　四六　三二〇〇円

ここに表示された価格は本体価格です．ご購入の際には消費税が加算されますので御了承ください．

著者略歴
1952年　東京に生まれる
1982年　東京大学大学院博士課程修了
　　　　桜美林大学（1985-87年），東京大学文学部助教授・教授（1988-2018年）
現　在　名古屋外国語大学教授，東京大学名誉教授

主要著書
『エロシェンコの都市物語』（みすず書房，1989年）
『魯迅「故郷」の読書史』（創文社，1997年）
『台湾文学この百年』（東方書店，1998年）
『中国映画　百年を描く，百年を読む』（岩波書店，2002年）
『村上春樹のなかの中国』（朝日新聞社，2007年）
『魯迅と日本文学』（東京大学出版会，2015年）
『魯迅と紹興酒』（東方書店，2018年）ほか

主要訳書
李昂『夫殺し』（宝島社，1993年），『自伝の小説』（国書刊行会，2004年），『海峡を渡る幽霊』（白水社，2018年）
莫言『酒国』（岩波書店，1996年），『透明な人参　莫言珠玉集』（朝日出版社，2013年）
魯迅『故郷／阿Q正伝』（光文社古典新訳文庫，2009年），『酒楼にて／非攻』（光文社古典新訳文庫，2010年）ほか
董啓章『地図集』（共訳，河出書房新社，2012年）
張愛玲『傾城の恋／封鎖』（光文社古典新訳文庫，2018年）ほか

中国語圏文学史

2011年10月21日　初　版
2019年 8 月23日　第2刷

［検印廃止］

著　者　藤井省三《ふじいしょうぞう》

発行所　一般財団法人　東京大学出版会
　　　　代表者　吉見俊哉
　　　　153-0041 東京都目黒区駒場4-5-29
　　　　http://www.utp.or.jp/
　　　　電話 03-6407-1069　Fax 03-6407-1991
　　　　振替 00160-6-59964

装　丁　間村俊一
組　版　有限会社プログレス
印刷所　株式会社ヒライ
製本所　牧製本印刷株式会社

ISBN 978-4-13-082045-5　Printed in Japan

作家名索引

1．配列は日本語読みの五十音順．作家名・読み（またはアルファベット綴）・生没年・頁を原則として示した．

2．主要な俳優、政治家を例外的に含めた．

あ 行

芥川龍之介（1892～1927）…… 7, 44, 45
阿城（アーチョン，あじょう，1949～）…… 136, 141
安妮宝貝（アンニー・パオペイ，アニー・ベイビー，あんにほうがい，1974～）…… 155, 161, 162
アルツィバーシェフ，ミハイル（Mikhail Artsybashev，1878～1927）…… 52
郁達夫（ユイ・ターフー，いくたっぷ，1896～1945）…… 57-60, 68, 72, 75, 77, 138, 139, 157
石川達三（1905～85）…… 110, 111
イプセン，ヘンリック・J（Henrik J. Ibsen，1828～1906）…… 4, 48, 99
ヴォイニッチ，エセル・L（Ethel L. Voynich，1864-1960）…… 128
内山完造（1885～1959）…… 74
衛慧（ウェイ・ホイ，えいけい，1973～）…… 5, 151-153, 161, 162
エレンブルグ，イリヤ・G（Ilya G. Ehrenburg，1891～1967）…… 134
エロシェンコ，ワシリー・Y（Vasiliy Y. Eroshenko，1890～1952）…… 61-63
袁犀（ユアンシー，えんさい，1920～79）…… 105
袁世凱（ユアン・シーカイ，えんせいがい，1859～1916）…… 4, 37
閻連科（イエン・リエンコー，えんれんか，1958～）…… 155
王安憶（ワン・アンイー，おうあんおく，1954～）…… 146
王家衛（ウォン・カーウァイ，おうかえい，1958～）…… 161, 189-191
王朔（ワン・シュオ，おうさく，1958～）…… 143
王実味（ワン・シーウェイ，おうじつみ，1906～47）…… 101
王小波（ワン・シアオポー，おうしょうは，1952～97）…… 145, 157
王昶雄（ワン・チャンシォン，おうしょうゆう，1916～2000）…… 205
王拓（ワン・トゥオ，おうたく，1944～）…… 211
汪兆銘（ワン・チャオミン，おうちょうめい，1883～1944）…… 93, 95, 108, 170
王韜（ワン・タオ，おうとう，1828～97）…… 18
王徳威（ワン・トーウェイ，おうとくい，1954～）…… 213, 215, 216, 221
王文興（ワン・ウェンシン，おうぶんこう，1939～）…… 209
王兵（ワン・ビン，おうへい，1967～）…… 125
王蒙（ワン・モン，おうもう，1934～）…… 118, 124, 135
王魯彦（ワン・ルーイエン，おうろげん，1901～43）…… 52
大江健三郎（1935～）…… iv, 138, 139, 149
大宅壮一（1900～70）…… iv, 123

か 行

海辛（ホイサム，かいしん，1930～）…… 176

艾蕪（アイ・ウー，がいぶ，1904～93）…… 80, 81
何其芳（ホー・チーファン，かきほう，1912～77）…… 85
郭敬明（クオ・チンミン，かくけいめい，1983～）…… 162
格非（コー・フェイ，かくひ，1964～）…… 143
郭沫若（クオ・モールオ，かくまつじゃく，1892～1978）…… 57, 58, 68, 71, 87, 110, 115, 138
華国鋒（ホワ・クオフォン，かこくほう，1921～2008）…… 127, 129, 130
賀子珍（ホー・ツーチェン，がしちん，1909～84）…… 101
金子光晴（1895～1975）…… 74, 75
嘉納治五郎（1860～1938）…… 26
賈平凹（チア・ピンアオ，かへいおう，1952～）…… 156
川端康成（1899～1972）…… 77
韓寒（ハン・ハン，かんかん，1982～）…… 162
韓少功（ハン・シャオコン，かんしょうこう，1953～）…… 135
韓非（かんぴ，？～紀元前 234 ？）…… 187
魏京生（ウェイ・チンション，ぎきょうせい，1949～）…… 131, 140
魏徳聖（ウェイ・トーション，ぎとくせい，1969～）…… 225-227
邱妙津（チウ・ミアオチン，きゅうみょうしん，1969～95）…… 222
許欽文（シュイ・チンウェン，きょきんぶん，1897～1984）…… 78
許広平（シュィ・クアンピン，きょこうへい，1898～1968）…… 55, 70, 89
許地山（シュイ・ティーシャン，きょちざん，1894～1941）…… 52, 169
金庸（チン・ヨン，広東語カムユン，きんよう，1924～）…… 188
瞿秋白（チュィ・チウパイ，くしゅうはく，1899～1935）…… 55
瓊瑶（チヨン・ヤオ，けいよう，1938～）…… 209
阮玲玉（ルアン・リンユイ，げんれいぎょく，1910～35）…… 88, 89
黄錦樹（ホワン・チンシュー，こうきんじゅ，1967～）…… 223
江河（チアン・ホー，こうが，1949～）…… 141
高行健（カオ・シンチエン，こうこうけん，1940～）…… ii, 133-135, 141, 146
侯孝賢（ホウ・シャオシエン，こうこうけん，1947～）…… 214
黄谷柳（ウォン・コッラオ，北京語ホワン・クーリウ，こうこくりゅう，1908～77）…… 170
黄春明（ホワン・チュンミン，こうしゅんめい，1939～）…… 209
江青（チアン・チン，こうせい，1914～91）…… 101, 103, 120, 122
浩然（ハオ・ラン，こうぜん，1933～）…… 121
江沢民（チアン・ツォーミン，こうたくみん，1926～）…… 147, 164
黄碧雲（ウォン・ピッワン，北京語ホワン・ピーユン，こうへきうん，1961～）…… 177
康有為（カン・ヨウウェイ，こうゆうい，1858～1927）…… 21, 22
耿竜祥（コン・ロンシアン，こうりゅうしょう，1930～）…… 118
黄霊芝（ホワン・リンチー，こうれいし，1928～）…… 224
黄廬隠（ホワン・ルーイン，こうろいん，1898～1934）…… 49
ゴーゴリ，ニコライ・V（Nikolai V. Gogol，1809～1952）…… 116, 117
胡錦濤（フー・チンタオ，こきんとう，1942～）…… 148
顧城（クー・チョン，こじょう，1956～93）…… 141
呉祖光（ウー・ツークアン，ごそこう，1917～）…… 99
呉濁流（ウー・チュオリウ，ごだくりゅう，1900～76）…… 208

古丁（ターティン，こちょう，1909～64）……84
胡適（フー・シー，こてき，1891～1962）……i, 4, 40-46, 48-50, 53, 72, 109, 115, 142, 143
小林秀雄（1902～1983）……205
胡風（フー・フォン，こふう，1902～85）……73, 74, 115
孤蓬万里（クーフォンワンリー，こほうばんり，1926～98）……223
胡耀邦（フー・ヤオパン，こようほう，1915～89）……131, 138, 140, 164
呉沃堯（ウ・ウォーヤオ，ごよくぎょう，1866～1910）……24
胡蘭成（フー・ランチョン，こらんせい，1906～81）……214
古龍（クーロン，こりゅう，1938～85）……210
崑南（クワンナム，こんなん，1935～）……176

さ 行

蔡元培（ツァイ・ユアンペイ，さいげんばい，1867～1940）……38
西西（サイサイ，北京語シーシー，さいさい，1938～）……177
蔡智恆（ツァイ・チーホン，さいちこう，1969～）……222
沙汀（シャーティン，さてい，1904～93）……80
佐藤春夫（1892～1964）……7, 203
残雪（ツァン・シュエ，ざんせつ，1953～）……135
山丁（シャンティン，さんちょう，1914～95）……84
シェンキェビチ，ヘンリク（Henryk Sienkiewicz，1846～1916）……30
施叔女（シー・シューニュイ，ししゅくじょ，1940～）……214, 218
施叔青（シー・シューチン，ししゅくせい，1945～）……184, 218, 221
施蟄存（シー・チョーツン，しちつそん，1905～2003）……60, 72, 77
司馬遷（しばせん，紀元前145～86）……187
幾米（ジミー，1958～）……222
下田歌子（1854～1936）……27
謝冰心（シエ・ピンシン，しゃひょうしん，1900～99）……49, 85
シャマン・ラポガン（夏曼・藍波安，漢名：施努来，1957～）……223
周恩来（チョウ・エンライ，しゅうおんらい，1898～1976）……114, 116, 120, 138
周金波（チョウ・チンポー，しゅうきんは，1920～96）……205
周潔茹（チョウ・チエルー，しゅうけつじょ，1976～）……151
周作人（チョウ・ツオレン，しゅうさくじん，1885～1967）……4, 46, 50, 54, 55, 85, 112
柔石（ロウシー，じゅうせき，1902～31）……78
周文（チョウ・ウェン，しゅうぶん，1907～52）……80
周揚（チョウ・ヤン，しゅうよう，1908～89）……87, 117
周立波（チョウ・リーポー，しゅうりっぱ，1908～79）……109
朱天心（チュー・ティエンシン，しゅてんしん，1958～）……214
朱天文（チュー・ティエンウェン，しゅてんぶん，1956～）……214, 217
朱徳（チュー・トー，しゅとく，1886～1976）……69
蔣介石（チアン・チエシー，しょうかいせき，1887～1975）……4, 67, 69, 82, 93, 108, 170, 207, 209
鍾暁陽（チョン・ヒウヨン，北京語チョン・シアオヤン，しょうぎょうよう，1962～）……177
蕭軍（シアオ・チュン，しょうぐん，1907～88）……83
蔣経国（チアン・チンクオ，しょうけいこく，1910～88）……207, 209

蕭乾（シアオ・チエン，しょうけん，1909〜99）……85, 105, 110
蕭紅（シアオ・ホン，しょうこう，1911〜42）……83, 157, 169
焦桐（チアオ・トン，しょうとう，1956〜）……222
鍾理和（チョン・リーホー，しょうりわ，1915〜60）……208
茹志鵑（ルー・チーチュアン，じょしけん，1925〜）……129
徐志摩（シュイ・チーモー，じょしま，1897〜1931）……i, 53-56, 72
舒婷（シュー・ティン，じょてい，1952〜）……132
心猿（サムユン，しんえん）……184
沈雁冰（シェン・イエンピン，しんがんぴょう，1896〜1981）……51, 52, 71　→茅盾
沈従文（シェン・ツォンウェン，しんじゅうぶん，1902〜88）……53, 80, 85, 98, 110, 116
スノー，エドガー（Edgar Snow，1905〜1972）……105
スメドレー，アグネス（Agnes Smedley，1892〜1950）……105
成仿吾（チョン・ファンウー，せいほうご，1897〜1984）……57, 59, 68
銭杏邨（チエン・シンツン，せんきょうそん，1900〜77）……86
銭玄同（チエン・シュワントン，せんげんどう，1887〜1939）……54
銭鍾書（チエン・チョンシュー，せんしょうしょ，1910〜98）……109
曹禺（ツァオ・ユイ，そうぐう，1910〜96）……85
臧克家（ツァン・コーチア，ぞうこくか，1905〜2004）……85
曹征路（ツァオ・チォンルー，そうせいろ，1949〜）……156
宋沢莱（ソン・ツォーライ，そうたくらい，1952〜）……212
曽樸（ツォン・プー，そうぼく，1872〜1935）……24
蘇青（スー・チン，そせい，1914〜82）……96
蘇童（スー・トン，そどう，1963〜）……143
蘇曼殊（スー・マンシュー，そまんじゅ，1884〜1918）……31, 32
孫伏園（スン・フーユアン，そんふくえん，1894〜1966）……51, 54, 56
孫文（スン・ウェン，そんぶん，1866〜1925）……32-35, 37, 67
孫犁（スン・リー，そんり，1913〜2002）……103

た 行

台静農（タイ・チンノン，たいせいのう，1902〜90）……110
戴望舒（タイ・ワンシュー，たいぼうじょ，1905〜50）……60, 170
高杉晋作（1839〜67）……iv, 15-17
多多（トゥオトゥオ，たた，1951〜）……141
端木蕻良（トワンムー・ホンリアン，たんぼくこうりょう，1912〜96）……83
張愛玲（チャン・アイリン，ちょうあいれい，1920〜95）……5, 10, 95, 104, 117, 151, 175
張婉婷（メイベル・チャン，ちょうえんてい，1950〜）……34
張学良（チャン・シュエリアン，ちょう がくりょう，1901〜2001）……81, 82
張我軍（チャン・ウォーチュン，ちょうがぐん，1902〜55）……200, 204
張君黙（ツアン・クアンマッ，ちょうくんもく，1939〜）……177
張系国（チャン・シークオ，ちょうけいこく，1937〜）……222
張芸謀（チャン・イーモウ，ちょうげいぼう，1950〜）……64-66, 155
張抗抗（チャン・カンカン，ちょうこうこう，1959〜）……146
張恨水（チャン・ヘンシュイ，ちょうこんすい，1895-1967）……76

張作霖（チャン・ツオリン，ちょうさくりん，1875～1928）……37, 81
張資平（チャン・ツーピン，ちょうしへい，1893～1959）……57
張石川（チャン・シーチュアン，ちょうせきせん，1890～1954）……76
趙樹理（チャオ・シューリー，ちょうじゅり，1906～70）……101, 102, 104, 116, 117, 138
趙紫陽（チャオ・ツーヤン，ちょうしよう，1919～2005）……131, 147, 164
張棗（チャン・ツアオ，ちょうそう，1962～）……133
張大春（チャン・ターチュン，ちょうだいしゅん，1957～）……217
張天翼（チャン・ティエンイー，ちょうてんよく，1906～85）……72, 116
張文環（チャン・ウェンホワン，ちょうぶんかん，1909～78）……205
池莉（チーリー，ちり，1957～）……147
チリコフ，オイゲン・N（Evgenii Nikolaevich Chirikov，1864～1932）……6, 8
陳映真（チェン・インチェン，ちんえいしん，1937～）……209
陳冠中（ツアン・クンチョン，北京語チェン・クアンチョン，ちんかんちゅう，1952～）……184
陳彗（チャン・ワイ，北京語チェン・ホイ，ちんけい）……184
陳源（チェン・ユアン，ちんげん，1896～1970）……53-55
陳若曦（チェン・ルオシー，ちんじゃくぎ，1938～）……209, 223
陳水扁（チェン・シュイピエン，ちんすいへん，1950～）……147
陳千武（チェン・チエンウー，ちんせんぶ，1922～）……222
陳独秀（チェン・トゥシウ，ちんどくしゅう，1879～1942）……42, 46, 50
陳徳森（テディ・チャン，ちんとくもり）……34
鄭義（チョン・イー，ていぎ，1947～）……5, 114, 119, 120, 131, 136, 138, 139, 141, 149, 157
鄭振鐸（チョン・チェントウ，ていしんたく，1898～1958）……51, 52, 59, 84, 109
程青（チョン・チン，ていせい，1963～）……151
鄭成功（チョン・チョンコン，ていせいこう，1624～62）……194
鄭清文（チョン・チンウェン，ていせいぶん，1932～）……208
丁玲（ティンリン，ていれい，1904～86）……72, 78, 109
翟永明（ディー・ヨンミン，てきえいめい，1955～）……133
鉄凝（ティエ・ニン，てつぎょう，1957～）……147
田漢（ティエン・ハン，でんかん，1898～1968）……57, 60
田原（ティエン・ユアン，でんげん，1985～）……155, 156, 162
董啓章（トン・タイチョン，北京語トン・チーチャン，とうけいしょう，1967～）……183, 185
島子（タオツー，とうし，1956～）……133, 143
鄧小平（トン・シァオピン，とうしょうへい，1904～97）……5, 8, 120, 127, 129, 130, 132, 133, 138, 140, 143, 147, 164, 176, 177
トパス・タナピマ（拓拔斯・塔瑪匹瑪，漢名：田雅各，1960～）……223

な 行

中河与一（1899～1994）……77
夏目漱石（1867～1916）……i, iv , 22, 29, 45, 167
西川満（1908～99）……208

は 行

梅娘（メイニアン，ばいじょう，1920～）……97

巴金（パーチン，は（ぱ）きん，1904〜2005）……… i, 72-74, 76, 84, 85, 94, 104, 115, 116, 130, 138, 144
莫言（モーイエン，ばくげん，1955〜）…………………………… 5, 64, 136, 137, 139, 142, 145, 153, 155, 188
白先勇（パイ・シエンヨン，はくせんゆう，1937〜）…………………………………………… 209, 221, 223
白揚（パイ・ヤン，はくよう，1920〜96）……………………………………………………………………… 89
柏楊（ポー・ヤン，はくよう，1920〜96）……………………………………………………………………… 207
バック，パール・S（Pearl S. Buck，1892〜1973）…………………………………………………………… 85
潘予且（パン・ユイチエ，はんよかつ，1902〜89）………………………………………………………… 105
馮桂芬（フォン・クイフエン，ふうけいふん，1809〜74）…………………………………………………… 21
巫永福（ウー・ヨンフー，ふえいふく，1913〜2008）……………………………………………………… 205
舞鶴（ウーホー，ぶかく，1951〜）……………………………………………………………………………… 222
ブランデス，ゲーオア・M・C（Georg M. C. Brandes，1842〜1927）………………………………………… iii
聞一多（ウェン・イートゥオ，ぶんいった，1899〜1946）…………………………………………… 53, 98
平路（ピン・ルー，へいろ，1953〜）…………………………………………………………………………… 216
卞之琳（ピエン・チーリン，べんしりん，1910〜2000）……………………………………………………… 85
茅盾（マオ・トン，ぼうじゅん，1896〜1981）… 68, 72, 76, 78, 86, 87, 110, 115, 116, 138, 169 →沈雁冰
蓬草（フォンツォウ，ほうそう，1946〜）……………………………………………………………………… 177
穆時英（ムー・シーイン，ぼくじえい，1912〜40）…………………………………………………………… 77
北島（ペイタオ，ほくとう，1949〜）………………………………………………………… 131-133, 141
北明（ペイミン，ほくめい，1956〜）…………………………………………………………………………… 141
ホワイト，セオドア（Theodore White，1915〜）……………………………………………………………… 105

ま 行

ミュアヘッド，ウィリアム（Willian Muirhead，慕維廉，1822〜1900）……………………………………… 17
武者小路実篤（1885〜1976）………………………………………………………………………………………… 7
村上春樹（1949〜）………………………………………………… 5, 110, 111, 158-164, 166, 189-191
室伏クララ（1918〜48）……………………………………………………………………………… 104, 106-108
芒克（マンク，もうこく，1950〜）…………………………………………………… 131, 133, 143, 157
毛沢東（マオ・ツートン，もうたくとう，1893〜1976）……… 69, 101, 103, 108, 113, 114, 118-120, 122, 129, 131, 137, 138
モーナノン（莫那能，漢名：曾舜旺，1956〜）…………………………………………………………………… 223

や 行

也斯（ヤーシー，北京語イエスー，やし，1949〜）………………………………………… 173, 174, 176
姚一葦（ヤオ・イーウェイ，よういちい，1922〜97）………………………………………………………… 214
楊逵（ヤン・クイ，ようき，1905〜85）…………………………………………………………………… 204, 207
葉蕙（イエ・ホイ，ようけい，1953〜）………………………………………………………………………… 159
揚顕恵（ヤン・シエンホイ，ようけんけい，1946〜）……………………………………………… 125, 126
容閎（ロン・ホン，ようこう，1828〜1912）……………………………………………………………… 18, 26
葉紫（イエ・ツー，ようし，1910〜39）………………………………………………………………………… 78
楊青矗（ヤン・チンチュー，ようせいちく，1940〜）………………………………………………………… 211
葉石濤（イエ・シータオ，ようせきとう，1925〜2008）…………………………………………… 208, 211, 213
葉兆言（イエ・チャオイエン，ようちょうげん，1957〜）…………………………………………………… 143

葉文福（イエ・ウェンフー，ようぶんぷく，1944〜） …… 129
楊牧（ヤン・ムー，ようぼく，1940〜） …… 222
葉霊鳳（イエ・リンフォン，ようれいほう，1904〜75） …… 60, 170, 171
余華（ユイ・ホワ，よか，1960〜） …… 143, 154, 155
余傑（ユイ・チエ，よけつ，1973〜） …… 157
余光中（ユイ・クアンチョン，よこうちゅう，1928〜） …… 222
横光利一（1898〜1947） …… 77, 205

ら 行

頼明珠（ライ・ミンチュー，らいめいしゅ，1947〜） …… 159-160
頼和（ライ・ホー，らいわ，1894〜1943） …… 204
駱以軍（ルオ・イーチュン，らくいぐん，1967〜） …… 217
駱賓基（ルオ・ピンチー，らくひんき，1917〜99） …… 83
李永平（リー・ヨンピン，りえいへい，1947〜） …… 223
李劼人（リー・チエレン，りかつじん，1891〜1962） …… 76, 81
李喬（リー・チアオ，りきょう，1934〜） …… 208, 212
陸川（ルー・チュアン，りくせん，19??〜） …… 112
李健吾（リー・チエンウー，りけんご，1906〜82） …… 109
李昂（リー・アン，りこう，1952〜） …… 6, 210, 218-220
李広田（リー・クワンティエン，りこうでん，1906〜68） …… 85, 98
李香蘭（リー・シアンラン，りこうらん，1920〜） …… 11
李大釗（リー・ターチャオ，りたいしょう，1889〜1927） …… 50
李登輝（リー・トンホイ，りとうき，1923〜） …… 209
李伯元（リー・ポーユアン，りはくげん，1867〜1906） …… 24
李碧華（レイ・ピッワー，北京語リー・ピーホワ，りへきか，生年不詳） …… 179-182
劉以鬯（リウ・イーチャン，りゅういちょう，1918〜） …… 171, 175
龍瑛宗（ロン・インツォン，りゅうえいそう，1910〜99） …… 204
劉鶚（リウ・オー，りゅうがく，1857〜1909） …… 24
劉暁波（リウ・シアオポー，りゅうぎょうは，1955〜） …… 157
劉再復（リウ・ツァイフー，りゅうさいふく，1941〜） …… 141
劉索拉（リウ・スオラー，りゅうさくら，1955〜） …… 141
劉少奇（リウ・シャオチー，りゅうしょうき，1898〜1969） …… 113, 114, 119
劉心武（リウ・シンウー，りゅうしんぶ，1942〜） …… 127, 142
劉青（リウ・チン，りゅうせい，1946〜） …… 131
劉吶（リウ・ナーオウ，りゅうとつおう，1900〜39） …… 77
劉白羽（リウ・パイユイ，りゅうはくう，1916〜） …… 142
劉賓雁（リウ・ピンイエン，りゅうひんがん，1925〜） …… 118, 124, 129
梁啓超（リアン・チーチャオ，りょうけいちょう，1873〜1929） …… 21-24, 38, 44, 54, 56
梁実秋（リアン・シーチウ，りょうじつしゅう，1902〜87） …… 53, 72
凌叔華（リン・シューホワ，りょうしゅくか，1904〜90） …… 49, 53, 54, 85
緑騎士（ロツケシー，りょくきし，1947〜） …… 176
林語堂（リン・ユイタン，りんごどう，1895〜1976） …… i, 54, 85, 105, 109
林少華（リン・シャオホワ，りんしょうか，1952〜） …… 160-162

林紓（リン・シュー，りんじょ，1852〜1924）……………………………………………………… 25
連雅堂（リエン・ヤータン，れんがどう，1878〜1935）…………………………………………… 200
老舎（ラオショー，ろうしゃ，1899〜1966）……………………………… 72, 76, 85, 105, 116, 138
老木（ラオムー，ろうぼく，1963〜）……………………………………… 132, 133, 136, 140, 141
婁燁（ロウ・イエ，ろうよう，1965〜）………………………………………………………………… 164
呂赫若（リュィ・ホールオ，ろかくじゃく，1914〜47）…………………………………………… 205
魯彦周（ルー・イエンチョウ，ろげんしゅう，1928〜）…………………………………………… 129
魯迅（ルーシュン，ろじん，1881〜1936）…… i, ii, 4, 6-9, 25, 26, 29-31, 46, 47, 50, 52, 54-56, 60-64, 68, 70, 74, 75, 78, 83, 86-89, 121, 139, 142, 143, 147, 157
盧新華（ルー・シンホア，ろしんか，1954〜）……………………………………………………… 128

わ 行

ワイリー，アレクサンダー（Alexander Wylie，偉烈亜力，1815〜1883）………………………… 18
ワリス・ノカン（瓦歴斯・諾幹，漢名：呉俊傑，1961〜）………………………………………… 223

図版出典一覧

コラム0　張愛玲『張愛玲全集 15　對照記——看老照相簿』台北・皇冠文學出版有限公司，1993 年，66 頁
図 1 － 1　夏晓虹編『梁启超文选』北京・中国广播电视出版社，1992 年，口絵
図 1 － 2　鲁迅博物館編『鲁迅文献图传』郑州・大象出版社，1998 年，158 頁
コラム 1　張婉婷監督『宋家の三姉妹』EQUIPE DE CINEMA，1997 年，パンフレット表紙
図 2 － 1　胡适『胡适全集　44 巻』44 巻，安徽・安徽教育出版社，2003 年，口絵
図 2 － 2　『新青年』第 9 巻第 1 号，1921 年 5 月
図 2 － 3　飯倉照平，南雲智ほか訳『魯迅全集 17　日記Ⅰ』学習研究社，1985 年，口絵
図 2 － 4　徐志摩『徐志摩选集』北京・人民大学出版社，1990 年，口絵
図 2 － 5　傳光明訳『文學風』台北・業强出版社，1991 年，4 頁
図 2 － 6　方仁念『郭沫若年谱』天津・天津人民出版社，1982 年，口絵
図 2 － 7　黄杰、远村編『郁達夫全集　第七巻　诗词』杭州・浙江大学出版社，2007 年，口絵
図 2 － 8　飯倉照平，南雲智ほか訳『魯迅全集 17　日記Ⅰ』学習研究社，1985 年，口絵
コラム 2　張芸謀監督『紅いコーリャン』発売元 IMAGICA，販売元紀伊国屋書店，2004 年，DVD 表紙
図 3 － 1　多賀秋五郎『近代中国教育史資料　民国編中』日本学術振興会，1974 年
図 3 － 2　茅盾『茅盾全集　第一巻』北京・人民大学出版社，1984 年，口絵
図 3 － 3　中山時子編『老舎事典』大修館書店，1988 年，口絵
図 3 － 4　张炯編『丁玲全集』石家庄・河北人民出版社，2001 年，口絵
図 3 － 5　巴金『巴金全集　第二巻』北京・人民大学出版社，1986 年，口絵
図 3 － 6　胡风『胡风回忆隶』北京・人民文学出版社，1993 年，口絵
図 3 － 7　张伍『我的父亲张恨水』沈阳・春风文艺出版社，2002 年，3 頁
図 3 － 8　沈从文『沈从文全集』太原・北岳文艺出版社，2002 年，口絵
図 3 － 9　艾芜『艾芜文集　第一巻』成都・四川人民出版社，1981 年，口絵
図 3 －10　林太乙『林語堂傳』台北・聯经出版事業公司，1989 年，口絵
図 3 －11　人物 ABC 首页 http://www.rwabc.com/diqurenwu/diqudanyirenwu.asp?p_name=&people_id=5328&id=9087
コラム 3　新華網　http://big5.xinhuanet.com/gate/big5/news.xinhuanet.com/society/2011-07/13/c_121661638_3.htm

図4－1　張愛玲『張愛玲全集15　對照記——看老照相簿』台北・皇冠文學出版有限公司，1993年，80頁
図4－2　张泉选編『梅娘小説散文集』北京・北京出版社，1997年，口絵
図4－3　工人出版社，山西大学合編『赵树理文集　第一巻』北京・工人出版社，1980年，口絵
図4－4　室伏哲郎氏提供
コラム4　石川達三『生きてゐる兵隊』河出書房，1945年12月，表紙
図5－1　著者撮影，2003年
コラム5　杨显惠『夹边沟记事』广州・花城出版社，2008年，表紙
図6－1　著者撮影，1993年
図6－2　著者撮影，2005年
図6－3　著者撮影，1997年
図6－4　著者撮影，2005年
コラム6　婁燁監督『天安門、恋人たち』ダゲレオ出版，2006年，パンフレット表紙
図7－1　劉以鬯『對倒（獲益文叢）』香港・獲益出版事業有限公司，2000年，カバー
図7－2　著者撮影，2003年
図7－3　李碧華『胭脂扣』香港・天地圖書有限公司，1998年，カバー
コラム7　王家衛監督『欲望の翼』プレノンアッシュ，1992年，パンフレット表紙
図8－1　1905年から1930年までは台湾総督府『台湾現勢要覧　昭和十五年版』（1940年）および『台湾経済年報昭和十六年版』（1941年），1931年から1937年までは同『台湾事情　昭和十四年版』（1939年），1940，41年は鍾清漢『日本植民地下における台湾教育史』（東京・多賀出版，1993年）による．
図8－2　陳春玲，黃滿里，邱鴻翔編『楊逵影集』台北・東坡電腦排版有限公司，1992年
図8－3　著者撮影，2004年
コラム8　魏德聖，藍弋丰『海角七号——電影小説』台北・大塊文化，2008年12月，表紙

参考文献

コラム０　映画は現代中国文学の父か母か？

阿部兼也『魯迅の仙台時代――魯迅の日本留学の研究』東北大学出版会，1999 年
程季華主編『中国映画史』森川和代訳，平凡社，1987 年
藤井省三「“淪陥区”上海の恋する女たち――張愛玲と室伏クララ，そして李香蘭」，四方田犬彦編『李香蘭と東アジア』東京大学出版会，2001 年
魯迅「『吶喊』自序」『故郷／阿Ｑ正伝』藤井省三訳，光文社（光文社古典新訳文庫），2009 年

第１章　清末民初（一九世紀末～一九一〇年代半ば）

愛宕元『中国の城郭都市』中央公論社（中公新書），1991 年
宇野木洋，松浦恆雄編『中国二〇世紀文学を学ぶ人のために』世界思想社，2003 年
夏暁虹『纏足をほどいた女たち』清水賢一郎，星野幸代訳，朝日新聞社（朝日選書），1998 年
北岡正子『魯迅　日本という異文化のなかで――弘文学院入学から「退学」事件まで』関西大学出版部，2001 年
厳安生『日本留学精神史』岩波書店，1991 年
樽本照雄『漢訳ホームズ論集』汲古書院，2006 年
樽本照雄『清末小説叢考』汲古書院，2003 年
樽本照雄『清末小説論集』法律文化社，1992 年
永嶺重敏『雑誌と読者の近代』日本エディタースクール出版部，1997 年
藤井省三『魯迅「故郷」の読書史』創文社，1997 年
藤井省三「第４章　夏目漱石」『中国見聞一五〇年』日本放送出版協会（NHK 生活人新書），2003 年
藤井省三「第１部　魯迅とその時代　(2) 東京時代」『魯迅事典』三省堂，2002 年
劉恵吾編『上海近代史』上下，上海・華東師範大学出版社，1985 ～ 87 年

コラム１　孫文映画の系譜

珠江電影制片廠『中国電影大辞典』上海辞書出版社，1995 年

第２章　五・四時期（一九一〇年代後半～二〇年代後半）

大東和重『郁達夫と大正文学――〈自己表現〉から〈自己実現〉の時代へ』東京大学出版会，2011 年
胡適，凌叔華ほか『笑いの共和国――中国ユーモア文学傑作選』藤井省三監訳，白水社，

1992 年
桜庭ゆみ子「女校長の夢」，魯迅論集編集委員会編『魯迅と同時代人』汲古書院，1992 年
島田虔次「中国」『大百科事典』平凡社，1985 年
徐暁紅「施蟄存の初期恋愛小説について」『東方学』122 輯，2011 年 7 月
鈴木正夫『郁達夫――悲劇の時代作家』研文出版，1994 年
浜野成生編『アメリカ文学と時代変貌』研究社，1989 年
藤井省三『エロシェンコの都市物語――一九二〇年代東京・上海・北京』みすず書房，1989 年
藤井省三「第一部　百年の中国文学」『中国文学この百年』新潮社，1991 年
藤井省三「恋する胡適――アメリカ留学と中国近代化論の形成」『岩波講座　現代思想　二〇世紀知識社会の構造』第 2 巻，岩波書店，1994 年
藤井省三「ニューヨーク・ダダに恋した胡適――中国人のアメリカ留学体験と中国近代化論の形成」，沼野充義編『とどまる力と越え行く流れ』東京大学大学院人文社会系研究科多分野交流プロジェクト刊行，2000 年
星野幸代「徐志摩とケンブリッジ」，松岡光治編『都市と文化』名古屋大学大学院・国際言語文化研究科，2004 年
Min-chi Chou, *Hu Shi and Intellectual Choice in Modern China*, The University of Michigan Press, 1984

第 3 章　狂熱の三〇年代（一九二八〜三七年）

宇田禮『声のないところは寂寞――詩人・何其芳の一生』みすず書房，1994 年
岡田英樹『文学にみる「満洲国」の位相』研文出版，2000 年
金子光晴『どくろ杯』中央公論社，1971 年（中公文庫，1976 年）
川村湊『異郷の昭和文学』岩波書店（岩波新書），1990 年
小島久代『沈従文――人と作品』汲古書院，1997 年
小山三郎『現代中国の政治と文学――批判と粛清の文学史』東方書店，1993 年
謝恵貞「中国新感覚派の誕生――劉吶鴎による横光利一作品の翻訳と模作創造」『東方学』121 輯，2011 年 1 月
舒乙『文豪老舎の生涯』林芳編訳，中央公論社（中公新書），1995 年
鈴木将久「メディア空間上海――『子夜』を読むこと」『東洋文化』74，1994 年
「特集・金子光晴アジア漂流」『太陽』平凡社，1997 年 7 月号
多賀秋五郎『近代中国教育史資料　民国編中』日本学術振興会，1974 年
丁玲『丁玲の自伝的回想』中島みどり編訳，朝日新聞社（朝日選書），1982 年
丁玲『丁玲自伝――ある女性作家の回想』田畑佐和子訳，東方書店，2004 年
中山時子編『老舎事典』大修館書店，1988 年
藤井省三『中国映画――百年を描く，百年を読む』岩波書店，2002 年
藤井省三「台湾人「新感覚派」作家劉吶鷗における一九二七年の政治と“性事”――日

本短篇小説集『色情文化』の中国語訳をめぐって」，亜東関係協会編『2007年台日國際學術交流國際會議論文集：殖民化與近代化――検視日治時代的台湾』台北・外交部出版，2007年（許秦蓁訳「台湾新感覚派作家劉吶鷗眼中的一九二七年政治與“性事”――論日本短篇小説集『色情文化』的中国語訳」，康来新，許秦蓁主編『劉吶鷗全集：増補集』国立台湾文学館，2010年）
李長之『魯迅批判』南雲智訳，徳間書店，1990年
林語堂『自由思想家・林語堂――エッセイと自伝』合山究訳，明徳出版社，1982年

コラム3　三〇年代の上海女優

沈寂『一大影星阮玲玉』西安・陝西人民出版社，1985年
黄維鈞『阮玲玉伝』吉林省・北方婦女児童出版社，1986年

第4章　成熟と革新の四〇年代（一九三七～四九年）

内藤忠和「趙樹理文学における“故事性”――「小二黒結婚」以前の作品に注目して」『島大言語文化13』島根大学法文学部紀要言語文化学科，2002年7月
尾崎秀樹『近代文学の傷痕』岩波書店（同時代ライブラリー），1991年
岸陽子『中国知識人の百年――文学の視座から』早稲田大学出版，2004年
坂口直樹『中国現代文学の系譜――革命と通俗をめぐって』東方書店，2004年
邵迎建『伝奇文学と流言人生――一九四〇年代上海・張愛玲の文学』御茶の水書房，2002年
杉野要吉『交争する中国文学と日本文学――淪陥下北京一九三七～四五』三元社，2000年
瀬戸宏『中国演劇の二十世紀――中国話劇史概況』東方書店，1999年
田村秀男『人民元・ドル・円』岩波書店（岩波新書），2004年
藤井省三「“淪陥区”上海の恋する女たち――張愛玲と室伏クララ，そして李香蘭」，四方田犬彦編『李香蘭と東アジア』東京大学出版会，2001年
前田哲男『戦略爆撃の思想――ゲルニカ―重慶―広島への軌跡』朝日新聞社，1988年（社会思想社・現代教養文庫，1997年）
丸山昇「中国知識人の選択――蕭乾の場合」「建国前夜の文化界の一断面」『魯迅・文学・歴史』汲古書院，2004年
渡邊晴夫「孫犁の位置――その解放区作家としての特異性」『日本中国学会報』第六一集，2009年

コラム4　中国映画が描く南京事件

笠原十九司『南京事件』岩波新書，1997年
秦郁彦『南京事件――「虐殺」の構造』中公新書，2007年

第 5 章　暗黒の毛沢東時代（一九四九～七九年）
池上貞子『張愛玲――愛と生と文学』東方書店，2011 年
鄭義『中国の地の底で』藤井省三監訳，加藤三由紀，桜庭ゆみ子訳，朝日新聞社，1993 年
陳徒手「ゴーゴリでも中国に来れば苦しむだろう」『人有病天知否――一九四九年後中国文壇紀実』北京・人民文学出版社，2000 年
平田昌司「目の文学革命・耳の文学革命――一九二〇年代中国における聴覚メディアと「国語」の実験」『中国文学報』第 58 冊，京都大学文学部中文研究室，1999 年
丸山昇『文化大革命に到る道――思想政策と知識人群像』岩波書店，2001 年
藤井省三「第 14 章　大宅壮一」『中国見聞一五〇年』日本放送出版協会（NHK 生活人新書），2003 年
山内一男「中国経済近代化への模索と展望」同編『岩波講座現代中国 2　中国経済の転換』岩波書店，1989 年

コラム 5　強制収容所のなかの愛と食人
楊顕恵『夾辺溝記事』広州・花城出版社，2008 年

第 6 章　鄧小平時代とその後（一九八〇年～現在）
大江健三郎「北京講演二〇〇〇」『鎖国してはならない』講談社，2001 年
大江健三郎・鄭義「大江・鄭義往復書簡」『大江健三郎往復書簡　暴力に逆らって書く』朝日新聞社，2003 年
許金龍「大江健三郎の見た北京」『人民中国』北京，2001 年 4 月号
小笠原淳「王蒙小説に見られるソヴィエト文学的表現について」『日本中国学会報』第 62 集，2010 年
萩野脩二『中国文学の改革開放――現代中国スケッチ（増訂版）』朋友書店，2003 年
尾崎文昭編『「規範」からの離脱――中国同時代作家たちの探索』山川出版社，2006 年
風間賢二「物語の酒宴／小説の無礼講／莫言『酒国』」『文学界』1997 年 3 月
岸陽子『中国知識人の百年――文学の視座から』早稲田大学出版，2004 年
熊谷直次「IT 導入が始まる中国の住宅金融制度改革」『IT ソリューションフロンティア』2002 年 7 月
社団法人共同通信社中国報道研究会編著『中国動向 2004』共同通信社，2004 年
朱自奮「文芸誌は大学に帰るのか？」『文匯読書周報』2002 年 11 月 29 日
尚一鴎『村上春樹小説芸術研究』中国・東北師範大学博士論文，2009 年
張志忠『莫言論』北京・中国社会科学出版社，1990 年
張明敏『村上春樹文学の台湾における翻訳と翻訳文化』台北・聯合出版，2009 年
鄭義・大江健三郎「対談　自由のために書く」『世界』岩波書店，2004 年 2 月
藤井省三「第 19 章　大江健三郎」『中国見聞一五〇年』日本放送出版協会（NHK 生活人新書），2003 年

藤井省三「パリの中国エミグラント作家たち——鄭義・老木・北島・高行健の現在」『文學界』1993 年 11 月号
藤井省三『村上春樹のなかの中国』朝日選書，2007 年
藤井省三編『東アジアが読む村上春樹』若草書房，2009 年
楊炳菁『ポストモダン・コンテクストの村上春樹』北京・中央編訳出版社，2009 年
芒克『芒克詩集』是永駿訳，書肆山田，1990 年
余傑『天安門の記憶』の抄訳等，「中国文学の現在」『すばる』2005 年 8 月号
李它「代序　雪崩は何処」余華短編集『アクシデント』1989 年 4 月
「書評　『農村公社，改革与革命』」『読書』北京・三聯書店，1997 年 1 月
「性描写本」中国で物議『読売新聞』2000 年 6 月 4 日
「大学初任給が下落」『最新ビジネスレポート』茨城県上海事務所，2004 年 6 月，http://www.pref.ibaraki.jp/bukyoku/seikan/kokuko/shanghai/business/04/repo0406_2.htm
中華人民共和国国家統計局編『中国統計年鑑』北京・中国統計出版社，1988 年，1998 年，2010 年
中華人民共和国教育部発展規劃司組編『中国教育統計年鑑』北京・人民教育出版社，2008 年
「村上春樹ロング・インタビュー」『考える人』新潮社，2010 年夏号

第 7 章　香港文学史概説

袁良駿『香港小説史　第一巻』深圳・海天出版社，1999 年
金文京著「香港文学瞥見」，可児弘明編『香港および香港問題の研究』東方書店，1991 年
小井川広志「香港における教育制度の展開と経済発展——制度・歴史編」『名古屋学院大学論集（社会科学篇）』33 巻 3 号，1997 年
施叔青『ヴィクトリア倶楽部』，藤井省三「同解説」国書刊行会，2002 年
趙稀方『小説香港』北京・三聯書店，2003 年
陳平原『千古文人侠客夢』北京・人民文学出版社，1992 年
鄭樹森・黄継持・盧瑋鑾『早期香港新文学作品選』香港・天地図書，1998 年
辻伸久「香港の言語問題」，可児弘明編『香港および香港問題の研究』東方書店，1991 年
中嶋嶺雄『香港回帰』中央公論社（中公新書），1997 年
野村総合研究所香港有限公司編『香港と中国』朝日新聞社，1997 年
藤井省三『現代中国文化探検』「第 3 章　香港——一五〇年の記憶と虚構」岩波新書，1999 年
藤井省三「香港アイデンティティの形成と李碧華文学」，狭間直樹編『西洋近代文明と中華世界』京都大学学術出版会，2001 年
藤井省三『中国映画——百年を描く，百年を読む』「第 4 章　香港，『返還』とアイデンティティ」岩波書店，2002 年

吉川雅之編『「読み・書き」から見た香港の転換期——一九六〇～七〇年代のメディアと社会』明石書店，2009 年
李歐梵「香港文化の『周縁性』・序説」『ユリイカ』1997 年 5 月号
李焯雄「名字的故事——李碧華『臙脂扣』文体分析」陳炳良編『香港文学探賞』香港・三聯書店，1991 年
Matthew Turner, "60's/90's: Dissolving The People", *Hong Kong sixties: designing Identity*, 香港芸術中心，1995
Norman Miners, *Hong Kong Under Imperial Rule 1912-1941*, Oxford University Press, 1987

コラム 7　婁燁監督が描く天安門事件

川村湊『村上春樹をどう読むか』作品社，2006 年
野崎歓『香港映画の街角』青土社，2005 年

第 8 章　台湾文学史概説

アンダーソン，『想像の共同体——ナショナリズムの起源と流行』白石さや・白石隆，NTT 出版，1997 年
尹章義「台湾←→福建←→京師——『科挙社群』対于台湾開発以及台湾与大陸関係之影響」『台湾開発史研究』台湾・聯經出版事業，1989 年
汪知亭『臺灣教育史料新編』台北・台湾商務印書館，1978 年
外務省「各国地域情勢　アジア　マレーシア」2011 年，http://www.mofa.go.jp/mofaj/area/malaysia/data.html
河原功『台湾新文学運動の展開』研文出版，1997 年
河原功『翻弄された台湾文学——検閲と抵抗の系譜』研文出版，2009 年
北岡伸一『後藤新平』中公新書，1988 年
黄英哲『台湾文化再構築一九四五～一九四七の光と影』創土社，1999 年
黄昭堂『台湾民主国の研究——台湾独立運動史の一断章』東京大学出版会，1970 年
黃美玲『連雅堂文学研究』台北・文津出版，2000 年
島田謹二『華麗島文学志——日本詩人の台湾体験』明治書院，1995 年
朱真一「從葡萄糖六磷酸去氫酵素（G6PD）看台湾族群的血縁」『台湾医界』第四二巻第四号，1999 年
鍾清漢『日本植民地下における台湾教育史』多賀出版，1993 年
蕭阿勤「一九八〇年代以来の台湾文化民族主義の発展」『台湾社会学研究』第 3 期，台北・中央研究院社会学研究所籌備處，1999 年
鄒依仁『旧上海人口変遷的研究』上海・上海人民出版社，1980 年
台湾教育会編『台湾教育沿革誌』1939 年（復刻版，青史社，1983 年）
台湾省文献委員会『重修台湾省通志　巻 06　文教志　学行教育篇』1993 年
台湾総督府『台湾現勢要覧　昭和十五年版』1940 年
台湾総督府『台湾経済年報　昭和十六年版』1941 年

台湾総督府『台湾事情　昭和十四年版』1939 年
垂水千恵『台湾の日本語文学』五柳書院，1995 年
陳其南『台湾的伝統中国社会』台湾・允晨文化實業，1987 年
陳紹馨『台湾的人口変遷与社会変遷』台北・聯経出版，1997 年
陳培豊『同化の同床異夢——日本統治下台湾の国語教育史再考』三元社，2001 年
鶴見祐輔『後藤新平』全四巻，勁草書房，1965 ～ 67 年
中島利郎『日本統治期台湾文学研究序説』緑蔭書房，2004 年
ハーバマス，J『公共性の構造転換』細谷貞雄訳，未来社，1973 年
藤井省三『台湾文学この百年』東方書店（東方選書），1998 年
山口守編著『講座台湾文学』国書刊行会，2003 年
葉石濤『台湾文学史』中島利郎・沢井律之訳，研文出版，2000 年
李園会『日本統治下における台湾初等教育の研究』台中・台湾省立台中師範専科学校，1981 年
李喬『台湾文芸』第 6・7 期，台北・台湾文藝雑誌社，1983 年
李承機『台湾近代メディア史研究序説』東京大学博士論文，2004 年
林媽利「台湾原住民的来源」『台湾医界』第 44 巻第 8 号，台湾，2001 年
若林正丈『台湾——分裂国家と民主化』東京大学出版会，1992 年

コラム 8　歴史の記憶とメルヘンの論理

魏徳聖著，岡本悠馬，木内貴子訳『海角七号——君想う，国境の南』徳間書店，2009 年